研究叢書43

メルヴィル後期を読む

中央大学人文科学研究所 編

中央大学出版部

まえがき

本書は中央大学人文科学研究所「ハーマン・メルヴィル研究」チームの研究成果である。「ハーマン・メルヴィル研究」チームが中央大学人文科学研究所の共同研究計画の一つとして活動を開始したのは、二〇〇二年四月である。当初は研究期間を五年間と設定し、人文科学研究所研究叢書の一冊として成果を二〇〇六年度中に出版する予定になっていた。しかしチーム責任者が二〇〇五年の夏に右脚膝蓋骨骨折の怪我を負い、一か月強の入院を余儀なくされるなどの事情もあり、研究所に研究期間の一年延長を認めていただき、こうして六年目の年度末に出版の運びなった。

本チームがどのような研究をめざしたのか、ご関心の向きもおありかと思うので、以下に掲げることにしたい。チーム設立に先立って研究所に提出された「研究計画申請書」の「研究目的」の欄に、以下のように記されている。

基本的に歴史的・社会的コンテクストを重視する立場からハーマン・メルヴィル（一八一九―九一）の研究を行う。こうした立場からのメルヴィル研究は、一九二〇年代のいわゆるメルヴィル・リヴァイヴァル以来、個別的には当然行われてきたと思われるが、一つの方法的立場として意識的・自覚的に取組まれ、一定の層ないし流れを作り出すようになったのは、いわゆるニューヒストリシズムを標榜する人々やニューアメリカニストと呼びならわされている人々のメルヴィル研究が盛んになった、この二〇年ほどの時期においてであり、その傾向は現在も続いていると言ってよいであろう。本チームの研究はしたがって、ニューヒストリシストやニューアメリカニストのメルヴィル研究を主要な参照文献としながら進められることになる。日本人研究者によるメルヴィル研究もコンスタントに出続けているし、またそこには、これらの学派の影響もさまざまなレベルで当然見出しうるのであるから、歴史的・社会的コンテクスト重視のメルヴィル研究と言っても、屋上屋を架する愚を避ける決意でのぞみたい。

本書に収録されている諸論文が、右の「研究目的」にどの程度にそくしたものであるかについては、執筆者側があらかじめ言いわけをするのではなく、読者のご判断にまつべきであろう。

本チームは名称が「ハーマン・メルヴィル研究」ということもあり、叢書においては可能ならばメルヴィルの全体を扱いたいと考えていたのであるが、寄せられた論考がほぼメルヴィル後期を扱っている、あるいはメルヴィル後期に関連する論考であったために、標題は『メルヴィル後期を読む』とした。そんなわけで、初めから意図していたわけではないが、本書はメルヴィル後期に焦点を当てた、なかなかにユニークな論集として成立することになった。

以下に、所収各論文の概要を掲載順にしたがって紹介しておきたい。

高野一良「船上のリアリズム――鯨捕りたちと『白鯨』」は、もと船乗り、もと鯨捕りであったメルヴィルが『白鯨』という作品に書き込んだ鯨捕りたちの姿を、近代アメリカの基幹産業をなしていた捕鯨産業の実態と照し合わせていくという作業を試みている。強烈な個性の持ち主であるエイハブ船長、さまざまな人種で構成されるピークォッド号の乗組員たちの姿は、当時の捕鯨船に乗り組んでいたごく普通の人々の姿と重なっている。鯨捕りが織りなす海上労働者たちの階級の問題、人種、民族の格差の問題などについて、近代アメリカが抱えた労働問題、階級問題として、文学の場で分析、処理することも実は可能であったはずなのであるが、そういう問題意識を『白鯨』という文学空間の中で本格的に追及することをメルヴィルは微妙に避けているように思われる。

高野一良「都会のセンチメンタリズム――生きた石と『ピエール』」は、一九世紀前半アメリカ全土に大いなる影響を与えた信仰復興運動、そして同時期に急速に発達したニューヨークに代表される都会という空間に関する分析を『ピエール』解釈に接続しようとしている。信仰復興運動を文化の場で支えたセンチメンタルノヴェルなど、良きキリスト人「生きた石」のためのマニュアル本は、たとえば、家庭を守る良き母という女性像を読者に提示するものの、近代社会という現実を生きる女性の問題についての思考を停止させてしまう機能も果たしていた。こうした当時のイデオロギー操作に対してメルヴィルは痛烈な批判を浴びせかけているように思われるが、実は彼自身『ピエール』の中で女性の問題、キリスト教の問題について思考することをしばしば停止させ、彼の「生きた石」の物語、登場人物たちは文字通り石化し、固まり、また激しく爆発、炸裂する。

荒　このみ「〈バーボ〉、その攻撃的沈黙の視線」は、「ベニート・セレノ」においては、アフリカ的人種記号と宗教記号に注目しなければならないとしている。デラノ船長の実録には出てこないアシャンテ人をメルヴィルは意図的に書き込み、アシャンテ人ではないバーボを指導者に仕立て、イスラーム教徒が大多数を占める「セネガル」への帰還を要求させている。カトリックの宗教記号が最初の場面から強調されているが、実は対照的にイスラーム表象が隠されている。バーボの視線は、大声の言葉（ロゴス）の力で圧倒するキリスト教支配の前で沈黙さざるをえないが、なお攻撃的にイスラームの存在を主張している。

髙尾直知「『自然のめぐみを疑いながら』――『戦闘詩歌』におけるメルヴィルの自然再構築」は、『戦闘詩歌』における自然表象を独自のイデオロギー分析の視角から読み解いている。当時の急進的イデオロギーと、それ以上に否定的な傾きをもつメルヴィル自身の歴史観が、『戦闘詩歌』の「自然」を戦場として相克しているさまを読み解くことによって、メルヴィル的国家批判のかたちを解明しようとする。戦意高揚をねらった報道、北部的な文学者たちとその作品、そして愛国的新聞編集者たちに、持てる限りの文学的弾薬を用いて抵抗しようとしたメルヴィルにとって、自然をめぐる認識こそは戦場だったのである。

江田孝臣「メルヴィルとアメリカ現代詩――ウィリアムズとオルソンの場合」は、前半部分において、ウィリアムズの長編詩『パタソン』にメルヴィルの影響があるとすれば、それはD・H・ロレンスの『アメリカ古典文学研究』第一章（および全体）における地霊論のダダイスト的な応用と、第一〇章および第一一章のメルヴィル論に見られるパストラリズムへの共感を通じた間接的な形の影響であると論じている。後半部分では、アメリカ長編詩の系列において『パタソン』の直系の子孫と言うべきオルソンの『マクシマス詩篇』にもパストラリズム（産業主義、資本主義批判と田園への郷愁）を見出せることを例証し、なおかつオルソンの場合は、そのパストラリズムがきわめて意識的にメルヴィルの『白鯨』と結びつけられていることが主張されている。後半ではまた、オルソンがパストラル・メンタリティーについて考察する際には、ウィリアムズの場合と同様に、メルヴィルとロレンスが意識の中で分かちがたく結びついていたことを「マヤ書簡」を根拠に論じている。

根本　治「メルヴィルの批判的想像力」は、『白鯨』と『ピエール』が同時代のアメリカ社会の正統的、支配的言説に対する根底からの批判であると論じている。一九世紀前半、教会を中心とする社会統制の徹底したアメリカ社会にあって、ダーウィンの進化論が登場する以前にあっても、一八世紀以来の経験論的自然認識と自分自身の経験によって、聖書的世界観が信憑性に欠ける言説であることを確信し、自分の理性によって考えることを決意したメルヴィルは、支配的な言説や類似の言説の心理的起源と限界とを利用し、それらへの恭順・反抗という感情表出をおこなった上で、どちらも、根拠不在の幻想を生きるものであることを明るみに出している。メルヴィルの体験と思索とは、当時のアメリカにおける先端的知識人の先を行き、一八世紀イギリスの哲学者ヒュームに近く、逢着した問題は幻想の未来をもたない現代人のそれである。

福士久夫「メルヴィル後期の方法について――エドガー・E・ドライデンの『モニュメンタル・メルヴィル』との対話」は、メルヴィル後期の散文と詩を、メルヴィルが主として後期において直面することになった、文学とは何か、文学的名声とは何か、「〈真実〉」を語る方法とは何か、「文学する」仕事は何か、などの問題意識に視点を据えて、「精読」のスキルを駆使して読み解いているドライデンの新著を詳細に学ぶことを通じて、「歴史的政治的」アプローチに立つ論者も論ずるべきであるいくつもの論点を抉り、いくつかの論点については、論者自身のコメントを付している。

執筆を予定していたにもかかわらず、ご事情で他日を期することになった方もいる。冒頭でふれたように、責任者が怪我をして研究期間を一年延長させていただいたものの、治療のために費やした時間のツケがその後まわって来て、チームの皆様には何かとご迷惑をおかけした。他日を期すことになったことの遠因が責任者のチーム運営にあったのではないかと懼れる。

最後に、本書を担当してくださった人文科学研究所事務室の佐藤久美子さんと中央大学出版部の小川砂織さんに、心より感謝申し上げたい。無理難題を笑顔できいて下さったことに対し、黙々深謝。

研究会チーム「ハーマン・メルヴィル研究」
責任者　福士久夫

目次

目次

メルヴィル後期を読む

船上のリアリズム
――鯨捕りたちと『白鯨』

高野一良

一　シンフォニーとノイズ

数年前のことになるが、学部の授業で『白鯨』（一八五一）を扱った。頭にあったのは、今の若者たちはこのいわゆる名作をどういう風に読むのだろうかということ。いやそもそもこの作品が彼ら、彼女たちの興味をそそるような種類のものであるのかどうか、今思えばほとんど自信もなく、こちらとしては恐る恐る授業をスタートさせた。授業にあたっては作品全体を丁寧に通読していくという形式は取らず、学生たちには翻訳をあらかじめ読んでもらい、各々が関心を覚えた数章について発表を担当させ、あちらこちらつまみ食いという形で最後まで読みきった。ふたを開けてみればこちらの当初の心配などまったく消し飛んでしまうほど、学生たちは大いなる好奇心と新鮮な読み方を示してくれた。メルヴィル・インダストリーとも揶揄されるほどに大量に生産されてきた学術研究にほとんどまったく影響されていない若い人たちがその頭脳と感性で読む『白鯨』の読み方、感じ方が、学問における制度や常識みたいなものにがんじがらめになっている人間にとっては心地よかったりさえした。ニーチェやドストエフスキーをメルヴィルと重ね合わせていく感性、知性などは若い世代の間ではもはや絶滅したものと思っていたが、そうでもない。メルヴィルが問い続けた「神の沈黙」についてレポートで熱弁を振るった学生もいれば、メルヴィルお得意の執拗なまでの頭韻など、メルヴィルが用いることばのリズムに自然と注意が向いてしまうという学生もいたりして面白い。

ひとつ具体例を出そう。一三二章「交響曲」。物語最終盤、穏やかな風景に包まれて、狂おしいばかりに燃え盛っていた心の中の炎を鎮めたかにみえるエイハブ、そしてそういうエイハブを目の当たりにし、白鯨への復讐という狂気から彼を引きずり出そうとするスターバックが語り合う場面だ。このシンフォニーの章、「エイハブはエイハブであるのか」などエイハブの名台詞のいくつかに読者は魅せられるし、結局エイハブをまっとうな道に戻すこと叶わなかったスターバックの退場後、実は二人のそばにずっと居続けていたフェダーラの存在が最後の最後の一文でさりげなく明かされるなど、場面構成は見事としかいいようがない。また、この章にはエイハブが心に秘めた妻への思いを吐露している有名な箇所があるために、『白鯨』全体をフェミニズム的な観点から読んでいこうとする傾向がメルヴィル研究の中でひとつブームになっている今現在、新たな関心がこのシンフォニーの章に向けられ始めている。

さてこのチャプターを学生たちがどう読み、どう感じたのか。例えばエイハブの名演説について。ある学生にとっては内容云々以前にとにかくやかましい。エイハブの言葉は意味を形成する言語としてではなく、ほとんどノイズにしか聞こえないというのだ。原文のまま一部引用する。

> But Ahab's glance was averted ; ...
>
> "What is it, what nameless, inscrutable, unearthly thing is it ; ... Is Ahab, Ahab? ... But if the great sun move not of himself ; but is as an errand-boy in heaven ; ... but by some invisible power ; ... But it is a mild, mild wind, ... Starbuck!"

But blanched to a corpse's hue with despair, the Mate had stolen away.（545）

右に引用したのはシンフォニーの章の最後あたり、二〇数行分くらいからの抜粋である。ここに典型的な形で見られる「しかし」の多用などが、メルヴィルの文体に関してほとんどの学生が苛立ちを覚えた点だ。一人の学生がいうには、最近の若者言葉として「てゆーかー」というのがあるけれどそれとおなじ？　どうもこの「しかし」、メルヴィルの書く文章全体に頻出する言葉で気になるといえば気になる。

メルヴィルの文体、表現がときとしてきわめて難解になることは周知の事実、そんなことには挫けずに『白鯨』を読み続けた若者たちが内容以前の問題としていわば音声的な問題としてのノイズをメルヴィルの文章に感じたという、このあたりのことを幼稚な指摘として無視するのは簡単だ。しかし、『白鯨』執筆時点、いやそれ以降の作品も含め、ある種の素人臭さがメルヴィルの文章に露骨に感じられるのは否定しがたい事実で、彼自身が当時の知識人、教養人に対して相当程度のコンプレックスを持っていたということは、『白鯨』に出てくる「捕鯨船は大学なのだ」というくだりからも明らかだろう。メルヴィルは作家であったというあまりに簡単な定義づけに安住していると見失ってしまうものは数知れぬ。とりわけ彼が船乗り出身、鯨捕り出身の物書きだったということ、このあたりのことをあらためて分析し直していくと、捕鯨産業という一九世紀中盤のアメリカの基幹産業を軸にして当時の人種、階級の問題などに新たな光を照らすことが可能になってくると思われるのだ。

二　アンコモン・コモン・セイラー

『白鯨』執筆過程で重大な転機があり、メルヴィル本人が考えていたはずの当初の予定からはだいぶ異なった作品が生み出されていった、このあたりのことについてはメルヴィル批評のメインストリートの中で多くの重要な研究がなされている。ちょうど一八五〇年の夏、ニューイングランドの田園地帯ピッツフィールドで『白鯨』の執筆に携わっている頃、先輩作家ホーソーンと出会ったり、有名な書評、アメリカの知的、文化的独立宣言とも目される「ホーソーンと彼の苔」を書いたり、あるいはやはり先輩作家であるオリヴァー・ウェンデル・ホームズとイギリス人とアメリカ人のどちらが優れているのか激しく議論したり、年齢三〇歳を少し超えたくらいの若き作家メルヴィルはいわゆる文壇世界に巻き込まれ、相当高揚した気分でいたと推測される。おそらく自分の作家としてのポジションについて思いをはせ、あるいは偉大なアメリカ文学の作品を誕生させようという壮大な夢に取りつかれ、彼は一八五〇年の夏には実は完成していたはずの『白鯨』を当初の予定よりはるかに規模の大きな作品に仕立て直していく決心をし、約一年後の一八五一年の秋の出版にいたるまで、かなりの時間を費やして創作活動に邁進した。

メルヴィルの創作意欲に火をつけた形のこの一八五〇年夏の出来事については、ヘンドリックス・ハウス版メルヴィル全集で長編詩『クラレル』を世に広く知らしめたウォルター・E・ベザンソン、かれこれ半世紀以上メルヴィル研究をリードし続けてきた大御所のひとりとして有名だが、このベザンソンがメルヴィル生誕一〇〇年に際して企画された論文集に寄せた論文 “Melville: Uncommon Common Sailor” などもひとつ参考になる。この論文の核心は、大西洋を皮切りに船乗り世界へ飛び込んでいったメルヴィルの船乗り体験についてもうひとたび関心を向けてみようということにある。例えばメルヴィルが船乗り時代に慣れ親しんだマストの昇り降り体験、こんなことについてベザンソンは詳細にわたって作品の数々、あるいはメルヴィルの伝記的エピソードの中に読み込んでいく。『白鯨』におけるマストがらみの話といえば、イシュメールがマストの上で物思いにふける一節、すなわちメルヴィルがトランセンデンタリストたちに対して皮肉たっぷりのコメントを残している箇所として名高い一節があるわけだが、ベザンソンが注目するのはそういう人口に膾炙したエピソードではなく、作品分析、テーマ分析などという観点からいえばあまりに瑣末な出来事だ。

メルヴィルは、一八五〇年のこの夏、ピッツフィールドあたりで知り合いたちとピクニックを楽しんでいる。そのピクニックで高い岩山や木の上にするすると登っていってしまうメルヴィルについて、さすがに危険な海上でマストを昇り降りしていた船乗りはすごいといった感想を数人の人たちが漏らしている。例えばボストンの出版人ジェイムズ・T・フィールズの言葉。

> 私たちはなんとかかんとか山の頂上にたどり着いた。私の記憶では、そのときメルヴィルは船首斜檣のように突き出している岩にまたがってロープを引っ張ったり、手繰ったりするという動きをして私たちを楽しませてくれた。(Leyda, I-384)

三〇歳そこそこのメルヴィルは周囲にいた文人、出版人らの中にあってはただの、あるいは「普通の船乗り」であって、その「普通の船乗り」が岩山や木々の上をマストの上を行き来するように自由に飛び回ることで仲間を喜ばせていたというエピソード。こういうエピソードを引き合いに出しながら、ベザンソンは「普通の船乗り」がいかに「普通でない書き手」へと変貌していったのかをたどる。ここでは彼の議論をこれ以上追いかけることはしないが、メルヴィルが直接体験した通常人間が実感しえない海上生活での危険体験、あるいは船上で巻き込まれていった人種、階級の問題などにベザンソンは着目している。

この一八五〇年の夏の出来事については、別の角度から当時メルヴィルが置かれていた文壇事情について分析している研究がある。これはいわゆるメルヴィル研究者による研究ではなく、ニューヨークの都市論をテーマにしたエドワード・L・ウィドマーの『ヤング・アメリカ』と題された研究書だ。ウィドマーは、メルヴィル研究者たちがほとんどまったく等閑に付してきたメルヴィルの人間関係について、非常に有益な情報を我々に教えてくれている。

さて、一八五〇年八月五日、メルヴィルはあるパーティーに参加することになる。このパーティーの主催者であるデヴィッド・ダドリー・フィールド（一八〇五―九四）という人物がウィドマーのニューヨーク論、若き国家アメリカ論の鍵を握る人物のひとりだ。フィールドという人は当時の法律世界の代表格、大物で、イギリスのコモンローの体系を離れ、若き国家アメリカにふさわしい法律の体系化のために活発に活動し、実際のところ、アメリカ合衆国全体の法体系の基盤を整備したことでも知られる人物だ。しかしこのフィールドの関心は法律の世界にとどまらなかった。法律の分野でアメリカ固有の言語体系、コード体系を確立しようと彼の改革者魂は、おのずと文化の分野にも向かった。彼は作家、知識人たちのパトロンとして振る舞い、作家、編集者たちを招いてパーティーなどを開き、文学関係者の活動を全面的にバックアップし、若き国家アメリカにふさわしい文学、文化の開花を期待した。この有名人フィールドに新進作家メルヴィルはいわば期待の星としてパーティーに招かれた。メルヴィルが興奮しないわけがない。このパーティーの最中、先ほども触れた先輩作家ホームズとのイギリス、アメリカの優劣をめぐる議論にメルヴィルがむきになったのも当然のことだったのだろう。

ちなみに現在のメルヴィル研究の第一人者のひとり、ロバート・L・ゲイルですら、『メルヴィル・エンサイクロペディア』なる事典の中でこの夏のパーティーの主催者について息子と同姓同名の父親デヴィッド・ダドリー・フィールド、この父親も有名な牧師兼著述家なのだが、父親のほうが主催者であると誤った記述をしているほどで、息子の法律家デヴィッド・ダドリー・フィールドという大物はメルヴィル研究の中で今のところきわめて過小な評価しかなされていない。ついでながら、メルヴィルに関わる実証研究の第一人者であるハーシェル・パーカーが満を持して世に出した厚い二巻本の伝記の中でもフィールドという人間の扱いは非常に軽い。

パーティーの主催者として触れられてはいるものの、彼の実像はパーカーの伝記からはまったく見えてこない。

この一八五〇年の夏の出来事、これは従来メルヴィル研究者の間ではメルヴィルとホーソーンの出会いなど、作家同士の個別的な出会い、あるいは『白鯨』の執筆過程における重大な転機などについて云々するためのエピソードとして注目されてきたものだが、もっと広い視野を我々に与えてくれている。すなわち、かなり幅の広い文化的環境、これは若き国家アメリカの自立と成長をめぐる政治的環境といってもいいかもしれないが、そういった文化的、政治的状況にひとりの若い元船乗り、鯨捕りが組み込まれていった経過を示す格好の伝記的エピソードと見えてくるわけだ。『白鯨』執筆当時のメルヴィルはまだまだ若い。心に秘めた作家としての野望や夢はいざしらず、まわりの連中からすれば高い岩山や木に登るのが上手い、さすがマストの昇り降りに慣れ親しんだ元船乗りさんねと感心されるぐらいが関の山の若手なのだ。

三　鯨捕りたちの社会——多民族産業

さて、こういった元船乗りの若き作家が捕鯨産業の現場をいかに小説の中に再現していったのか、話題を『白鯨』という作品自体に向けていくことにしよう。まず以下の引用。

MALTESE SAILOR.
(Reclining and shaking his cap.)
It's the waves'–the snow-caps' turn to jig it now. They'll shake their tassels soon. Now would all the waves were women, then I'd go drown, and chassee with them evermore! ...
SICILIAN SAILOR.

(Reclining.)

Tell me not of it! Hark ye, lad—fleet interlacings of the limbs—lithe swayings—coyings—flutterings! lip! heart! hip! all graze : unceasing touch and go! not taste, observe ye, else come satiety. Eh Pagan? (Nudging.)

TAHITIAN SAILOR.

(Reclining on a mat.)

Hail, holy nakedness of our dancing girls!—the Heeva-Heeva! Ah! low valed, high palmed Tahiti! I still rest me on thy mat, but the soft soil has slid! I saw thee woven in the wood, my mat! green the first day I brought ye thence ; now worn and wilted quite. Ah me!—not thou nor I can bear the change! ...

PORTUGUESE SAILOR.

How the sea rolls swashing 'gainst the side! Stand by for reefing, hearties! the winds are just crossing swords, pell-mell they'll go lunging presently.

DANISH SAILOR.

Crack, crack, old ship! so long as thou crackest, thou holdest! Well done! The mate there holds ye to it stiffly. He's no more afraid than the isle fort at Cattegat, put there to fight the Baltic with storm-lashed guns, on which the sea-salt cakes. (176)

エイハブの航海の目的がピークォド号の乗組員たちに知らされる三六章「後甲板」以降、四〇章にいたるまで劇形式のチャプターが続き、船長から平水夫にいたるさまざまな人物たちが発言を行う。引用はその四〇章、平水夫たちの台詞がずらずらと並んでいるところの一部だ。メルヴィルが小説中で用いた劇形式の文体については、『白鯨』執筆時に彼が熱心に読み込み、書評「ホーソーンと彼の苔」でもさんざん言及しているシェイクスピアのことが必ず問題になる。エイハブというキャラクター自体にリア王の影を見たり、小説中に頻繁に出現する劇形式のパートの意味について論じたり、メルヴィル研究のひとつの王道といってもいい。だが、引用箇所、ジャンル論だとか、文学における作家同士の影響の問題だとか、それ以前の問題としていくつか面白いところがある。

ひとつには捕鯨船ピークォド号に乗船していた乗組員たちの人種、民族性の問題。この問題については、二〇〇〇年、『白鯨』出版一五〇周年というお祭り騒ぎの中、日本アメリカ文学会でも行われたシンポジウムの席で森田勝昭氏が大変刺激的なお話をなさった。後ほどアメリカの捕鯨産業について簡略に整理するが、森田氏の話の要点はアメリカの捕鯨船には多様な人種、民族の人間たちが乗り込んでいたということ。例えば黒人だけで乗組員が構成されていた捕鯨船もあったらしい。ピークォド号の乗組員たちの人種の問題についても、従来のメルヴィル研究の中でずいぶんと分析、解釈は行われてきたが、おそらくほとんどの文学研究者、メルヴィル愛好家たちはピークォド号船上の人種の多様性に目を奪われ、ここらあたりにもメルヴィルのクリエイティヴィティがあるような錯覚にとらわれてきた。D・H・ローレンスなどもその古典アメリカ文学研究の中で、ピークォド号における人種の多様性を指摘しつつ、ピークォド号をアメリカ全体の縮図、シンボルと見立てているわけだ。しかし、森田氏も指摘されたように、そしてこれからいくつか紹介するアメリカ捕鯨産業の研究書などが明らかにしてくれているように、当時のアメリカ捕鯨産業はそもそもさまざまな人種、民族によって成立していたのだ。ピークォド号は決して例外ではない。むしろ、ピークォド号を通して当時のアメリカの基幹産業のひとつ、捕鯨産業における人種の問題が透けて見えてくるといったほうが正しいということになる。

では上に引いた引用箇所。ここにもいくつかの人種、民族に関わる名前が見える。マルタ、シチリア、タヒチ、ポルトガル、デンマーク、その他このページ以外には、中国、フランスなどの名前も見える。実に多様だ。と同時に実に均一でもある。なぜか。台詞のひとつひとつに民族性の痕跡がほとんど見られない。全員同じような英語をしゃべっている。

例えば作品全体でなかなかの役回りを与えられているクィークェグやピップがしゃべる英語については、メルヴィルも工夫をしている。しかし、引用したあたりではほとんど何の工夫も見られない。好意的に解釈するならば、三六章のエイハブの名演説の後、たたみかけるようにピークォド号船上の乗組員たちの台詞が階級ごとに羅列されていくことに文学的、演劇的な効果が発生していることはまちがいない。しかし、やはり、捕鯨船の上で多様な民族が構成する日常空間を表現するならば、乗組員たちの言葉に関しても工夫はありえた気がするのだ。

このあたり、乗組員の民族性に関するメルヴィルの書き込み不足の問題は、さらにレヴェルの異なる重要な問題に横滑りさせていくことが可能になる。どういう問題かというと、捕鯨船の世界に根付いていた階級の問題とでもいえようか。

この階級の問題に話を進めていく前に、本稿のテーマのひとつといってもいいことをここで確認しておきたい。メルヴィルの『白鯨』は当時のアメリカの経済と生活を支えていた一大産業である捕鯨について豊かな情報を与えてくれる文学作品だ。ただし、なにしろ一五〇年前の作品だ。一五〇年前の産業を扱った作品なのだ。一五〇年前の読者ならば生々しくダイレクトに捕鯨産業の雰囲気を感じ取りながら『白鯨』を読み進めていったのだろうが、今、当時の捕鯨産業が人々に与えていた印象とか空気を十分に意識し、感じ取りながら『白鯨』という作品を楽しもうとするなら、実は当時の捕鯨産業をめぐる相当な知識と情報が必要になってくる。それからもうひとつ。メルヴィルはたしかに捕鯨産業について我々に情報やイメージを与えてくれてはいる。しかし、捕鯨産業について徹底的にリアルに描ききることはできなかった。そんなことも指摘せざるをえない。『白鯨』という作品はときとしてリアリズムを離れ、イシュメール、エイハブ、そしてメルヴィルの夢物語と化してしまう。

四　鯨捕りたちの社会——階級のドラマ

それでは捕鯨船における階級の問題。まずは鯨捕りたちの階級社会のてっぺんに立っていたエイハブあたりから話を始めていくことにしよう。エイハブという人物像については旧約聖書の影を見たり、シェイクスピアのリア王の影を見たり、まあとにかくいろいろなことが今まで論じられてきた。さてこのエイハブ、ピークォド号の上で、ときおり心の揺れを見せはするものの、基本的に唯一絶対の権力者として振る舞うわけだが、このような権力者は当時の捕鯨産業の中で特異な存在であったのか。

昨今、捕鯨産業をめぐる研究書が続々と出版されている（ブリトン・クーパー・ブッシュ、マーガレット・S・クレイトン、ジョアン・ドルエット、リチャード・エリス、リサ・ノーリング）。アメリカの捕鯨産業についての文献資料といえば、一万隻近くの捕鯨船の船長名、オーナー名、出航日、帰港日、積んできた鯨油の量などを調べ上げたアレクサンダー・スターバックの捕鯨の歴史をめぐる記念碑的大作が一九世紀後半にすでに出ているし、古い時代から現在にいたるまで膨大な量のものが出版され続けている。近年は各地域にある捕鯨資料館、博物館、図書館が収蔵していた鯨捕りたち、家族たちの日記、手紙、あるいは航海日誌など大量の資料が研究者たちの研究対象になってきている。そしてひとつ明らかになってきたことが捕鯨船長の社会的地位の問題。端的にいうなら、一九世紀前半、中盤、アメリカ捕鯨船の船長は一般に船の上で絶大なる権力者として君臨していた。

当時のアメリカ捕鯨産業というのは国の基幹産業のひとつだ。例えば一九世紀前半に近代的な意味で急速に発展していった都会という空間の夜の生活を鯨は支えていた。つまり都会の闇を照らすガス灯など、照明器具のための油資源として鯨は大量に消費されていた。また、工場の洗浄油などとしても使われながら、アメリカの産業革命を陰から支え続けもした。ちなみに南北戦争の頃に石炭をガス化する技術が編み出されたり、石油の利用が可能になったり、一九世紀の後半は油資源としての鯨の需要は急速に衰えていく。ついでながら別の需要に目を向けると、コルセットの素材として鯨のひげというパーツが大いに利用される。『ゴーディーズ』といった女性向けの雑誌が当時の中流以上の女性たちのファッションやエチケットのマニュアル本として機能したことは有名な話だが、女性の腰をきゅっと締めるための重要なファッションアイテムとして鯨は大量に消費されていたわけだ。都会の闇を照らし、女性のスタイルをしばり、鯨は文字通りアメリカの発展を支え続けたといっても言い過ぎではない。

鯨という自然資源を追い求めながら、アメリカの捕鯨船は世界中の海を制覇していく。若き国家アメリカが世界国家として体力をつけていく先鞭を捕鯨産業が担い、各捕鯨船の船長たちも危険な荒海を越えながら、ひたすら鯨を捕り続け、利潤を追い求めた。『白鯨』の中でエイハブをいさめながら一等航海士スターバックが訴える行動原理もここにある。船長たちには船主たちから指定されたアメリカ本国に持ち帰る油の量に関するノルマもあり、とにかく油を船に大量に詰め込んで帰ればそれでいい。危険な自然環境の中、ノルマ達成というプレッシャーを抱えつつ、船長たちは捕鯨船の中に絶対的なヒエラルキーと権力構造を確立しようとする。『白鯨』においても船尾にある船長の部屋と船首部分にある平水夫たちの部屋のことが説明されていて、そこに確固たる階級差が存在していることが触れられている。

船上におけるこの階級差の力学が端的な形で現れるのが鞭打ちという制裁だ。メルヴィルも『ホワイト・ジャケット』という作品では軍艦という場における鞭打ちのことをひとつ主たるテーマとし、当時の読者たちもメルヴィルが話題にした鞭打ちの非人道性について敏感に反応した。軍艦、捕鯨船のみならず、当時の船乗り社会では鞭打ちという形での船長の権力発動ということが頻繁に見られたようで、そのためこの鞭打ちという残虐行為は当時の社会改革運動の活動家たちの格好のターゲットともなった。

一九世紀初めに全米を巻き込む形で燃え盛った信仰復興運動を引きずる形で熱心に進められていた社会改革運動の担い手であったキリスト教関係者、社会改革運動家たちにとって、船乗りたちの社会はただでさえモラルの欠如した野蛮な世界だった。先ほども触れた女性誌『ゴーディィーズ』の編集者として名高いサラ・ヘイルなども、船員援助協会、船員の家といった組織を立ち上げ、船乗りたちの意識改革を図ったりしている。なにせ農業労働者についで水の上の労働者の数が多かったこの時代、全米各地に船乗りや鯨捕りたちをリクルートするエージェントたちが店を出し、多くの若者たちが海を目指した。とりわけ、数年もの間陸上を離れ、正しいキリスト教信仰のなんたるかも知らない捕鯨船乗組員になるなどというのは、牧師たちなどからすればもってのほかということもあったようで、捕鯨船に乗り込むなという若者向けのメッセージを数多くの牧師たちが残している。多様な人種、民族からなる人間たちを乗せ、人々の暮らしとアメリカ経済の基盤を支えた捕鯨産業ではあるのだが、陸上の世界のモラルを支えていたキリスト教関係者などからこうして白い目で見られていた事情なども考え合わせてみると、このアメリカ捕鯨産業、きわめて非アメリカ的な要素も抱え込んでいたことになる。

話を整理しよう。『白鯨』におけるエイハブのごとき絶対的な権力者としての船長、これは当時の捕鯨船においては決して特異な存在ではない。むしろ当時の船乗りたちの社会がごく自然にドラマ化された空間、それがピークォド号という船の上の世界である。このことは平水夫たちの書かれ方にも関わってくる。今回参照した捕鯨産業の研究書の中ではマーガレット・S・クレイトンなどがこのあたりのことについて特に丁寧に実証研究を進めているのだが、捕鯨船の上で成立していたヒエラルキー構造の底辺を支えていた平水夫たちの間では特殊なフラターニティー、仲間意識が育ったようだ。このあたり、クレイトンも触れている『白鯨』九四章の水夫たちによる鯨の油絞りのシーンなどを思い浮かべてみればすんなり飲み込める船上の友情シーンだ。

ただし、平水夫たちの連帯は容易に実現可能なものでは決してなかった。例えば捕鯨研究の中で明らかになってきた船上の儀式として海の神ネプチューンの儀式というのがある。これは新人を海の世界にイニシエイトさせていく儀式で、海の上、数年間他の社会とは隔絶した空間で共に生きていくことになる平水夫たちの一体化がこの儀式で図られる。これは喜んでみんなが仲間になるというよりは、ある種緊張した関係の中に否が応もなく全員が入っていくという、そういう海上の職場関係が持っていた特殊性について教えてくれる儀式だ。もちろん、連帯した労働者は闘争も行う。食べ物、労働環境をめぐるサボタージュなどの抵抗運動だ。ただし同じ労働者同士として仲間意識が育つといっても、複数の人間が構成する場では当然内部分裂も起こるわけで、ベテランと新人たちの間に亀裂が生じたり、人種や民族、陸上生活時の職種、階級などをめぐって鯨捕りたち労働者階級の間で軋轢が生じたりすることもあった。さて、こういった平水夫たちの人間模様、『白鯨』の中でどの程度リアルにドラマ化されているのか。

前節「鯨捕りたちの社会——多民族産業」で触れた『白鯨』四〇章、劇形式という体裁をとりながらピークォド号の乗組員たちが短い台詞を連ねていくあたりで問題にしたことと議論を絡めていくことにしよう。この劇形式の箇所、アメリカの近代捕鯨産業が多様な人種、民族から構成された産業であったということを我々日本人読者にも教えてくれる面白い箇所ではあるのだが、乗組員がしゃべる英語という点からいうと、それぞれの台詞の間に差異が見られない。きわめて均質な台詞を全員がしゃべっている。そんなことを指摘しておいた。漫画やアニメの世界でさまざまな国籍の登場人物たち（ときにはエイリアンも含め）が同じ言葉をしゃべりながらごく自然にコミュニケーションをとっている風景、そんなものと比較するのもおかしな話かもしれないが、エンターテインメントの世界で無用なリアリティーを追求することはフィクションが本来持っている楽しみを奪うことにはなる。ただでさえ『白鯨』という物語世界においては、人間たちのドラマ以外に、当時の最先端科学、博物学を意識したセトロジー、鯨学のパートなどが数多くちりばめられ、ある意味非常に読みにくい。小説の構造自体に読みにくさがあるのに、その上捕鯨産業における人種、民族をめぐる問題が綿密にリアルに描き出されてしまっては『白鯨』という小説空間は破綻をきたす。そういう可能性はたしかにある。クィークェグ、ピップにまつわる話があれだけ丁寧に書き込まれていれば、『白鯨』をめぐる多様な人種の問題の扱いはもうすでに十分といってもいい。

しかし、亀裂や軋轢を内部に秘めながら、一方で苛酷な自然環境、労働環境の中で仲間意識をも育んでいた鯨捕りたちが織り成す日常風景について十分に知っていたはずのメルヴィルが、今話題にしている四〇章などで鯨捕りたちを一括りにするような書き方をなぜしたのか。先ほども少し理由付けしたが、情熱溢れたエイハブの演説の後、チャプターごとにしだいに階級の低い者たちに視点をずらしていくという操作を行い、ピークォド号の乗組員たちの紹介を済ませていく。実際に舞台で上演されるとするならば、主役クラスの名台詞の後、その他大勢の人間たちがいっせいに一言ずつ発していくという、そういう演劇的効果をメルヴィルは狙っただけなのだろうか。

このあたり、労働者階級を一括りにするという書き方自体に一九世紀中盤の物書きたちにもしかしたら共通するのかもしれない問題意識、あるいは労働者階級の問題が急速に社会の表面に浮上していった近代という時代の特性を見て取ることも可能だ。

例えば『白鯨』の翌年に出た『アンクルトムの小屋』というベストセラー小説において、ハリエット・ビーチャー・ストウはたしかにまちがいなく奴隷制をめぐる人種の問題とキリスト教信仰の問題を主要なテーマとして扱っている。しかしほとんど注目されることもないエピソードのようだが、この作品では労働問題も堂々と取り上げられている。作品中盤、セント・クレアが奴隷制度を労働制度のひとつと見立てながら、資本主義社会における労働のシステムが本質的に上の階級による下の階級の収奪の構造によって成り立っているということをまくし立てているところだ。かのマルクスと同時期、アメリカの小説家たちも、近代的な産業の発達とともに大量に生まれつつあった労働者階級の存在を生々しく肌身で感じ、自らの小説作品の中で労働問題、階級問題を影に日向に扱ったりしていた。時代の空気に敏感に反応しながら、基本的に日常世界を背景にしてフィクションを紡ぎ出していた当時の小説家たちは、日常生活における皮膚感覚、空気のにおいのような問題として労働者の問題も扱っていたのではないのか。しかしながら、マルクスのごとく労働者階級についての理論的な分析を徹底させる必要があろうはずもなく、ストウも小説中の断片的なエピソードとして労働者問題について触れてはみたものの、労働問題、階級問題を人種問題と連動させて考え抜き、小説のテーマ、構造全体に根付かせることは避けた。

『白鯨』においても、断片的なエピソード、そして小説全体を支配する雰囲気として捕鯨産業が抱え込んでいた階級の問題が見え隠れする。ただし、とにかく近代的な産業が急速に発達する時代、多様な職種にわたる産業労働者が人口を急増させていた時代、労働問題、階級問題が時々刻々本格的に社会の一大テーマに躍り上がっていくこういう時代の真っ只中において、十分に観察され、十分に熟成された階級論を作家、あるいは小説に期待することは不可能なのかもしれない。ピークォド号の平水夫たちが十把一絡げに括られてしまうのも、劇形式が生み出す文学的な効果という側面以外に、鯨捕りたちという労働者階級の中で発生していたはずの人種、民族の差異までをもリアルに再現することの難しさを伝えているといってもいい。人種の問題ひとつをとっても、小説作品においてどういう文学的処理が可能なのか、非常に悩ましい課題であるはずだし、ましてや近代アメリカ捕鯨産業における労働者階級の問題を人種、民族の問題とも適切に関連させながら物語化するなど、至難の業。こういった人種や階級の問題をめぐるある種「処理不能」、「麻痺」といった感覚こそ、当時のアメリカの知識人たちが否が応もなく味わっていたことなのだ。

五　鯨捕りたちの社会――ペチコートを着た鯨捕り

本稿は『白鯨』をめぐって特に画期的かつ斬新な解釈を提供するといった種類のものにはなっていない。『白鯨』執筆時、メルヴィルが船乗り、鯨捕り出身の若手作家であったということを確認し、いくつかエピソードを紹介したというに過ぎない。『白鯨』という作品が文学史上のキャノンとして君臨するようになって以後、無数の『白鯨』研究が生産され、同時に小説中のエピソードや登場人物の読み方に関しても解釈のキャノンのようなものがいくつも生み出されてきた。そんな閉塞感もあって、メルヴィルの作家としての原点に目を向けたかった。そんなところだ。そして、元船乗りの若手作家が『白鯨』という小説に書き込んだ鯨捕りたちの姿を近代アメリカの基幹産業をなしていた捕鯨産業の実態と照らし合わせていくという作業も、議論の後半で多少試みた。

なお蛇足ながら、リサ・ノーリングの『エイハブ船長には妻がいた』という捕鯨研究書などが示す方向性も強く意識したつもりではいる。ノーリングの言葉は印象的だ。「真の女性性」ということばがある。バーバラ・ウェルターらによって提唱された近代女性論の基軸をなす用語だが、ノーリングという女性捕鯨研究家にとっては非常に悩ましい用語であった。なぜなら、この「真の女性性」をめぐるカルトがいつ、どのようにして生み出されてきたのか、基本的な根っこのところが、どの研究者、批評家の解釈を読んでも心にしっくりこない。そう告白しているノーリングは、捕鯨産業に従事していた家族の女性たちが残した日記や手紙を調べる作業の中で「真の女性性」なるもののたしかなる存在感を感じ始めたそうだ。鯨捕りの妻たちの多くは数年にも及ぶ夫の不在中、家庭を守り続け、海に出た夫たちへの愛情も育て続けていた。こういった個々の家庭の風景が資料調査の中から次々と明らかになるにつれ「真の女性性」の実像もようやく体感可能になってきたと、そうノーリングは吐露している。捕鯨船をはじめとし、船上生活に身をおいたアメリカ女性たちの生々しい姿を次々に紹介しているジョアン・ドルエットの研究方法が示す方向性もノーリングとまったく同様のものだ。

フェミニズムにせよ、階級論にせよ、人種の問題にせよ、文学研究者が語る社会学的解釈、分析にはときとして大きな落とし穴が待ち受けている。「真の女性性」なるものも、さまざまな社会階層の存在を考慮に入れれば、そうそう簡単にはある時代に生きた全女性共通の問題意識として議論することはできないはずだ。近代アメリカでは農業に従事していた者の人口が一番多く、次が川や湖、海で働いていた水上労働者だった。そんな統計的な事情も配慮しつつ、船乗りたちの家族、鯨捕りたちの家族の問題にターゲットをしぼり、「真の女性性」について一定の枠の中で分析を進めていこうとしているノーリング、ドルエットらの研究スタイルには大いに共感を覚える。

引用文献

Bezanson, Walter E. "Herman Melville: Uncommon Common Sailor." In *Melville's Evermoving Dawn: Centennial Essays*. Ed. John Bryant and Robert Milder. Kent, Ohio: Kent State UP, 1997. 31-57.

Busch, Briton Cooper. *Whaling Will Never Do For Me: The American Whaleman in the Nineteenth Century*. Lexington, Ken.: UP of Kentucky, 1994.

Creighton, Margaret S. *Rites and Passages: The Experience of American Whaling, 1830-1870*. New York: Cambridge UP, 1995.

Druett, Joan. *"She Was a Sister Sailor": Mary Brewster's Whaling Journals 1845-1851*. Mystic, Conn.: Mystic Seaport Museum, 1992.

——. *Hen Frigates: Passion and Peril, Nineteenth-Century Women at Sea*. New York: Touchstone, 1998.

——. *Petticoat Whalers: Whaling Wives at Sea 1820-1920*. Hanover: UP of New England, 2001.

——. *In the Wake of Madness: The Murderous Voyage of the Whaleship Sharon*. Chapel Hill: Algonquin, 2003.

Ellis, Richard. *Men and Whales*. New York: Knopf, 1991.

——. *The Books of Whales*. New York: Knopf, 1980.

Gale, Robert L. *A Herman Melville Encyclopedia*. Westport, Conn.: Greenwood, 1995.

Leyda, Jay. *The Melville Log: A Documentary Life of Herman Melville 1819-1891*. 2 vols. New York: Gordian, 1969.

Melville, Herman. *Moby Dick: or The Whale*. Ed. Harrison Hayford, Hershel Parker, and G. Thomas Tanselle. Evanston and Chicago: Northwestern UP and the Newberry Library, 1988.

Naslund, Sena Jeter. *Ahab's Wife: or, Star-Gazer*. New York: Perennial, 1999.

Norling, Lisa. *Captain Ahab Had A Wife: New England Women and the Whalefishery, 1720-1870*. Chapel Hill, NC: University of North Carolina Press, 2000.

Parker, Hershel. *Herman Melville: A Biography Volume 1, 1819-1851*. Baltimore: Johns Hopkins UP, 1996.

——. *Herman Melville: A Biography Volume 2, 1851-1891*. Baltimore: Johns Hopkins UP, 2002.

Starbuck, Alexander. *History of the American Whale Fishery*. 1878. Secaucus, N.J.: Castle, 1989.

Stowe, Harriet Beecher. *Uncle Tom's Cabin*. Ed. Elizabeth Ammons. New York: Norton, 1994.

Widmer, Edward L. *Young America: The Flowering of Democracy in New York City*. New York : Oxford UP, 1999.

高野一良「メルヴィル・ルネサンス——メルヴィル批評史」(『ユリイカ』四月号、二〇〇二年)一八九—九五頁。

都会のセンチメンタリズム
——生きた石と『ピエール』

高野一良

一　現代によみがえるピエール

まさかという思いで、一九九九年にレオス・カラックスによって映画化された現代版『ピエール』（一八五二）を受けとめた人も多かろう。ハーマン・メルヴィルの作品で、映像化され、ある一定の数の人々を魅了したものとしては、やはり『白鯨』が一番だ。無声映画期のものから始まって、グレゴリー・ペックがエイハブ船長を演じたものなど、いくつか映画作品がある。一九九七年にアメリカのUSAネットワークというテレビ局でテレビドラマ化された『白鯨』（ちなみにこのドラマでペックはマップルを演じている）は、CGテクニックを駆使して視聴者に白鯨の姿をぐいぐいと見せつけていく。本来人間にとって容易には視覚的に捕捉不可能であったクジラという存在についての表象の可能性を徹底的に追求した『白鯨』を新しく映像化するにあたって、現代のビジュアルメディアの担い手たちは、基本的には原作の場面、台詞に忠実な脚本作りをしている。しかし一方で、白鯨が捕鯨船の周囲にひそかに忍び寄る様から、海の中を躍動し、泳ぎ回る様子、そして挙げ句の果てには、白鯨と人間たちの戦いの末、海中でエイハブを見つめ、恐慌に陥れる白鯨の目玉（もちろん原作にはこんな場面などない）をリアルに映像化した。見えない、見えにくいはずのものが見えている、見えてしまうような気がする、そんな快感。錯覚でしかないのだが、現代のテクノロジーは、何もかもが人間にとって可視の存在であるような幻想を人間に与えることになったのだ。

しかしだ。そういった幻想について新たに考えるきっかけをテレビドラマ版『白鯨』が提供してくれること自体、『白鯨』という作品が幾世代にわたって人々の心を打つゆえんと考えることもできよう。それでは、『白鯨』出版直後に書かれた『ピエール』はどうだろう。出版社に出版自体を断られたり、書評で狂った書物とこき下ろされたり（好意的な書評が出されなかったわけでは決してない）、メルヴィルの作家生命に大きなダメージを与えることになったこの『ピエール』が現代的な装いとテーマを持って映画化され、なぜ今というこの時間によみがえったのか。

なお、メルヴィル研究というアカデミックな舞台では当時のアメリカ中上流社会のジェンダー、セクシュアリティーの混乱といった問題が注目を集め、クイアー・リーディングなどが試みられることも多く、そういう方面から『ピエール』という作品が現代的な視点において再評価されたりはしている。だが、私自身はそういう読み方にはあまり関心がない。本稿では当時のキリスト教の問題を主たる切り口にしてメルヴィルと一九世紀中盤のアメリカについて論じてみるつもりなのだが、作品の舞台のひとつであるニューヨークという都会についても触れていくことにしたい。今風の『ピエール』論の中には、家族の女性たちとの不協和音をめぐるメルヴィルの伝記的情報など論者にとって都合の良い情報を下敷きにしつつ、ピエールら登場人物たちの関係や描写にジェンダー、セクシュアリティーの混乱といった用語、公式を当てはめることに汲々としてしまっているケースがある。現在着々と理論化されつつあるジェンダー論を過去の作品に適応させることに躍起になるばかりに、その作品が生み出された時代と社会の全般的なリアリティーに関する意識と調査が欠如してしまうようでは問題だ。作品の背景となっている都会の風景、キリスト教のあり方などについて丁寧に考古学的に掘り起こし、特定の社会問題に対して宗教や文学がいかに関わりあえるのかといった馬鹿正直な、普遍的なテーマを追っていくことにより、『ピエール』という作品がはらんでいる現代性を掘り当てていくことも可能なはずだ。

具体的に問題設定をするならこういうことになる。キリスト教が近代アメリカという舞台で広まっていくその過程で、ある種非常に特徴的なレトリックが生産された。そして、そのレトリックをメルヴィルもまたごく自然に共有していたのではないのか。例えばどういう女性が理想的な女性なのかといった問いに対して非常に分かりやすい答えとそういう女性になるためのマニュアルを用意していたキリスト教が、実は女性問題の掘り下げをあらかじめ封じ込めてしまっていたのではないのか。そしてメルヴィルもまた女性の問題について思考停止に陥っていたのではないのか。そのようなことを『ピエール』という作品に関連させながら考えていきたい。

二　一九世紀によみがえるペトロ

では、まずは「ペトロの手紙一」の一節（二：四-一〇）。

この主のもとに来なさい。主は、人々から見捨てられたのですが、神にとっては選ばれた、尊い、生きた石なのです。あなたがた自身も生きた石として用いられ、霊的な家に造り上げられるようにしなさい。そして聖なる祭司となって神に喜ばれる霊的ないけにえを、イエス・キリストを通して献げなさい。

聖書にはこう書いてあるからです。「見よ、わたしは、選ばれた尊いかなめ石を、シオンに置く。これを信じる者は、決して失望することはない。」

従って、この石は、信じているあなたがたには掛けがえのないものですが、信じない者たちにとっては、「家を建てる

者の捨てた石、これが隅の親石となった」のであり、
また、「つまずきの石、妨げの岩」なのです。彼らは御言葉を信じないのでつまずくのですが、実は、そうなるように以前から定められているのです。

ヨナまたはヨハネの子であるシモンに、アラム語で石または岩を意味する「ケファ」という名前をイエスは与えた。一二使徒のひとりとなり、教会の礎石として天の国の鍵をイエスから授けられたシモンが「ケファ」のギリシャ語訳であるペトロの名前を得た経緯は、「マタイによる福音書」（一六：一八）や「ヨハネによる福音書」（一：四二）に記されている。彼ペトロが書いたとされる手紙が二編、新約聖書には含まれているわけだが、右に引用した一節は、迫害によって失意のうちにあるキリスト者たちを勇気づけようとした第一の手紙からのものである。一読、「選ばれた民」、「選ばれた国家」という意識、あるいは思想を西洋において後世にいたるまで生み出す起源となった聖書中の様々なレトリックのひとつをここに読み取ることができる。

　そして何よりもこの一節が面白いのは、近代によみがえったペトロ、すなわちピエールの物語の骨格をこの一節に見る思いがしてくるからだ。つまり、本人としては正しい「生きた石」のつもりで行動しているのだけれども、他人にとってはただの「つまずきの石」でしかなかったピエール、彼は語り手によって作品中選ばれた民、ヤングアメリカとして描き込まれていくわけで、この一節は『ピエール』という物語全体のタイポロジカルな側面を伝えているともいえるのだ。アメリカが選ばれた国家であるといったミレニアルな発想が、『ピエール』のようなひとつひとつの小説作品に影を落としながら大衆レヴェルで広まる。そしてアメリカの精神風土の中に深く深く根ざしはじめる。そのひとつの大きな要因ともなった状況、すなわち、聖書がそのセールスの規模を競い合いながら一般家庭にどんどん流通していく状況、まずはこんなところに注目してみることにしよう。

「ペトロの手紙」が日々家庭で読まれる、あるいはキリスト教の伝道を文化の場で支えたセンチメンタルノヴェルが日々家庭で読まれる、この一見静かな、まさしく家庭的な情景は、本の出版、流通というダイナミックな経済活動、商業活動がなければ成り立ちえない。出版産業と都市の問題を絡めて新しいメルヴィル研究のひとつの方向性を示しているものとしては、ハンス・バーグマン、シェイラ・ポストローリア、そしてウィン・ケリーなどが代表的なものとして挙げられる。本を読む風景と表裏一体をなす本を売り買いする風景。近代の福音の伝達も経済活動と無縁では決してなかった。福音が全米中に書物という商品の形をとって勢いよく広まっていく様を具体的に見ていく前に、一七九〇年代から一八三〇年代をピークにして全米を席巻したリヴァイヴァリズム、信仰復興運動について少し触れておく必要がありそうだ。

アンティベラム期のアメリカの信仰復興運動についてはすでに別の場所で議論しているので、重複を避けるため、今回は当時の信仰復興運動が持つ特徴について要点のみ再整理しながら、より具体的な布教活動について事例を挙げていくことにしよう。

まず神学上の傾向としては、ロマンティックな、人間中心の神学の再構成ということがよくいわれる。基本的にカルヴィニスティックな神学、信仰が主流をなしてきたアメリカにおいても、神の怒りの業火について声高に唱える説教は人々の心にはもはや届かなくなった。

だが、決して新たな福音伝道の担い手の言動が不活発になったわけではない。都会に発生した社会的に地位の低い階層の人たちを救ったり、日曜学校を開いたり、社会改革運動に積極的に関わり続ける一方で、彼らは時にミレニアリズムを謳い、時に完全なる国家アメリカの再生を訴えた。メソディスト、バプティストが保守本流のコングリゲイショナリストを教会員数という数の点で一気に抜き去り、プロテスタント系では全米最大勢力となったことなども面白い。選ばれた国家アメリカが完全でなければならないといったミレニアルな意識、レトリックが育まれたこの時代、メソディスト、バプティストの牧師らがフロンティア地域を巡回し、キャンプミーティングの場で熱狂的な説教活動を行い、広い地域に拡散して生活していた人々に宗教的なものに裏打ちされた国民意識を植え付けていったことの意義は、きわめて大きいようだ。一八六七年に出た『ハーパーズ・ウィークリー』の表紙を飾った挿絵などは、一九世紀中盤の動き回る牧師の姿を伝えるものとして、アメリカにおける宗教史を扱った書物でしばしば取り上げられる。横なぐりに近い雨の中、傾く傘をしっかりと押さえながら馬にまたがっているメソジストの巡回牧師。その馬もサラブレッドのような精悍な馬では決してなく、少し疲れ気味の、ごつごつとした体つきの比較的背の低い馬。遠くにログハウスが見える以外には泥まみれの道と茂った藪しか彼のまわりにはない。口元も引き締まったその顔つきには決然とした意志が明瞭に見てとれる。

また、一八世紀以来様々な宗派、分派が発生し、全米的規模で、それぞれ拠点拠点を持ちながらも、競いあい、協力しあい、活動を続けたということがひとつアメリカにおける信仰復興運動の顕著な特色になっているわけだが、このあたりのことについて、南北戦争が始まった一八六一年に出版されたいわばキリスト教各宗派辞典みたいな本を紹介しておこう。取り上げられている宗派数は全部で五三。各宗派の代表者がそれぞれの宗派について歴史、教義、布教の実態などについて比較的自由に書き記したかなり大部な辞典である。この辞典の序文では、あまりにもいろいろと誕生してしまった各宗派がそれぞれ自らの存在意義について抱いていたに違いないある種の焦りと、宗派を越えた整理の必要性の意識などを読みとることができる。

今まで出版されてきた宗教史の類は不公平だという不平不満が数多くさまざまな宗派の牧師、教会員から寄せられており、そういった宗教史についても綿密に調べた上で、この辞典の立案者及び編集者は、正確な宗教史の刊行が大変望ましいというだけでなく、必要不可欠であるという信念を持つにいたった。(*Religious Denomination 3*)

ついでながら、メルヴィルの母親が属し、メルヴィルが洗礼を受けたカルヴィン的伝統の色濃いオランダ改革派教会の項目の記述の一部も引用しておこう。財産、お金へのこだわり、海外伝道というミッション意識など、この時代の教会のある側面を伝えている。

三種の教授席寄付金及び既に述べた財産に加え、総会としてファン・バンシューテン基金を保有している。この基金はエリアス・ファン・バンシューテン牧師によって一八一四年に遺贈されたもので、現在の総額は二万ドルである。…以上の基金はすべて聖職者教育、教授や学生の支援に使われており、神学館の財産をのぞいて総額は一五万五〇〇〇ドル以上に及ぶ。…海外布教部が外国地域での教会の伝道活動に関する管轄を一括して行っている。現在のところ、中国アモイでの活動が一件、…（*Religious Denomination* 222）

さてこういった信仰復興の時代、近代の福音がアメリカの各家庭に伝播されていくための中心となった団体についての興味深い研究とその成果の一端をここで紹介したい。一八一六年、ニューヨークにアメリカ聖書協会（American Bible Society）が設立される。これは各派プロテスタント教会を世俗のレヴェルで支える賛助団体のようなもので、主に聖書、宗教書の類を広く世の中に伝えることを目的とした団体だ。アメリカ聖書協会の活動は以後活発に続けられ、現在、ニューヨークのビルの真っ只中、セントラルパークにほど近い、ブロードウェイからちょっと外れたあたりに協会の建物がある。アメリカ聖書協会は設立からまもなくいわば本社ビルを建てており、一九世紀半ばには六階建てのかなり大規模なビルをその活動拠点にしていた。聖書を印刷、発行、販売していくにあたってアメリカ聖書協会が近代的会社組織を作り上げ、より効率的な印刷技術、流通システムの確立を求めていった、その歴史について紹介しているピーター・ウォッシュの『福音を広める――一九世紀アメリカの聖書ビジネス』を読んでいると、まさにひとつの企業の成長史を読む思いがしてくる。メルヴィルの『ピエール』が出版された翌年、一八五三年、本社ビルがテナントとして受け入れた団体名も原綴りのまま出しておこう。

the American Board of Commissioners for Foreign Missions, American Home Missionary Society, Protestant Episcopal Church Foreign and Domestic committees, New York State Colonization Society, New York House of Refuge, Children's Aid Society, Evangelical Knowledge Society, New York Association for Improving the Condition of the Poor, ... (Wosh, 33-34)

ニューヨークという近代都市に拠点を持ってキリスト教が植民地主義と一体化して世界に進出していったありさまを、こんなところにも読みとることができる。

ここでアメリカ聖書協会をめぐって是非紹介したいエピソードは、聖書出版をめぐるライヴァル会社出現という事件だ。アンティベラムアメリカにおいて急速に発展した出版業界の中でも、ハーパー・アンド・ブラザーズ社やチャールズ・スクリブナー社などニューヨークに拠点を持った会社が特に急成長を遂げる。しかし、そういった純粋に商業ベースの出版会社をも圧倒する収益力と印刷などの技術力を持っていたのが、アメリカ聖書協会だった。そのアメリカ聖書協会にとって脅威となったのが、一八四六年に出版されたハーパー・アンド・ブラザーズ社のイラスト入りの豪華美装本聖書だ。比較的安価で決して豪華でなどなかった聖書を製作、販売していたさすがのアメリカ聖書協会も、ハーパー・アンド・ブラザーズ社版聖書の成功には安閑としておられず、当時の読者の趣味に合わせながら、贅沢な体裁の聖書も出していかざるをえなくなる。かくして近代の福音は、その入れ物である聖書という書物の外見的商品価値を競いながら、さらに世に広まっていく。

また、聖書のエディションに関する情報を出すなら、一七世紀以来一八二〇年頃にいたるまで、アメリカで改訂新版の出たキングジェームズ版聖書はわずかひとつだけ。しかし、一八二〇年から一八六〇年頃にかけてアメリカの学者や翻訳者たちが試みたキングジェームズ版聖書の改訳は主なものだけでも一四例あるそうだ。聖書を海外に伝えるために各国語版聖書も次々と生み出され、体裁を変え、言葉遣いを変え、聖書が世界を席巻していく様は、商品経済のダイナミズムさえ感じさせる。

以上、アンティベラム期の福音伝達システムが帯びていた動的な性格について述べてきた。このように激しく動き続ける信仰復興運動の中、宗教的な動機に基づいて生み出され、商品として流通していく文化的産物、例えば小説の中で、個々の人間がキリスト教に則って正しく生きていこうとする際に突き当たるはずの個々の問題はどう煮詰められていたのか。レトリカルにいうならば、近代の石の都、人々が激しくうごめく都会という舞台で生きる良きキリスト人たち、「生きた石」たちの個々のレヴェルでのモラルの問題は、宗教の場、小説の場で、いかに掘り下げられていたのか。

三　「生きた石」たちの都会

危険がいっぱいの都会にやってくる田舎の若者向けのマニュアル本が数多く出版された一九世紀、ある本の表紙に描かれた挿絵を見ておこう。親の反対を振り切って田舎を飛びだす若者。都会の飲み屋には怪しげな魅力で若者を惑わす女性たちがおり、ギャンブルの誘惑も若者を待ち受けている。挙げ句の果てに若者はひそかに殺害され、金品を奪われ、死体は海に投げ捨てられる。その他、都会を生き抜くためのマニュアルにはさまざまな種類があった。『ゴーディーズ』に代表される女性向けの雑誌が女性のファッション、仕草、行動、生き方についてのマニュアルを提供し、大いに売れたのはあまりに有名な話だ。センチメンタルノヴェルという小説ジャンルにしても、いわばキリスト教に則った正しい生き方のマニュアル本の流通という形で広まっていく。どんな試練があっても正しく信仰に則って生きていけば最後には必ず神の祝福を受けるというプロットが、純粋、素朴なお涙頂戴式のある意味で非常に安易な、お手軽な筋立ての物語の流通、消費という形で大衆に広まっていく。

正しい生き方というマニュアルには、当然、正しくない生き方についても書き込まれる。危険がいっぱいの都会に巣くう飲み屋の女あるいは売春婦たち。センチメンタルノヴェルが広く読まれる背後でエログロ系のセンセイショナルノヴェルが流行っていたことは、デーヴィッド・レナルズの研究などによってすでによく知られることになった事実だが、一応表向きヴィクトリア朝アメリカの読者たちにとって、姦淫を犯すような女性は許されるはずもない存在であったはずだ。クリスティン・スタンセルの『女性の都会――一七八九年から一八六〇年にかけてのニューヨークにおける性と階級』などで分析、紹介され、当時の女性問題を考えていくにあたって忘れてはならない都会のマージナルな場所に生き続ける売春婦の問題について、例えば時代の先駆けとして広範囲にわたる社会テーマに関心を示した行動派女性知識人マーガレット・フラーなどは、売春婦や犯罪を犯した女性たちに直接インタヴューを試みるなど、相当積極的に関わろうとしていた。さて、モラルを扱う類の小説家たちがそういうマージナルな女性たちを主役に据えて女性の問題について掘り下げていった例というのはあるのだろうか。

『ピエール』という作品でも、主人公たちがニューヨークに到着した晩に売春婦らしき女性が登場する。

「ねえねえ、そこの可愛らしいお兄さん。ねえったら、若いお兄さん。まあ、いい男。なんでそんなに急いでるの？ちょっと寄っていきなさいよ、お兄さん。素敵な子がいるんだから。」

ピエールは振り向いた。ドラッグストアの窓から斜めに差し込んでくる眩く、不吉で邪悪な光の中になんとも美しい少女の姿を捉えることができた。緋色の頬にけばけばしい装い。その容姿は自然の優美そのものなのにゆがんだ生命力を感じさせる。ドラッグストアからの緑と黄色の光線に照らされ、彼女の肢体は恐ろしいばかりだ。

「ああ、神よ。」ピエールはわななき、急いで通り過ぎた。「これが若者を迎える都会の最初の歓迎なのか。」(237)


まさにニューヨークという都会の入り口で、艶やかな魅力で若者を惑わす女性がピエールを出迎えたわけだ。また、いとこのグレンに都会での生活の支援を得られなかったピエールが警察署に待たせていたイザベルたちを迎えに行った場面、都会の片隅で酒池肉林、乱痴気騒ぎをして、しょっぴかれてきていたらしい男女の群れの中に自らの連れを見出す一幕などはこんな風に描かれる。


右からも左からも、前からも後ろからも酔いどれ男と女の声が聞こえてくる。それも英語にフランス語、スペイン語にポルトガル語。その上入り混じって聞こえてくるのは、人類が発する言葉の中でも最も汚らしい言葉。罪と死の世界で吐き出される俗語、それはまさに隠語と符牒。

人々と声が入り混じったこの修羅場を駆け巡りながら、警察官たちは懸命になって狂乱を鎮めようとするが、それも無駄…

これまでも時たま都会を訪れていたピエールの不完全な体験だけでは、この戦慄すべき光景の持つ特殊な意味合いを完全に認識することは不可能であったけれども、それでも都会生活の悪の華については聞き及んではいたし、今目の前にいる輩がどういう出自でどういう連中なのかは十分に想像がついた。(240-41)

一九世紀前半、中盤に急成長を遂げていく大都会ニューヨークが当時の世界の大都会と顕著に異なった特質を持っていたこととして、住民の半数以上が合衆国以外の出身であることが挙げられたりするが、ここにもその一端がうかがえる。それはともかく、こうした目を覆いたくなるような、あるいは耳をふさぎたくなるような情景を目の当たりにしたピエールの描写が問題だ。都会体験も乏しく、このような破廉恥な光景など苦手なピエールだが、人伝の知識、あるいは物の本から得た情報などによって目の前にいる連中についてピエールは「十分に」理解できた。このあたりのメルヴィルの書き方は微妙だ。ピエールがきわめて世間知らずなお坊ちゃまであることは一目瞭然。しかしそういう彼を主役に据えて、彼と都会の罪深き人との出会いを描き、都会の闇の一断面をえぐり出しているようで、メルヴィルがこういう場面をプロット展開上の効果としてのみ利用している感は否めない。

大都会ニューヨークという場を強く意識したメルヴィル研究の動向について前節で多少触れたが、『メルヴィルの都会——一九世紀ニューヨークにおける文学あるいは都会の形態』を出したウィン・ケリーは、今触れたあたりについて以下のような分析を試みている。一八四〇年代くらいから、ジョージ・リッパードの『エンパイア・シティー』(一八五〇)、『ニューヨーク——上流階級十人と下層階級百万人』(一八五三)などに代表されるニューヨークを題材にした小説が大いに流行ったようだ。こういった小説が題材にしたのは迷宮都市ニューヨークのミステリアスな様相と下層階級の人々の悲惨な生活実態で、筆致はきわめてセンセイショナルなものであるらしい。テーマとして社会改革を目指したものも多く、メルヴィルはそういう小説群を意識しつつ、迷宮都市を小説という場で再現する手法、及び小説化された迷宮都市におけるモラルの問題の扱いについてきわめて皮肉な認識を持ち、『ピエール』でそういう小説群の形式とテーマをパロディー化している。メルヴィルは決して現実の都会の迷宮のようなありさまを「社会的に」読むつもりはないし、救済の手だてを提示するつもりもない。ひたすら心象化されるメルヴィルの迷宮都市はだからこそますます迷宮の迷宮たる様を現前化させている。こんな分析だ。説得力のある解釈ではあるが、やはり迷宮都市におけるモラルの問題に関するメルヴィルの取り組み方について、なぜ、そしていかなる形で「社会的な」読み方が回避されているのか、さらに考えてみる必要があると思われる。

ピエールにとって姦淫という罪は、まず父親の不義の可能性という形で重くのしかかり始め、さらにサブプロットとして、姦淫の罪を犯し、ピエールの母親と牧師に冷たく追いやられるデリー・アルヴァーという女性が脇役として登場することによって、現実的にいかなる対処が可能なのかという問題として表面化してくるわけだ。このデリーをめぐっては、例えば彼女に対して微塵の同情も示さないピエールの母親の冷酷さ、ピエールの独りよがりの正義漢ぶり、そして牧師フォルスグレイヴの態度が問題化される一方で、デリーに注目が集まるということはまずない。このデリーとフォルスグレイヴの関わりという小さなエピソードに注目して、メルヴィルが「社会的な」読み方を回避している様子を簡単に分析してみよう。引用はピエールとイザベルの偽装結婚の話を聞いたデリーの嘆きの言葉の一部。

「私をお造りになった主よ。私の言葉をお聞きください。この石の壁があっても、あなたは聞けるはず。哀れみを、哀れみを。慈悲深き神よ。あの方たちが結婚していないなんて。悔い改めて清くなろうとしている私なのに、私が犯した罪よりももっと大きな罪を犯している人に仕えているなんて。哀れみを、哀れみを、哀れみを、哀れみを。私をお造りになった主よ。私を見てください。ここにいる私を見てください。デリーはどうしたらいいの？ …」(321)

自分の主人たちの罪をも背負うサーヴァントとしてのデリー、彼女は『ピエール』という物語の片隅で、石の壁に取り囲まれ、「哀れみを、哀れみを」とただただ神にすがりながら嘆いているだけだ。デリー自身の悔い改めの物語は、基本的には、『ピエール』という作品全体の中では静かに読者の印象から消えていく。デリーの姦淫及び悔い改めのテーマは、『ピエール』という作品全体のプロット構成上、たしかに深く扱われる必要はない。しかし、それにしても彼女の存在は希薄だ。主役たちの人柄を浮き彫りにする契機をもたらし、主役たちのニューヨーク行きにも同行した彼女の存在の希薄さは、徹底的に曖昧さのヴェールに包まれて描写されるイザベル、そして後で触れるルーシーなど、メルヴィルが描く女性が共通して持つ特性だ。彼女たちは決して「社会的な」存在にはなりえない。

一方フォルスグレイヴ。彼がパトロンであるピエールの母親の意向を気にするばかりで、罪を犯したデリーの処遇について十分に牧師としての役割を果たしていない、その姿はたしかに批判されるべき対象としてメルヴィルによって描かれているし、読者としても批判的な見地を持ってこの牧師を見るというのが、まあ常識的な読み方になるとは思う。こういった牧師像を当時の牧師像と照らし合わせてみるとどういう「社会的な」読み方が可能になるのだろう。

牧師という存在の社会的地位の歴史的な変遷について扱った研究などに目を通すと、従来ひとつひとつの共同体でひそやかに尊敬を集めながら静かに教区牧師としての役割を果たしていく牧師という姿は特にアンティベラムアメリカという舞台で大いに揺らぐ。有名な例としては、かのハリエット・ビーチャー・ストウの父親で当時の信仰復興運動のリーダーのひとりであるライマン・ビーチャーなどが、自分の給料の安さに腹を立て、教区の住民と悶着を起こし、よその教会に移ってしまったなどという経歴を持っている。牧師側としては積極的に宗教活動を進めていくためには、ひとつの教区にとどまっているわけにはいかず、教区を越えた活動を行うためには資金もいる。一方で信徒側としてはひとつの教区に居座ってしまっている無能な魅力のない牧師の代わりにいわばスタークラスの魅力溢れた牧師を高いサラリーで雇おうとする時代の風潮もあり、かつての静的、静かな社会的存在としての牧師像をかなぐり捨てた牧師がどんどん生まれていく。『ピエール』に描かれるフォルスグレイヴもまた、田舎でひそやかに暮らす旧来の牧師像を伝えながら、同時に教区住民のおそらくリーダーであるピエールの母親に媚びながら自らの社会的地位を保全していかなければならない近代の牧師像を皮肉な形で伝えている。

自らをいわば商品として積極的に売り出していくプロフェッショナルな牧師たちを言い表す表現としてサーキュレイトという言葉は実にふさわしい。先ほど当時の信仰復興運動のひとつの特色として、メソディストなどの牧師たちによるフロンティアへの伝道活動が一種のナショナリズムを育んだことを挙げ、彼ら巡回牧師が馬に乗ってフロンティアをサーキュレイトしていた様子を挿絵の説明として紹介した。都会を、フロンティアをサーキュレイトし続けた牧師たち、彼らは当時のキリスト教全体のあり方の動的な側面を文字通り表象している。こういった牧師をはじめダイナミックに動き続けるキリスト教なるものが、しかし例えば先ほども触れたデリーのような女性の個々の問題に関してどれだけつっこんだ答えを出していたのか。そして、当時のキリスト教に対して批判的な、あるいは皮肉な見方をしていたに違いないメルヴィルが、キリスト教の問題と格闘した作品『ピエール』の中で、こと女性の問題について、教会関係者やセンチメンタルノヴェル、雑誌などの正しい生き方マニュアル本が用意した答えよりも、より進んだ答えを提示できているのだろうか。

四　固まる「生きた石」

メルヴィルがおそらくまちがいなくこだわっていた「生きた石」のレトリック、石という言葉に我々もさらにこだわってみることにしよう。キリスト教の問題、女性の問題をめぐって『ピエール』という作品の中でメルヴィルが立ち往生している姿、これをレトリカルに表現するなら、キリスト教の問題と組んず解れつ格闘を続けたメルヴィルの言語が、あるいはメルヴィル自身が石になって固まっている、そんな風に表現できる。読む者なら誰でも気づくことだが、『ピエール』という作品のプロットの端々で、人物描写の各所で、少々こだわりすぎなのではないかというくらいに石のイメージが現れている。地面とはわずかな接点しか持っておらず、一見すると今にもぐらりと倒れてしまいそうな巨大な「メムノンの石」と地面との間のすき間に体をすべり込ませて思索にふけり、「沈黙する巨大な岩は我が上に落ちろ」とイザベルのための自己犠牲を決意するピエールの描写。あるいは、作家として苦闘し続けるピエールが見た幻想。天上を望みながら大地に石化され、封じ込められていたタイタンたちが地上の軛から逃れんと荒ぶる群れをなしている。その中にコエルス（天）とテラ（地）が近親相姦をなして誕生したタイタンとさらにテラが二重の近親相姦をなして生を受けたエンセラドスの姿をピエールは見、しまいにはその姿が狂える我が身ピエール自身に変貌していく。

本稿で注目したいのは、作品の終盤で描かれるルーシーの姿だ。

> 彼女のしていることは彼女自身がなしていることではない。彼女を動かしてきた力は天上、地上、地下からあふれ出るあらゆるものなのだ。彼女は自分が置かれた状態になんの苦痛も感じていない。同情されることだけが悩み。彼女はなんの償いも求めていない。善行の本質は償いを求める意識を一切なくして行うことにあるのだから。…そして、彼女の肉体はさながら神のお住まいになる神殿そのもので、大理石こそがこの神聖なる建造物にふさわしい素材なのだ。今や明るく、しかし神秘的な白さが彼女の頬に宿り始めていた。（327–28）

許嫁のピエールにいわれもない裏切りを受けたにもかかわらず、まったくの無私の精神でピエールに殉ずる生き方を選択するルーシーは、まさしく正しいキリスト人、「生きた石」として生きている。きわめて屈折した形ではあるけれども、都会でのピエール一家の家庭を支えようとする良き母としての機能も担わされている。しかし、彼女はただ思考を停止しただけという意味での生きている石でもあるわけだ。彼女はもはや考えて、そして生きている女性ではない。「彼女の肉体はさながら神のお住まいになる神殿そのもので、大理石こそがこの神聖なる建造物にふさわしい素材なのだ。今や明るく、しかし神秘的な白さが彼女の頬に宿り始めていた。」いやはじめからそうだったわけだ。ピエールと結ばれること、そのことだけがルーシーの望みであり、生きる意味であり、結婚という形を奪われた後も、ただピエールと一緒にいるということに自らの生の意義を集約させてしまうルーシー。石となってしまうルーシー。そういう「生きた石」を描き出したメルヴィルもまた、ときとして石と化してしまう。

男のために自らの人生を翻弄され、破滅させられていくルーシーという女性キャラクターを作り出す一方で、女性が女性として生きていくことの意味、自立などというテーマを煮つめるだとか、ルーシーの内面を深く描き出すことによって彼女の悲劇性を浮かび上がらせるといったようなことを、メルヴィルは十分に行っているだろうか。ルーシーを石のように固まらせてしまうことによって、作者メルヴィル自身、正しい女性のキリスト人を扱うことに関して思考が停止してしまっている、石のように固まってしまっている。これは一例なのだけれども、特にキリスト教の問題を扱いながらメルヴィルはどうもときとして石化する。例のプリンリモンのホロロジカルな生き方とクロノメトリカルな生き方をめぐるパンフレットがキリスト教の教えは非実用的であると断じ、ではどのような実用的な生き方をすべきなのかという具体的な話に進む直前で、そのパンフレットが破れてしまっていてその先が読めないという仕掛け。これは作品全体のプロットの中でひとつの重要な効果を生み出している仕掛けなのだが、キリスト教批判の途中で石と化してしまう、石のように固まってしまうメルヴィルの姿をなによりも伝えている。そして激情に駆られるように、作品後半に描き込まれる作家としてのピエールの姿、言葉を借りながら石と化してしまった自分乃至言語を爆発、炸裂させている。この節の冒頭で紹介した幻想の中の巨人エンセラドスのエピソードなどもその一例だ。

ただ、さらに問題なのは、思考停止に陥っていたのが今述べてきたルーシーならびにメルヴィルだけではないということだ。本稿の前半でいろいろ触れた文化状況のもと、思考停止をある意味で装いながら、例えば女性の問題についての掘り下げを事実上ストップさせてしまう、そんなイデオロギー操作が行われていたのではないのか。当時のお涙頂戴式の正しい女性の生き方マニュアル本、センチメンタルノヴェルにおいても、残念ながら、女性の生き方の問題が深められているとは今の視点からすれば到底いえない。『アンクルトムの小屋』（一八五二）以前の最大のベストセラー、スーザン・ウォーナーの『広い広い世界』（一八五〇）の冒頭で、主人公である幼い女の子が都会の大きなお店で病気のお母さんのためにお買い物という場面で、お金が足りなくて途方に暮れてしまう、でも優しいおじいさんが助けてくれるといったエピソードが伝えるのも、優しい人は優しい人に助けてもらえるのだよといった教育的モットーの前では、都会を生きる者たちの現実の経済的問題、階級の問題などはきわめて影が薄くなってしまうというレトリカルな状況だ。

母親からもらった聖書を片時も離さずにいる少女が広い広い世界の中でさまざまな良きキリスト人たち、「生きた石」たちと出会い、最終的に理想的な牧師との結婚ということが暗示されて終わるこのベストセラー小説は、当然のことながら、家庭を守る良き母親という理想の女性像を終始訴え続けるものの、小説前半で少女の母親を遠い異国の地で病死させ、実際に家庭の中で展開されるはずの母親と娘の生の物語を掘り下げて語るということはしない。母親不在の物語、そして天使のごとき少女に託された理想の母親になるためのマニュアル、それが『広い広い世界』だ。ちなみに『ピエール』の中でやはり母親不在のイザベルが「広い広い世界で私は凍りついてしまう」とピエールに向かって叫ぶ引用、メルヴィルの風刺と読むのもあながち的外れでもないだろう。

ああ、私の弟よ。愛しいピエール。私を助けにきて。私のところに飛んできて。あなたがいなければ私はもうだめ。哀

れんで、哀れんで。この広い広い世界で私は凍りついてしまう。父もいなければ、母もいないのよ。(64)

『ゴーディーズ』の編集長も務めたことのあるサラ・ヘイルが別の雑誌『レイディーズ・マガジン』における書評の趣旨、自らの女性編集者としての立場などについて述べた一文からも引用してみよう。

我々は読者に以下のことを説明したい。我々が取り上げる書籍に関して、我々が考えているモラルの特徴とは何か。より限定して言うならそれぞれの本が女性の心にどう適応するのか、どういう効果を与える可能性があるのか。我々としてはこういう書評方針こそが女性にふさわしいものであると思うし、女性にとって有益であるばかりでなく受け入れやすいものであるとも考える。(Okker, 48)

ヘイルはジェンダーという社会的性差を是認し、明確化を図り、モラルこそ女性にふさわしい価値基準と認定する。女性はモラルの拠り所である家庭という女性の領分の中で自己開花させるべきで、政治などの世界に関わるなどもってのほかなどといった主張を彼女が続けたことなど、パトリシア・オッカーの『我が姉妹の編集者たち——サラ・J・ヘイルと一九世紀アメリカの女性編集者の伝統』に詳しい。『ゴーディーズ』一八四六年一〇月号には「読書会」と題された挿絵があって、清楚な服を身にまとった三人の女性が一冊の本を静かに読み耽っている。一八五四年四月号の挿絵では、四人のうら若き女性たちが、遠くに町の建物を眺める田園風景の中で、馬にまたがって『ゴーディーズ』を配達している男の到着を待っている情景が描かれている。しなだれるような姿勢で雑誌の到着を待っている彼女たちもまた、都会の喧騒、あるいは危険な迷宮を離れ、女だけの読書会に夢中になるのであろう。モラルの領域と自己規定した家庭という世界に立てこもり、女だけの読書会に耽溺する女性たち、彼女たちが自らを含むさまざまな階層の女性たちの問題についてどれだけ思考できたのか、これは、今の視点から、男の視点から見ているからお気軽に批判できてしまうことなのかもしれないが、どうも疑問を持たざるをえない。ヘイルのいうモラルが切り捨てている問題はかなり大きい。

ともかく、当時、家庭を守る良き母親としての女性というイメージが小説、雑誌、教育の現場、あるいは教会周辺などの場からいわばマニュアル的に発信され続けていた。そして、正しい女性の生き方という問題に本来付随するはずの現実的なややこしい社会的問題からは微妙に視線をずらしながら、正しいキリスト教信仰に則ってマニュアルどおりに家庭を守るつつましやかな良き母親として正しく生きなさいといったレトリック操作が大々的に行われていた。

近代によみがえったキリスト、あるいはペトロをピエールに託しながら、キリスト教の意味について問い続け、批判、絶望の色を強めながら、結局「すべてが終わった。しかし汝らに彼のことは分かりはしない」という最後の有名な謎の言葉で作品を閉じてしまうメルヴィルに対して、ある種のいらだたしさがどうしても私にはある。近代国家が新たにシステム化した公社会の中で個人がいかに周囲と関係を取り結んでいくことが可能なのか、ピエールの不能を当時の国家、社会が抱え込んでいた不能と看破した新しい読み方も最新のメルヴィル研究書、ケリー編纂の『ハーマン・メルヴィル・コンパニオン』に収められた。キリスト教の問題、そして女性の問題を本格的に扱う余地のあったこの『ピエール』において、「生きた石」のテーマとレトリックを使いながら、メルヴィルの筆は何度となく本当に石のように固まってしまう。あまりに独りよがりなお坊ちゃま正義漢ピエールに、あまりに世間知らずな厚みのない女性陣、キリスト教の意味を問うことをひとつのテーマとした作品の主役としてはあまりに役不足だ。女性のより現実的な問題について思考することを巧妙に切り捨て、あるいは停止させる、そういうイデオロギー操作にメルヴィルもまた知らず知らず荷担してしまっているのだ。

引用文献

Bergman, Hans. *God in the Street: New York Writing from the Penny Press to Melville.* Philadelphia: Temple UP, 1995.

Douglas, Ann. *The Feminization of American Culture.* 1977. New York: Anchor, 1988.

Gutjahr, Paul C. *An American Bible: A History of the Good Book in the United States, 1777–1880.* Stanford: Stanford UP, 1999.

Karcher, Carolyn L. *Shadow over the Promised Land: Slavery, Race, and Violence in Melville's America.* Baton Rouge: Louisiana State UP, 1980.

Kelley, Wyn. *Melville's City: Literary and Urban Form in Nineteenth-Century New York.* Cambridge: Cambridge UP, 1996.

——, ed. *A Companion to Herman Melville.* Malden: Blackwell, 2006.

Melville, Herman. *Pierre; or, The Ambiguities.* 1852. Evanston and Chicago: Northwestern UP and Newberry Library, 1971. Vol. 7 of The Writings of Herman Melville.

Okker, Patricia. *Our Sister Editors: Sarah J. Hale and the Tradition of Nineteenth-Century American Women Editors.* Athens, GA: University of Georgia Press, 1995.

Post-Lauria, Sheila. *Correspondent Colorings: Melville in the Marketplace.* Amherst: University of Massachusetts Press, 1996.

Reynolds, David S. *Beneath the American Renaissance: The Subversive Imagination in the Age of Emerson and Melville.* New York: Knopf, 1988.

Scott, Donald M. *From Office to Profession: The New England Ministry, 1750–1850.* Philadelphia: University of Pennsylvania Press, 1978.

Stansell, Christine. *City of Women: Sex and Class in New York 1789–1860*. Urbana and Chicago: University of Illinois Press, 1982.
Wosh, Peter J. *Spreading the Word: The Bible Business in Nineteenth-Century America*. Ithaca: Cornell UP, 1994.
The Religious Denominations in the United States. 1861. New York: AMS, 1975.
高野一良「白のモラル――アンティベラム・アメリカの奴隷制とキリスト教」（『人文学報』二六三号、東京都立大学、一九九五年）九一―一一七頁。

なお、本稿は以下の論文に加筆、修正を加えたものである。
「「生きた石」のリヴァイヴァリズム――『ピエール』とキリスト教」（『人文学報』三二一号、東京都立大学、二〇〇一年）四五―六九頁。

〈バーボ〉、その攻撃的沈黙の視線

荒　このみ

一　「助かったんですよ。なぜそんなに暗い顔をしているのですか」

ラルフ・エリスン（一九一四―九四）は、一九五二年に発表した『見えない人間』の題句の一つに「ベニート・セレノ」からの文章を引用している。アメリカ人船長アマサ・デラノがスペイン人船長ベニート・セレノの浮かない表情に納得できず、なぜかと問いかけている箇所である。

「助かったんですよ」とデラノ船長はますます驚きを深め、心の痛みすら感じながら大声で言った。「助かったんですよ。なぜそんなに暗い顔をしているのですか」。(6)

エリスンは二〇世紀の半ばに発表した『見えない人間』で全米図書賞を授与される。まだ公民権法の成立を見ず、黒人が基本的なアメリカ市民権を剥奪されている状況で、この作品は「アメリカの黒人」が、かれらを取り巻くアメリカ社会の構造によって「見えない」存在にさせられていることを描き出したのであった。

血肉・筋肉・体液を備えた人間であるにもかかわらず「見えない」のは、その実質的な身体の主である人間を、周囲の人間たちが認識しないからである。「人々は私を見ることを拒否する」(7)とエリスンは続ける。その拒否する状況をテーマにしたこの作品は、人種差別撤廃運動が活発になり、一九六四年の公民権法成立に結実していくアメリカ社会の歴史的展開のなかで、二〇世紀後半のアメリカ文学の始まりを象徴的に担うことになった。

エリスンが、「なぜそんなに暗い顔をしているのですか」というデラノ船長の問いかけを題句にしたとき、そしてセレノ船長の「ザ・ニグロ」という返答を題句では省略したとき、この限定された引用によってエリスンは何を意図し、読者にいかなる効果を与えると予測していたのであろうか。

引用の直訳は、「何があなたにそのような影を投げているのですか」になる。影を投げかけるものとはいったい何なのか。エリスンの作品はその解答を延期させ、メルヴィルの作品では、「ザ・ニグロ」という解答がかえって果てしない解釈を喚起する。

二 「ベニート・セレノ」の二つの解釈

「ベニート・セレノ」の反乱奴隷の指導者だったバーボの象徴的意味が、この作品の核をなしていることはいうをまたない。それでももう一度、バーボの意味を問い直さねばならない。それは黒人奴隷バーボという人物の性格描写や存在理由を検討するということにはとどまらない。個人名のバーボではなく、〈バーボ〉が表象するところをセレノ船長の「ザ・ニグロ」という解答と関連して考える必要がある。〈バーボ〉は特定のひとりの黒人奴隷ではなく、個人を越え時間を越え普遍性を備えた人物として造型されている。それが「ザ・ニグロ」の意味でもあろう。「あのニグロ」、すなわち個人のバーボを指示するとともに、スペイン人船長はスペイン語の「ニグロ（ネグロ）」の定義である「あの黒いもの」を意味しているのであるし、「ニグロ（ネグロ）」という形容詞がはらむ「怒り」を意味していることも考慮せねばならない。そこにアメリカ人船長とスペイン人船長の間での言語的誤解が生まれてくる。「ザ・ニグロ（ネグロ）」が個人のバーボを指したときには、セレノ船長がバーボに何を感じていたか、何を読んでいたかが問題になる。「あの黒いもの・怒り」を示しているときには、それによって具体的に自分を死に追いやるほどの何を意味していたのかが問題になってくる。

「ベニート・セレノ」における〈バーボ〉とは何であるのかをこれから考えていく。

これまでの「ベニート・セレノ」の作品研究で顕著なのは、アラン・ムア・エメリーがまとめているように二つの解釈である。この二つの解釈に「ベニート・セレノ」論は分類されるとエメリーは言う（Emery, 303）。その一つは、バーボを邪悪の権化と見なし、デラノ船長を楽観主義者、セレノ船長をその対極におき悲観主義者とみなす解釈である。もう一つは、アメリカの奴隷制度批判であり、バーボに同情し、デラノ船長の偏見とセレノ船長の罪意識を問題にするものである。たしかに少なくとも一九七〇年代までの論文を読むとバーボ邪悪論が圧倒的なようで、奴隷制度批判をしながらも、なおバーボ解釈においてはその邪悪な資質を指摘するものが多い。その理由はバーボの白人虐殺によるのだろう。黒人リンチを経験しているアメリカ社会であるにもかかわらず、その逆の行為である「劣等人種」の黒人が白人を残酷に殺すという事実に、一般読者は耐えられなかった。

エメリーの「ベニート・セレノ」論は、この二つの解釈から脱け出て普遍的価値を認めようとする。そしてデラノ船長の限界は白人の「知的優秀性」を誇ることにあるのではなく、『人間に備わる邪悪さ』を認識するのを拒否する」（305）ところにあり、メルヴィルがこの作品で普遍的な問題として提起しているのはまさに「人間に備わる邪悪さ」であるとエメリーは主張する。時間的に特定される歴史的背景を無視するのではないが、奴隷制度批判の分析的視点をもたなくとも、メルヴィルの作品に対して「見当違いの一般化をすることから逃れることができる」(304) とエメリーはいう。奴隷船サンドミニク号は「世界的抑圧の象徴であり(地球的な堕落を暗示し)、アメリカの奴隷制度が決してアメリカ独自の『奇妙な』症例ではない」(304) ことを示したというのがエメリーの分析である。その世界性・地球規模であること・普遍性をメルヴィルは「べニート・セレノ」で描き出したと論じている。

さらにエメリーは次のように断定する。「デラノ船長の想像よりサンドミニク号の黒人たちが賢かったとしたら、同時にかれらは船長の想像を越えて極悪である」(305)。「『人間に備わる邪悪さ』を認識するのを拒否する」デラノ船長であれば、サンドミニク号の黒人たちの邪悪さを認識しないというのがエメリーの見かたであるのだろうが、はたして賢さと邪悪さを同列にして、奴隷制度の中で従属している黒人奴隷たちの資質として論じることが適切であるのだろうか。デラノ船長の圧倒的な楽観主義がその認識を拒否しているというエメリーの判断にしろ、きわめて単純素朴で楽観的な分析といわざるを得ない。

ここで「拒否する」主体がデラノ船長であることを忘れてはならない。「人間に備わる邪悪さ」を知りながら、あるいは感じながら「拒否」しているのか、それともまったく認識していないほど鈍感であるのか。自分の善性を信じて、「『人間に備わる邪悪さ』を認識するのを拒否する」ことに人間的正義があると感じているのか。

常に記憶しておかねばならないのは、デラノ船長の黒人奴隷に対する姿勢である。この作品の時代設定が一八世紀の終わり一七九九年ということを考慮せねばならないだろうが、多くの白人が奴隷制度を疑いもなく支持し、少なくとも制度として建国の父祖たちですら是認してきた、その社会通念から外れることなく、デラノ船長は白人の優秀性を当然のこととして認めている。いささかの疑念すら抱かないデラノ船長の「楽観的」な姿勢を棚上げにして、「『人間に備わる邪悪さ』を認識するのを拒否する」資質を限界とのみ認めるだけで、それ以上のないか。

エメリーは「ベニート・セレノ」の作品研究傾向を二つに分類しながら、その分類を乗り越えて「普遍性」を問題にした作品であると指摘した。ところが不思議なことにじっさいは、第一の分類である「バーボ邪悪説」にエメリーは傾いている。「デラノ船長は黒人のＩＱを正確に推し測ることができないのはたしかだが、知性が集まって『悪意に満ちた行為』をうながし、『高度の知識』が単に抑圧能力を増加させるだけの黒人の『陰険さ』をさらに理解できていない」(305) と述べている。

そしてエメリーは続けて、デラノ船長の勘違いは「アメリカ人の偏狭さ」というより、「計算された人類の残酷さ」を強調していると述べている。それは白人も黒人も同様に持つものであると主張しているのだろうが、そしてこの作品の「普遍性」はそこにあると提示したつもりだろうが、その発言にはデラノ船長に代表されるアメリカ人擁護の意図と、「残酷な」黒人を強調する意図が読み取れる。メルヴィルが、「人類の邪悪さ」の例証として黒人を軽々しく取り上げたと考えてはいけない、とエメリーは読者に警告を発するが、逆に警告を発するところにすでにメルヴィルが黒人を例証としているというエメリーの前提が隠れている。

エメリーのこのような解釈は、「ベニート・セレノ」を論じるにあたって、二項対立思考しか生み出さない。ラルフ・エリスンが答えを削り「そのような影」で引用を止めることによって読者に思考をうながした、その「影」の意味を私たちは探究せねばならない。

物語の結末では、反乱を指揮したバーボは処刑され、身体は焼かれ、頭部のみが竿に括りつけられ、何日も広場で白人の視線に晒される。いっぽう解放されたセレノ船長は三ヶ月後に衰弱死していく。反乱の首謀者も犠牲者も、言い換えると奴隷制度の推進者とその対象もともに死を迎えている。その結末の解釈を最終的な目的としながら、まず物語の最初に戻って〈バーボ〉の視線に集約されていく出来事の起こりとその周囲の状況の描写に目を向けたい。

三　沈黙と無色（灰色）

舞台は南米チリの南端に位置する聖マリア湾で、飲料水補給のために停泊していた商船「バチェラーズ・ディライト（独身者の喜び）」号の乗組員が、不審な船が入港してくるのを発見したところから物語は始まっている。ここでの状況描写で顕著なのは沈黙と無色（灰色）という表現である。「何もかもが灰色だった」（46）のであり、波打つ鉛のような灰色の海面、灰色の空、灰色の海鳥、灰色の霧があたりにたちこめている。「暗い影が広がり、より暗い闇が生まれる予兆の影になっていた」（46）と繰り返される「影（シャドウ）」という単語は、エドガー・アラン・ポウが『ゴードン・ピムの航海記』で描き出した「白い霧」の不確かさにつながる。ここでの灰色は無存在なのではなく、存在の不特定性を強調するのであり、「より暗い闇」が生まれる未来を予想している。

ところが入港してきた不審な船には「色（カラーズ）」が示されていない。もちろん複数形の「色」で指示されているのは、船舶が掲揚することを習慣的に義務づけられている「船舶旗」を意味しているのだが、メルヴィルはいささか強調するように、その船には「色」が示されていないと記す。船舶旗を掲げず習慣を無視する無法の行為から、「この海域の無法性と孤立状態」（47）へ読者の注意を向けさせる。そのような「無法性と孤立状態」の海域を舞台にしたことで、すでに不穏な出来事を予測させる空気の満ちていることが印象づけられ、そればかりではなく社会の規範や制度を転覆させるような無法の力の存在を予感させる。

メルヴィルの作品で船上の奴隷の反乱が成功したのは、「ベニート・セレノ」のサンドミニク号の例だけである。最終的には反乱指導者の処刑で物語は閉じられるにしろ、物語が始まった当初においてすでに奴隷の反乱は成功しており、白人船長を含め白人乗組員は指導者バーボの指揮下に置かれている。マイケル・ポール・ローギンは、フランスの政治舞台を牛耳った歴史的なナポレオンに喩えて、奴隷船上のバーボの勝利を連想する者がいるかもしれないがと述べて次のように続ける。

しかしながらこの奴隷船においても「革命はその代表者たちを無効」にし、かれらは旧来の主人と奴隷関係の模倣の罠にかかってしまっている。ナポレオンは中産市民階級が産み出した人物ではなかった。破壊的で評判は悪かった。にもかかわらずフランスに秩序をもたらした人物である。サンドミニク号でも「無政府状態」がそのもともとの衣装をまとってあらわれるのではなく、「秩序という制服」を着てあらわれている。(209)

物語の始まりの「灰色」の強調は、無秩序状態であれば当然のことながら期待されるような外観が少しも見えず、かえって秩序ある外観、それは徹底的で完璧な主人と奴隷の主従関係という「制服」を着た状態をあらわすための段取りであった。このような人を欺く外観、「灰色」の状況をくぐりぬけ透徹した目で凝視し判断するために、ローギンに言わせれば、マルクスは哲学を必要としたのだが、メルヴィルはサンドミニク号を知覚誤認させやすくして、いわば「灰色に灰色がかかっている世界」を創出して、自分の理論を展開したのである(209)。

奴隷の反乱という革命が終わった後、「灰色に灰色がかかっている世界」で登場人物たちは、まるで日常の生活をごく普通に営んでいるという風情である。日々の散髪・髭剃りが実行され、縄を編み、結び目を作り、刀を研ぐ作業が行われている。若い母親は乳飲み子にお乳を含ませている。ところがそのような平凡に映る日常の作業が、実はまったく意味のない作業であった。ローギンはそれを「アクティング」ではあったが「アクション」

ではなかったと説明する。両者の違いは、外観を整える行動と実質的な行動との差異と見なしたらよいのだろう。じっさいの「アクション」は、船上の「アクティング」がすべて終了し、指導者バーボが裁判にかけられる場面になって始まる。このように外観を整える行動は、アメリカ人デラノ船長の「侵入」によって挑発され、バーボの演出によって台詞までが決定されたのであった。

結局のところ反乱は成功したものの、最終目標であったセネガル帰還は実現しない。デラノ船長の「侵入」がセレノ船長を助け、奴隷船を奪還するからである。実現しなかったセネガル帰還の意味を考えていくが、「灰色に灰色がかかっている世界」という物語の導入のあとでメルヴィルがこだわりながら使い続ける、いわば宗教記号の頻出にまず注目したい。

宗教記号という表現は私の造語であり一般化してはいないが、人種記号（レイス・マーカー）は一般的に諒解されている。人種記号とは、特にアメリカ社会において黒人を暗示する表現であり、たとえば「羊毛のような髪の毛（縮れ毛）」や「分厚い唇」という形容がなされると、その人物は黒人であろうと推測される。宗教記号を同様に諒解すれば、それによってキリスト教が表示される言葉と見なすことができる。通常の形容詞・名詞の範囲を越えて「ベニート・セレノ」ではキリスト教への言及が多い。そこに作者の意図が何もなかったとしてしまうには、その刻印の度合いはあまりにも強い。

スペイン人船長ベニート・セレノの乗る船が、サンドミニク号であり、入港した湾が聖マリア湾であることにまず注意しなければならない。とりわけスペイン船の名前は、メルヴィルが「ベニート・セレノ」を執筆の材料としたじっさいの事件では「トライアル」号であった。それを変更したときに作家の意図がなかったはずはない。さらに舞台となる湾には聖人（聖女）マリアという名前がつけられた。

四　宗教的・政治的命名行為

一五世紀に始まる「新世界」への航海は、ヨーロッパ世界で認識されていなかった地域をヨーロッパの主導によって世界へ認識させることになった。それはヨーロッパ人による命名の行為を伴い、キリスト教の思想を基盤に新たな地域を認識することでもあった。コロンブスによる徹底的な命名の行為に、すでにコロニアリズムの姿勢が見られる。『コロンブスの航海記』には、「発見」した湾・入江・川・岬・山に対して次々にヨーロッパ人に通じる名前を付与し、「新世界」をヨーロッパ化していく執念のような姿勢が感じられる。コロンブスは家族の守護聖人の名前、あらゆる聖人の名前、キリスト教の宗教儀式や教義、聖書に因む名前や出来事から可能なかぎり想起して名前を決定していくのだが、おびただしい数の対象を前にすぐに思いつく名前は枯渇し、命名の困難さを嘆いている。

なぜそのようにヨーロッパ化、そしてキリスト教化せねばならなかったのか。かれらはそうしないかぎり発見した新世界を自己の所有として認識できなかったからである。対象物に固有の名前がないかぎり、無主物先占として宣言することができない。その宣言の儀式は浜辺であるいは岸辺に近い浅瀬の海で執り行われ、半身濡れながら土着の住民を前にして王旗を立て書状を読み上げる。内陸へ探検に入る前のそのような儀式は、ヨーロッパ人には重要であり意味のある行為であったのだが、無主物先占も「自然」を所有することも思考のなかに入っていなかった先住民にとっては、何らの意味ももたない行為であったはずである。コロンブスが大西洋横断の航海のあとに発見した陸地は、今日の西インド諸島の一部になるのだが、その歴史的な一歩を踏み出したときの情景を、歴史家サミュエル・モリスンは次のように描いている。

白珊瑚の輝く浜辺にコロンブスは歴史的な一歩を踏み入れた。船隊長（これからは提督になる）は旗艦に備えてあった小舟に、カスティーリャの王旗をひるがえし、小舟に航海の特別旗――白地に王冠の描かれた緑十字――を掲げて浜辺に向かった。「それから全員で浜辺にひざまずき、神に感謝した。（略）提督が立ち上がり、この島をサン・サルバドール、聖なる救世主と命名した」。(74)

サン・サルバドールの発見の後、コロンブスは隣りの島をサンタ・マリア・コンセプシオン島と名づけ、ハイティ島の岬をサン・ニコラス岬と名づけ、合計四度にわたる航海によって島々の名前やさまざまな海域・地域の名前を次々に決定していった。バル・パライソ（楽園）、トドス・ロス・サントス（すべての聖人）、サンタ・マリア・デル・ガランテ（元気な聖母マリア）、サン・マルタン、サント・トマス等々。キリスト教やヨーロッパに因む名前を付与することに必死だった。後述するが「ベニート・セレノ」の舞台となる奴隷船サンドミニク号のドミニク（ドメニコ）はコロンブスの父親の名前である。

それが当時の社会的習慣・政治的習慣として当然のことであったとしても、私たちは今、その命名の行為に対して批判的解釈をせねばならない。コロンブスの航海にはキリスト教の布教圏を拡大する意図があったのは事実であろうし、イスラーム教との対立にあるヨーロッパ世界では、キリスト教、とりわけカトリックの世界制覇は必死の課題であった。それは一六世紀前半に結成されたイエズス会の伝道活動にも明らかである。そのようなキリスト教（カトリック）の政治的背景があってコロンブスの宗教記号による命名の行為を理解することができる。

五　宗教記号の意図

「ベニート・セレノ」の舞台となった海域と奴隷船を、作者はそれぞれ聖マリア湾、サンドミニク号と命名している。ヨーロッパ世界の宗教的対立状況を考慮してみれば、その意味は単純な名前であるにとどまらず、複雑な意図を秘めた宗教記号として使われていることが諒解されてくるのではないか。これらの宗教記号へ注意を払いながら作品を読むと、その使用の頻度の高さに驚嘆する。

すでにしばしば指摘されていることではあるが、聖マリア湾に漂いながら入り込んできた船を大嵐によって「白く洗われた修道院」のようであったと形容している。その修道院は「ピレネー山脈にある灰褐色の薄暗い絶壁の高所」(48)にぽつんととどまっているように見える。その孤立性の強調はかならずしも奴隷船と結びつくのではないが、周囲の海面を描写した「鉛色の波」の生気のない重苦しい様子や、切れ切れの霧がぼろ布のように船を包んでいる様子に、まるで貧者の埋葬のように奴隷船が人間の身体になり、ぼろ布の経帷子に包まれた姿が想像されてくる。それは生命力に溢れた人間社会からは遠く離れた別世界の存在であり、やがては消え行く奴隷制度を暗示している。

死のイメージがこの作品の出だしの部分を特色づけていることは明らかで、「白く洗われた修道院」は、美しい白さ、清澄な白さを意味しているのではない。『白鯨』の「白さについて」で作者が論じているように、「白さ」に含まれる恐怖がここでも暗示されている。物語が展開していくにしたがいその白さは船首像の白骨体へと導かれていくのであり、白さは残酷な死を意味してくる。それがこの出だしの部分の描写であろう。

修道士たちの俗世間を離れた生きかたは黒い装束によってあらわされている。奴隷船で動く人物たちは、後に黒人奴隷であることが判明するのだが、まだ遠くからぼんやりと双眼鏡で観察している段階では、黒い装束を身につけた修道士のようにデラノ船長の目には映っている。ピレネー山脈の孤絶して建つ修道院を連想したのも船いっぱいに黒衣の修道士がいるように見えたからである。霧に包まれぼんやりした向こうの船の舷墻には、「黒い頭巾を被った修道士」の群れがいて、開けられた舷窓の中にはまるで修道院の回廊をゆっくり歩く「黒衣のドミニコ会修道士」を認めるようであった。

このように奴隷船を修道院に、黒人奴隷をカトリックの修道士に喩えたあとで、より近づいて見ると、見知らぬ船が「パイプ白色粘土」のような特殊な印象を与えていたのは船の手入れを怠っていたからだと判明してくる。帆桁も帆柱も舷墻も長い間、汚れ落しもされず、タールも塗られず磨かれることもない状態で、「羊毛で覆われた」(48) ように見えたと描かれる。そこに漂うのは怠惰・不活発と聖書のエゼキエル書の「乾いた骨の谷間」(48)、すなわち死の暗示である。サンドミニク号じたいが「乾いた骨の谷間」に喩えられるのは、前述した船首像にさせられた白人奴隷主アランダの、白骨死体の伏線(影の予兆)になっている。

奴隷船サンドミニク号が清掃を怠っていたのは、奴隷の反乱が起きていたからであったが、その船の表面の印象を「ウーリー(羊毛で覆われたよう)」であったと、必ずしもその汚さを表現するのにふさわしいとは思われない形容詞を使っている。その形容詞は人種記号になって、「黒人」の存在を作者が読者にそれとなく伝達しているのである。「ウーリー」とは黒人の頭髪を指示するときに頻繁に使われる形容詞であり、典型的な人種記号の一つである。

ふたたびカトリックの宗教記号を追うと、それはサンドミニク号ばかりでなく、ベニート・セレノ船長に対しても見られ、セレノ船長は「心気症の大修道院長」のようであったと喩えられる。いっぽうそばに仕えるバーボは、まるで「聖フランシスの乞食僧」のようだったと喩えられている。このように舞台も主要な登場人物もカトリックの宗教記号で形容されている。そこに出現するのがピューリタンのアメリカ人デラノ船長である。すると特に北アメリカによって代表されるピューリタン的「新世界」と、カトリック的「旧世界」とがこの作品の対立構造を形成していることが明らかになってくる。デラノ船長が勝者であるのではないが、救助する立場にあるという点では上位の位置に立っている。結末においてセレノ船長は故郷に帰ることを拒否し、リマの郊外のマウント・アゴニア（苦悩の丘）の修道院で衰弱していく。二九歳の若いセレノ船長の早すぎる死は、ピューリタン的「新世界」の台頭により旧世界・修道院（カトリック教会）が弱体化しつつあることを暗示する。

その他の「スペインの死」は、たとえば乗組員だったスペイン人侯爵ドン・ワキーンがアメリカ人側の誤認で殺される。その顛末はリマの法廷で取られたベニート・セレノ船長の供述書のなかで述べられている。

ドン・ワキーンはアランバオラーサ侯爵であったが、バーボによって平水夫に格下げされた。格下げに少しのためらいを示した侯爵ドン・ワキーンにバーボは腹を立て、タールを熱して侯爵ドン・ワキーンの両手にかけるようにアシャンテ出身のレクベに命じる。この不運な出来事のみならず、バチェラーズ・ディライト号とサンドミニク号との攻防戦で、黒人の命令に従わざるを得なかった侯爵ドン・ワキーンは、武器を手に舷墻に姿をあらわしたのだが、それを見たバチェラーズ・ディライト号の水夫たちが、侯爵ドン・ワキーンを黒人奴隷の味方と誤解し、銃撃し殺してしまう。侯爵ドン・ワキーンは、スペインを出航したおりに宝石を持ち込んでいた。それは航海の安全が保たれ、無事に目的地リマへ到着したあかつきには、リマの「慈悲の聖女寺院」へ奉納する予定の願掛けの品物だった。

他にも死んでいった水夫や乗客がたくさんいたなかで、侯爵ドン・ワキーンのこの些細なエピソードの紹介は、願掛けの効力もなくカトリック教徒であり貴族制度を代表する一人が死んでいったことを伝えている。しかもその死の原因はアメリカ船側の誤認だった。侯爵ドン・ワキーンの死によってカトリック信仰の一形態が無意味化し、貴族の死が象徴され、アメリカの「権力・武力」の存在が強調される。

「ベニート・セレノ」のなかでカトリックの宗教記号が頻出することによって、この物語が反乱奴隷の奴隷船乗っ取りの物語であるだけではなく、世界の宗教のありかた、その勢力図の書き換え、カトリック対プロテスタント、旧勢力対新勢力の構図の書き換えを暗示していたことが明らかになってくる。アメリカ船のデラノ船長およびその乗組員の活躍は、カトリック教会・ヨーロッパ中心主義から新興勢力のアメリカ合衆国へ、世界の「権力・武力」の均衡が傾いていく情勢を反映している。

セレノ船長はもはや故郷チリへ帰ることを望まず静かに死を迎えるが、友人の奴隷所有者アランダが惨殺されたことを含めて、南米で繁栄したスペイン人勢力の衰退、コロニアリズムの弱点を象徴しているだろう。デラノ船長は反乱奴隷を押さえ込んだことによってすべてが解決したと感じ、アメリカの我が世の春を満喫するふうであるのは、「ベニート・セレノ」の時代背景である一七九九年の、これから一九世紀を迎えようとするアメリカ合衆国の勢いをあらわしている。一九世紀のアメリカはますます「世界制覇」、アメリカン・エンパイアへ向けてその精力を注ぐようになっていく。

六　アフリカ的人種記号

これまでカトリックの宗教記号に注目し、特に「ベニート・セレノ」の前半にそれが頻出していることを見てきたが、この作品で気になるのは世界の宗教としてのカトリックの宗教記号ばかりではない。奴隷船サンドミニク号の乗組員が描き出されるにしたがい、かれらの人種記号を通して、作者はキリスト教世界・ヨーロッパ中心主義の発想からはみ出るアフリカ人の存在を、きわめて意識的に描き出していることがわかってくる。メルヴィルが『白鯨』において、捕鯨船ピークォット号の乗組員を世界の島々や地の果てなど周縁地域から集めたことは『白鯨』第二七章に詳しい。その種々雑多な人類集団は、フランス革命のときに国民公会にさまざまな人種を率いて出席し、フランス革命が世界的に支持されていることを例証しようとした「人類の雄弁家」クローツ（一七五五―九四）の一団に喩えられている。「ベニート・セレノ」の奴隷船に乗っていた黒人奴隷は、世界のさまざまな地域を代表していたのではなく全員アフリカ人だったが、いっぽうでかれらがみなアフリカの同じ部族の出身というのではなかった。アチュファルと作業する男たちや、若い女たちはアシャンテであり、指導者のバーボはセネガル出身だった。

スターリング・スタッキーによれば、アマサ・デラノのじっさいの「日誌」には、アシャンテへの言及はない。第一八章の証言集にもアシャンテについては語られていない。メルヴィルがベニト・セレノの証言のある一行からアシャンテがトライアル号に乗っていたと推測したのではないかとスタッキーは論じている。その証言とは、「ニグロの成人女性は反乱に関わり、主人の死に影響を与えた。（略）宣誓供述人を殺そうとその力を使った。（略）殺人行為において女たちは歌いはじめたが、その歌はきわめてメランコリックで、ニグロの男たちの勇気を鼓舞するものだった」（Stuckey, 186）と記述されている。メルヴィルはアシャンテの文化に関しておそらく読書によって知識を持ち、それをここで適用したのではないかとスタッキーは推測している。

アチュファルは自己申告によればアシャンテ王国の国王だった。それについてバーボが以下のように補強して説明している。

「アチュファルの耳に刻まれた裂け目は、楔形の黄金飾りを通す穴だったんでございますよ。ところがこの哀れなバーボときましたら、自分の土地で奴隷にすぎなかったのでございます。黒人の奴隷だったんですよ、このバーボめは。今では白人の奴隷でございますが」（62）。身体的特徴も痩せた小男と頑強で巨躯の男というようにセネガル出身のバーボとアシャンテ出身のアチュファルは対照的に描き分けられている。反乱に成功したバーボは、サンドミニク号の針路を近くの黒人の町へ向けるように希望したのだったが、どの港も白人が支配していることを知らされると自分の故郷セネガルへの帰還を要求する。

七　セネガル人とアシャンテ

セネガル人とアシャンテ出身ではどのような違いがあるのだろうか。物語の半ばから特に目立つようになるアフリカ的特質を取り上げる作者の、人種記号・宗教記号に織り込まれた意味を読み取っていく。

西アフリカのセネガルでは今日でも奴隷の島としてよく知られたゴレ島が世界遺産として保護されているように、奴隷貿易が盛んだった地域である。一般に西アフリカから奴隷は新世界へ「運搬」されていったが、アフリカ大陸内部で捕獲された奴隷たちも西海岸へ集結され、そこから奴隷船に乗せられる場合がほとんどであった。奴隷たちは部族の区別なく同じ船に乗せられたのだが、それは意図的に言葉の通じない捕獲奴隷たちを一緒にして、反乱の企てを阻止するためでもあった。

セネガルでは今日、人口の大部分をイスラーム教徒が占めている。一一世紀頃からこの地域はイスラーム化され、西アフリカのイスラーム化の中心地になっていった。一九世紀後半には下層農民の生活向上を目指してイスラームに基づく社会改革が行われている。アフリカの部族のアニミズムや祖霊崇拝・土俗信仰ではなく、世界の宗教になっていたイスラームの宗教圏に入っているのである。

そのようなセネガルの例からも推定できるように、新世界へ送られたアフリカ人奴隷にはイスラーム教徒がかなりいたはずである。アフリカン・アメリカンの作家アレックス・ヘイリー（一九二一―九二）は『ルーツ』のなかで、自分の祖先を調べ上げた結果、古マリ王国出身のイスラーム教徒であったと特定している。ヘイリーの祖先であるアメリカ移住の一世クンタ・キンテは、死ぬまで自分の宗教を保ちキリスト教に改宗しなかったことが語られている。二〇世紀の奴隷の子孫が、自分の祖先をわざわざイスラーム教徒にしたのには理由があるだろう。たまたま祖先がそうであったというのではなく、ヘイリーには何らかの意図があったはずである。そのことに関してここでは論じないが、西インド諸島や南米を経て最終的にアメリカ合衆国へ売られていった「アフリカ人」には多くのイスラーム教徒が混じっていたという事実を私たちは記憶しておかねばならない。

「ベニート・セレノ」のなかで明記されているのではないが、セネガル出身のバーボはイスラーム教徒だったと見なすのが自然であろう。アチュファルと比較したとき、身体的に劣るバーボがセレノ船長の側に仕え、王者の風格のあるアチュファルが身体を鎖で束縛されていることをデラノ船長は不審に感じている。言葉を発するのはほとんどバーボひとりであり、いっぽうアチュファルは寡黙である。バーボはしばらくスペイン人の間で暮らしたことがあったという説明があり、スペイン語を話すことによって白人とのコミュニケーション能力があった。スペイン語を話すことは反乱の指導者として必須の条件だっただろう。バーボには指導者になるための情報収集力が備わっていたし、交渉や決断を実行することができた。アシャンテのアチュファルとは違って、バーボは世界宗教のイスラーム教徒であった。その意味でアシャンテの地域信仰の祖霊崇拝とは異なり、「コズモポリタン」だったのである。ピーター・ギビアンは「コズモポリタニズムと旅行文化」のなかで、「ベニート・セレノ」のバーボに言及している。「暴力的な権力でこの状態を統率しているアフリカ人は、陰謀・たくらみに富み、西洋の慣習を自由に扱うことができるほどコズモポリタン的な広い知識を備えていた」(Gibian, 25)。

バーボの反乱は結局のところ失敗に終わるが、それでもバーボの存在がかくも強調されているのは、キリスト教徒の白人との対照においてイスラーム教徒の黒人の存在を提示しようとしているからではないのか。それがカトリック教徒セレノ船長の最後の言葉「ザ・ニグロ」に隠された意味ではなかったのだろうか。「影」の恐怖だったのではないか。

物語の時代設定である一八世紀の終わりは、後にアメリカン・エンパイアを予測させるアメリカ合衆国がこれからようやく自己主張をするようになる時代である。一九世紀になるとアメリカは自国の西部地域への発展のみならず、世界を市場に想定して余剰物資のマーケットを探索・開発するようになっていく。まだ十分にヨーロッパの勢力が強かったのだが、セレノ船長の「ザ・ニグロ」は、まず第一にカトリックの衰退をうながす他の世界宗教の、そして次に新教ピューリタンの、すなわちアメリカ合衆国の台頭の恐怖を指していたのだろう。デラノ船長に救助されることは喜びではなく、かえってこれまでのヨーロッパ社会の基盤の崩壊を決定づける代替行為であった。ここにおいて中世から始まるキリスト教とイスラームの対立構造のなかで、バーボの死に台頭するキリスト教とりわけピューリタンと、消滅するイスラームを読み取ることもたしかに可能であるのだが、最終場面におけるバーボの攻撃的な沈黙の力を読者は看過するわけにはいかない。

セレノ船長は、「ザ・ニグロ」の恐怖によって、アメリカ社会においてますます泥沼化していく「ニグロ問題」を指摘し、同時にバーボに代表されるイスラームの勢力拡大を暗示していた。その言葉は世界の宗教イスラームが新たなる組み換えを要請し、ヨーロッパ・キリスト教文明＝世界の「正しい」イデオロギーという発想に対して疑義を呈しているのである。それは二一世紀の今日の、アメリカ合衆国とイスラームとの対立が明確になっている世界の状況を予言するものであった。セレノ船長が「ザ・ニグロ」の恐怖を語ったときに、それは特定の「あの黒人」を指していたのではなく、キリスト教とは対立する宗教的感性、隠然として堅固な力を秘めた「勢力」とその人間の意志への恐怖を秘めていたのである。

このように考えてくると、物語の出だしにおいて灰色のイメージの頻出が死への連想をうながし、作者が状況描写においてカトリック教徒や修道院に関わる形容詞・動詞を繰り返し使っていた理由も明らかになってくるだろう。白壁の修道院・黒衣の修道士・修道院長・修道院の回廊など、暗いイメージを生み出すものとして頻度高く使われているが、それはカトリック教会の衰退を暗示していたからである。

八　イスラーム表象

いっぽうイスラームやアフリカ表象は、死を意味するものとして否定的に使われることはない。デラノ船長は、自分の船「独身者の喜び」号でコーヒーを御馳走いたしましょうとセレノ船長を誘う。「古くからいる私の司厨長に、これまでどんなスルタンも飲んだことがないような、おいしいコーヒーを入れさせましょう」(94)と、イスラーム教国の君主を最高位の喩えに用いて招いているのである。さらに大団円の奴隷船の上での混乱・乱闘の場面で、サンドミニク号の黒人奴隷たちは「獰猛な海賊の反乱」(99)状態で、手斧や刀剣を振りかざしている。いっぽう六人のアシャンテたちは、船尾で踊っていたと描写され、その姿は「恍惚とした黒いダルウィーシュ」(99)のようであったと喩えられている。すなわちかれらはイスラームの神秘主義教団の修道者のようにくるくると回転しながら、主人であるセレノ船長の存在しなくなった船上で、精神的「解放」という宗教体験をしていたのである。かれらアシャンテはバーボと違ってじっさいはイスラーム教徒ではないのだが、そのアフリカ人に対しても作者メルヴィルはイスラーム表象をもって形容している。

その他、ムラートの司厨長は、マドラス布をいくつも用いて仏塔のようにターバンを巻きインドの王侯のようで、船室で昼食の用意ができたことを知らせるためにベニート船長へ近づきながら、イスラーム教徒の挨拶である額手礼（サラーム）をする(88)。その男は常に微笑みを浮かべ低くお辞儀をしながら、「エレガンスを漂わせている」(88)のである。イスラーム教徒のお辞儀の習慣を作者は奇妙なもの異質なものとして排斥するのではなく、人間のエレガンス・優雅さの表象として認識している。

九　肯定的なアフリカ表象

「ベニート・セレノ」ではこのようなイスラームの宗教記号のみが強調されているのではない。アフリカの異なる文化・異なる習慣が意図的に取り上げられ、それらにはすべて否定的ではなく、むしろ肯定的な意味が付与されている。バーボでさえ「ヌビアの彫刻家」(87)に喩えられる。セレーノ船長の散髪の場面で、最後の仕上げにバーボが櫛やはさみやブラシを手際よく使う様子は、「ヌビアの彫刻家」が白い彫像の頭部を仕上げているようだったと叙述される。

甲板の昇降口の近くで白人老水夫があぐらを組んで座りながら、麻の綱に複雑な結び目をつけている。その光景を目撃したデラノ船長は、この老水夫をエジプトの神官に喩える。「老人はアモン神殿に奉納するゴルディオスの結び目を編んでいるエジプトの神官のようだった」(76)というとき、不可思議な作業へのデラノ船長の違和感を表現しているのでもあるのだが、故事にならって結び目を解くことのできない、したがって「アジアの支配者」にはなれないヨーロッパ人・アメリカ人の苛立ちを示している。「その複雑な結び目をアメリカの船では見たことがなかった」(76)とデラノ船長はわざわざ強調しながら、その違和感の原因を究明することはない。老水夫がすばやくサンドミニク号の「謎」を伝達しようとしても、そのまま結び目の謎解きを放棄する。

巨躯のアチュファルは「エジプトの墓」(92)の入り口に据えられた墓を守る黒大理石の彫像に喩えられている。記念碑のような巨大さは力の象徴であり、沈黙するアチュファルは、デラノ船長の推し測ることのできない

「異質」の力の象徴なのである。表層的な言葉でしか理解できないアメリカ人のデラノ船長は、スペイン人のセレノ船長が話す内容の背後に隠された意味を推察することはできない。老水夫が複雑な結び目を「解いてくれ」と英語ですばやく要請しても、その意図を理解することはない。ましてアチュファルの沈黙が意味するところはまったく理解できず、饒舌なバーボの言葉を鵜呑みにするだけである。「誇り高いアチュファル」(63)はバーボが強いるように「まずご主人さまの許しを求めねばならない」(63)と説明されれば、まさその通りでありバーボのあくまでも忠実で従属的な態度に感嘆するのみである。

かれらアフリカ人の「自然」そのものの姿は、アメリカ社会の規範に無意識的に縛られながら、それを束縛として認識せず、絶対的な価値として信奉しているデラノ船長には新しい衝撃であった。そしてある種の感動を覚えているのである。けれども黒人奴隷の若い母親と赤ん坊の昼寝をしているさまを描写するにあたって、デラノ船長に思い浮かぶ喩えは、すべて人間ではなく動物の喩えである。半頁にも満たない文章の中で雌鹿・小鹿・雌豹・ハトなどが形容語として頻出し、「ダム(四足獣の母親)」や「ポー(かぎ爪のある動物の足)」という言葉が黒人の母子に適用される。その情景にデラノ船長は、「そこには裸でありのままの自然があった。純粋なやさしさと愛情だ」と思い、「まったく満足したのだった」(73)と感じ入っている。

「ありのままの自然」を目の前にしてデラノ船長が抱いた安心感は、植民地主義者の勝手な理想像によって生じたものだった。続くパラグラフでは、アフリカ探検家マンゴ・パーク(一七七一―八〇六)のアフリカ紀行もかくありなんと理想の女性像を目撃した感動に溢れている。「文明化されていない女たちはたいていそうなのだろうが、かれらは心やさしく同時に身体頑健である。自分の幼子のためであれば命も惜しまず、喧嘩も辞さない。雌豹のように単純でハトのように愛情ゆたかだ。ああ、ひょっとしたらここにいる女たちは、マンゴ・パークがアフリカで出会い、かくも崇高な文章で綴ったあの女たちなのかもしれない」(73)。

ここで使われている表現「ありのままの自然（naked nature）」は、実は深い意味をもってくる。作者メルヴィルがそれをどこまで目論んでいたのか判断できないが、デラノ船長の女性讃美は、奴隷のバーボ讃美と同列において論じられるだろう。表層的に見える範囲に限定しながらデラノ船長はあらゆることを理解する傾向がある。物事の本質、いわば「裸の本質（naked nature）」を見極める能力は欠落しているのであった。それがセレノ船長に対する誤解を生み出し、バーボを模範的な奴隷であると思い込み、白人水夫たちが送る必死の訴えを受けとめられない鈍感さにつながっている。

あらゆるものをステレオタイプ化する傾向はこの場面ばかりでなく、スペイン王旗を散髪のエプロン代わりに使用しているところにも明らかである。「アフリカ人の原色ごのみ」（84）というステレオタイプ化された理由づけで納得してしまうために、デラノ船長はスペイン王旗がこのように冒瀆されている、その理由は何かという想像はできない。

そのようなステレオタイプ化についてはローリー・ロバートスン＝ロラントが『メルヴィル・伝記』でも指摘しているところである。「デラノ船長はアフリカ人を、陽気な原始人で、原色を好み、白人に仕える特殊技能を身につけていると勝手に見なし、楽しく騒ぐことの好きなかれらを常に動物に喩えている」（Robertson-Lorant, 291）。そしてその傾向をもっとも印象的にあらわしているエピソードは、奴隷のバーボが主人セレノ船長へ徹底した従属的立場と映る態度を崩さず、そのバーボに奴隷の模範を見出してしまうところである。それをデラノ船長は、「人間関係の美」のあらわれと見なし、忠誠と信頼の相互関係がそこにはあると考える。

「忠実な奴だ！　ドン・ベニート、あなたを羨ましく思いますよ。こんな友人がいて。とても奴隷なんて呼べませんよ」（57）とデラノ船長は言う。そしてじっさいバーボを売って貰いたいと考えるのである。

だがここでバーボを買い取りたいという発想がデラノ船長の頭に浮かんだように、奴隷制度の根本的な非人間性を理解していないのである。そこにあるのは神から与えられた「明白なる運命」という傲慢なアメリカの「エンパイア」思想である。デラノ船長は「共和主義的精神」で食料や飲料の欠乏したサンドミニク号に、自分の船の貯蔵食料を分け与える。だがそこで白人と黒人奴隷に平等に与えようとしているのではない。「柔らかいパンや砂糖、サイダー酒」は白人のみに分配しようとする。すでにそこにアメリカの共和主義的精神の矛盾が露呈されている。

それはデラノ船長が自分自身の囲い込まれた意識のなかにいるからであると批判するのはH・ブルース・フランクリンである。フランクリンは「奴隷制度と帝国（エンパイア）――「ベニート・セレノ」」論で、「デラノ船長はまた自分自身の人種主義、権威主義、さらには性差別主義の意識にとらわれている。メルヴィルとは違って（略）デラノ船長は、自分以外の他人に関して、自分自身の特権的階級・人種・性の優位な立場からしか判断することができなかった」（Franklin, 157）。

それをデラノ船長の楽観主義、善人説で納得してはならない。それよりも奴隷制度の根拠となる非人間的な姿勢こそ問題にしなければならないのであり、「奴隷を友人」のようだと見なす主人側の傲慢さを糾弾せねばならない。「下僕というより信頼できる仲間」であるはずはなく、奴隷制度の本質から奴隷が友人になることはありえない。奴隷に友人を求めることじたいが白人のおごりである。ところがそのデラノ船長を楽観主義者、善人と呼んでしまう解釈がある。奴隷制度の本質に目をつぶったそのような論説を構築することは不可能である。この態度は今日のアメリカ式人道主義へ連綿とつながっている。かれらの「もっとも偉大なるアメリカ（アメリカ・ザ・グレイテスト）」、アメリカ的民主主義という考えかた、アメリカ的価値観への信奉がそうさせるのであろう。たしかに時代の制約のなかで、純朴で自己の思想を築くことのできないデラノ船長のようなアメリカ人は、単純に奴隷と主人の「美しい関係」に感動してしまったと解釈することも可能である。だがその純朴さこそ危険思想である。そしてメルヴィルはすでにそのことに気づいていた。いっぽう「美しい関係」を担っている奴隷たちの心底からの人間性の叫びが、いずれは爆発し反乱を起こすであろうことも感知していた。それだからこそメルヴィルは「ベニート・セレノ」を書いたのだろう。

メルヴィルはアメリカン・エンパイアの構築へ向かうアメリカ合衆国の、「明白なる運命」のエネルギーが突き進む行く末を、不安にかられまた苛立ちを覚えながら凝視していたにちがいない。この作品によってデラノ船長が代表するアメリカの体制的価値観を批判し、アメリカ人の無知を指摘したのであった。

アメリカン・ナショナリズムの流れのなかで、アメリカ的価値観を信奉することは「正しい」ことであった。だがメルヴィルは「ベニート・セレノ」のみならず、『信用詐欺師』において、デラノ船長のように素朴で素直な明るいアメリカの未来を疑いもなく信じる人間を、かならずしも肯定的価値を備えた「善人」とは捉えていない。デラノ船長は本当に善人だったのか。

一〇　メルヴィルの善人論

『信用詐欺師』の第七章でメルヴィルは善人論を展開している。

信用詐欺師、「チャリティ・マン」の灰色に身を包んだ男の気を引いたのは、ひとりたたずむお人好しそのものに見える紳士だった。「畑の真ん中に立つ一本の楡の木のようで、青々と繁った枝葉が鎌を手に耕す人を魅惑し、鎌を下ろして木陰でちょっとひと休みと招いているようだった」（『信用詐欺師』、30）とこの紳士は形容されている。この紳士ならたっぷりと寄付を差し出すに違いないと踏んで「チャリティ・マン」は近寄っていき、じっさい手持ちはあまりないと言いながら紳士は金を提供する。

メルヴィルはここで、「善」とは人間社会で稀な事柄であるはずはないという。なぜならいかなる言語にも「善」という名詞が存在する。そしてこの紳士は善人そのものの特質を備えている。それなのになぜこの紳士は「非現実的」な風情を漂わせ、群衆のなかでひとり外国人のように映るのだろうか(30)。そしておそらくこの紳士は、身体的にも精神的にも嫌な体験をしたことはないのだろうと推定する。

この紳士の服装についての言及があり、外套の裏地は白いサテン、キッドの白い手袋を片手にはめ、もういっぽうは素手だがその白さはキッドの白い手袋に劣らない。けれども蒸気船フィデル号は煤だらけで、あちこち汚れがついても不思議ではない。それなのにいかにして手を汚さずに白く保っておけるのか。よく観察すると手を使うような仕事はすべて「ニグロの下僕」に任せていることがわかってくる。そこでメルヴィルは、イエス・キリストの処刑の責任は自分にはないと「手を洗った(足を洗った)」ポンティウス・ピラトの喩えを持ち出す。「それゆえこの紳士は、ヘブライの総督のように、自分の手を清潔にしておく術を知っていたと諒解する理由がある」(30)。すなわち「この紳士は、まさに運が強くて善人になっている」(30)のだという。

ここでふたたび『白鯨』の「白さについて」の論考を思い出さねばならない。メルヴィルはかならずしも白さの価値を肯定的にのみ認識していたのではなかった。それゆえこの紳士の「白い手」は、その前提として黒人の「黒い手」の存在があることを思い出させている。すなわち「善人」を表層的な美しさのみによって判断してはならない。その背後には「善人」を善き人たらしめている従属的な人間が存在することを忘れてはならない。そのような制度を疑問も抱かずに黙認している「善人」たちがいる。

さらに善人であることと正義の人であることはまったく別であり、善人は正義の人のはるか下に位置するとメルヴィルは述べる。正義の人のために死ぬことはめったにないが、善人のために勇を鼓して死ぬことはありうるという。「この紳士は単純に善人であり、その善良さは少なくとも犯罪的ではないと見なされるよう望まれる」

(三二)とメルヴィルは言うのだが、続けて「いかなる人物であろうとも、正義の人であろうとも、この紳士を善なるゆえに犯罪者だと牢屋へ入れるようなことは、まさかなしえないだろう」(31)とまわりくどい説明をするとき、メルヴィルの善人論の複雑さが見えてくる。善人であることは、もろ手を挙げて肯定することがらではない。かえって善が犯罪になりうることをメルヴィルはその逆説的表現によって示しているのである。

チャリティ＝慈悲深い行為が一九世紀アメリカのキリスト教社会で奨励されるなかで、メルヴィルの唱える善人かならずしも善き人であるのではなく、善人は悪人(犯罪者)であるかもしれないという主張ほど荒唐無稽に聞こえる説もなかっただろう。けれども畑の真ん中で木陰を提供する唯一の存在は、自分のその立場を認識したとき犯罪的に自分の価値を高めていくのである。それがメルヴィルの善なるゆえに犯罪であるという考えかたを生み出している。

このような善人論から推し測れるように、「ベニート・セレノ」のデラノ船長を善人と規定したところで、絶対的に善なる人であるのではなく、まして正義の人を意味しているのではない。ひょっとしたら善なることによって犯罪者であるかもしれないのである。アマサ・デラノ船長に対して典型的な楽観主義者の、「善きアメリカ人」という絶対的評価を下してはならない。

一一 「沈黙の言葉」の力

ここで最初に戻ってラルフ・エリスンの『見えない人間』における、主人公の祖父の遺言を思い出しておきたい。

祖父の一生は白人の権力の前で、抵抗せず現実的にも精神的にも従属している振りをして、白人のプライドを傷つけぬようにして生き延びることだった。いわゆる「シグニファイイング」という黒人奴隷たちが身につけてきた生き延びる術を祖父は息子に確認し、これからの「アメリカの黒人」の取るべき姿勢に一つの教えを与えたのだった。

「頭をライオンの口に入れたまま生きよ。はいはいと言ってこらえ、ニヤニヤ笑って相手を徐々に蝕むのだ。死と破壊にいたるまで徹底的に同意し、お前を呑み込ませて、ついには吐き出すか腹が破裂するように仕向けるのだ」(17) という遺言を、祖父は子々孫々まで伝えよと小声だが激しく言って死んでいった。白人支配の社会で生き延びるには、「シグニファイイング」の態度を取り、自分の考えをひたすら押し隠していかねばならない。だがその「沈黙の言葉」の力を信じることを祖父は伝えようとしている。沈黙は無力ではない。沈黙には底知れぬ力が秘められている。

「ベニート・セレノ」の物語には、「声のないバーボの物語が含まれている」と言うのはロバートスン＝ロラントで、「法律言語は倫理問題を曖昧にし、植民者によって書かれた歴史は常にそうなのだが、アフリカ人の視点を無化する」と述べている (Robertson-Lorant, 292)。裁判により下された刑罰は当然のことながら、バーボに残酷な処刑を下したが、その過程においてバーボの反乱の意味が問われることはなかった。奴隷の反乱は絶対的に邪悪な行為であり、バーボの声を聞く必要はないというのが体制側の論理である。

反乱の失敗によってバーボは奴隷に戻ったのだが、「奴隷とは常に声を持たないものである」と言うのはリチャード・E・レイである (Ray, 340)。レイはバーボの残酷さをその性質の一つであると見なしている。そしてバーボが白人殺害という残虐な行為を実践したのは、白人への復讐をするためだったと主張する。「バーボの無慈悲な行動は、目的遂行のために冷徹に計算された手段であったのではなく、復讐をかなえようとする潜在的な情熱によっていた」(Ray, 337) と言うのだが、はたしてそうだろうか。たしかに冷徹な計算はなく、南米において黒人の支配する町へ自分たちを連れていくように希望するところなど、現実認識を持たないともいえる。けれども現実認識の欠落は当然のことであり、情報収集を制限されていた奴隷には南米をすでに白人が支配するようになっていたことなど知る由もなかった。それでも逃亡奴隷の共同体マルーン、ブラジルではキロンボと呼ばれる黒人共同体が山中の隠れた地域にはあったのだから、黒人の町、黒人共同体が存在しないというのは事実に反している。

レイの意見は、黒人邪悪説を肯定する論理ではないだろうか。「奴隷の喜び、それは自由」(Ray, 336) とレイ自身が書いているが、バーボたちは復讐ではなく自由を求めて反乱を起こしたのである。レイのこのくだりは、「独身者の喜びは奴隷の喜びと同類である」(Ray, 336) となっている。女に束縛される男は奴隷と同じであるという、その連想のありかたは物事の軽重の測りかた距離の取りかたに無知であり、奴隷制度の意味に鈍感な男性優位主義的発想である。自分たちの人間性が認識され自由を獲得できれば、元奴隷たちは何の復讐をする必要があるだろうか。レイがこの論文を発表した一九七〇年代半ばにおいてさえ、「アメリカの黒人」たちの人間性が十分に認識されない状況がアメリカ社会で認められるからこそ、白人の体制に対してかれらは批判的視線を送っているのである。けれどもそれは復讐行為ではない。

一二　セレノ船長の啓示的認識

バーボの目に収斂されるこの物語の意味について考察したい。ニュートン・アーヴィンはこの作品をメルヴィルの失敗作と見なし酷評している。「バーボは、(略) その最悪の形でゴシック小説に登場する怪物である」(Arvin, 27) と述べているが、アーヴィンの論文が公民権運動が盛んになる前の、そしてポスト・コロニアリズムの視点が強調されるようになる前の、一九五〇年に発表されたことを考慮すべきかもしれない。だがその前提にたって読んでみてもアーヴィンの解釈は一面的にすぎる。バーボはその名前が暗示するように、「バブーン(ヒヒ)であり動物でしかない、反抗的なヒヒである」というのはスタンリー・T・ウイリアムズであるが、ウイリアムズの意見にジョゼフ・シフマンは反論し、メルヴィルが動物のイメージを抱きながらバーボと名づけたことはありえないと言う。なぜならメルヴィルが「ベニート・セレノ」を書くきっかけになったアマサ・デラノの「日誌」のなかで、バーボという名前が登場しているからである。バーボは形骸化した怪物として描かれたのではない。それどころかメルヴィルは、まさにバーボの存在に物語の意味を凝縮している。

シフマンはこの論文で、「バーボは『ベニート・セレノ』の精神的な勝者としてあらわれる。セレノはバーボとの体験のあと決して奴隷貿易に戻ることはできなかった」(Schiffman, 34) ことを指摘し、セレノ船長のほうが精神的な敗者であることを強調する。これは何を意味しているのであろうか。反乱を起こした指導者バーボは、逮捕され裁かれ処刑される。地獄の業火にあわせるように肉体は焼却され、頭だけが柱の上に晒されるという残虐な処刑であった。バーボは身体的には敗者であるが、それにもかかわらずバーボを精神的な勝者と見なすのは、「バーボ(の顔)は『気後れもせず』、じっとベニート・セレノを凝視していた。肉体を貿易商品としていたセレノは、『じっさい自分の指導者の後を追ったのである』」(Schiffman, 34) とシフマンは論考を結び、この作品の芸術性を高く評価している。メルヴィル自身が作品のなかで、反乱を起こしたのは黒人奴隷の「腕力」ではなく、その知力であったと述べている。バーボは小柄で、腕力において他の黒人奴隷と比べて劣ることはすでに描写されていた。武力で制覇されてしまった反乱奴隷は、「筋力の優秀性」を誇る白人の前では、降伏するよりほかなかったともメルヴィルは書き込む。それまで饒舌だったバーボは、「筋力の優秀性」を誇る、強力な武器をもった白人に対しては沈黙するよりほかなかった。

バーボが死後もセレノを直視しているのに対して、セレノは法廷においてバーボに視線を向けることすらできない。それほどバーボに対する恐怖にとらわれていたのである。「従順で御しやすい」と高を括っていた黒人奴隷が、身体的抑圧から解き放たれたとき、自分たちの精神的解放・自由を求めてきたのである。そしてそれがほとんど成功するほど黒人には知性・判断力・統率力があることを、セレノは初めて衝撃的に認識したのであった。「従順で御しやすい」とまるで人間性を否定した白人のアランダは、かれらを甲板に自由にしておいたが、それはとりもなおさず黒人奴隷を家畜のように扱っていたことである。その黒人奴隷に思考能力や判断・統率力があるなどとは想像すらしていなかったのだろう。セレノ船長の衝撃はまさにこの点にあったのである。すなわち黒人の真実を知ったこと、黒人には感情もあり思考力も備えている人間であるという若いセレノ船長にとっては新たなる認識であった。身体的にいくら支配できたとしても、その精神を支配することはできない。バーボの存在が自分に与える影響をセレノ船長自身どうすることもできず、その存在の恐怖をその「影」を解消することはできなかったのである。

それまでの白人優位の伝統的な考えかたが転覆し、黒人を劣等人種として足下に抑圧しておくことができないという認識は、セレノ船長の理性の受容能力を越えていたのだった。白人支配は「腕力」と強引な論理構築によって成り立っている。白人と黒人の人種的な優劣の問題によるのではなかったのである。この認識がヨーロッパ中心主義の思考で成り立っていたセレノ船長を回復不可能なほどに痛撃したのである。いっぽう従順な下僕としての友人という奇妙な関係を夢想するアメリカ人デラノ船長は、バーボの処刑によってさらに白人の人種的・知性的勝利を肯定されたと信じており、それが「腕力」＝武力によって保証されていることにさえ気がついていない。

レズリー・フィードラーは『アメリカ小説における愛と死』において、デラノ船長と作者メルヴィルをアメリカの北部人として同類であると規定している。メルヴィルもまたデラノ船長とおなじように「ザ・ニグロ」というスペイン人船長の謎めいた言葉に困惑しているようであると述べ、「奴隷制度とニグロ問題は、いささかエグゾティックであり、大仰なゴシックの恐怖であると見なしていた」(Fiedler, 400-401)と続けている。それではバーボの沈黙と凝視をいかに解釈したらよいのであろうか。それは「大仰なゴシックの恐怖」などではなく、まさに厳しい現実のありようだったのである。なぜバーボは沈黙したか。なぜバーボは凝視しているのか。凝視できるのか。言い換えれば、なぜメルヴィルは「日誌」から読み取れるじっさいのセレノ船長にあった悪者的資質を消したのか。そこにカーミット・ヴァンダービルトが主張するように相互の邪悪性を見るのではなく、あるいはこの作品に「相互の復讐と正義の虐殺を扱った儀式的ドラマ」(Vanderbilt, 67)や、さらには「復讐をしかけ死をもたらす第一義的な主人(神)へ挑むメルヴィルの闘い」(Vanderbilt, 75)を読み取るのではなく、セレノ船長の啓示的認識を読み取るべきなのである。

その啓示的認識とは、カーミット・ヴァンダービルトをはじめとしてほとんどの研究者が指摘しているような「ニグロ」の世界性、「邪悪さの宇宙的同胞性」(Vanderbilt, 73)についてではない。カトリックの宗教記号に溢れていたこの物語の始まりを無視してこの結びの場面を解釈することはできない。

グロリア・ホースリー＝ミーチャムは、一九八三年に発表した「ベニート・セレノ」論で奴隷市場としての新世界に注目し、作品における宗教用語の頻出とイスラームとキリスト教の対立を指摘している(Horsley-Meacham, 95)。メルヴィルは「複雑なシナリオ」を想定していたのであり、「その歴史の広がり――アフリカの奴隷貿易――に関して十分に理解されていない」(Horsley-Meacham, 94)と述べている。そしてこの作品によってメルヴィルが暗示しているのは、「キリスト教世界が子孫に死と破壊の遺言を伝えていることである。危険な人種的抑圧を助長するヨーロッパのキリスト教世界は、究極的に『修道院のような奴隷船』上のあらゆる『追随者』

を破滅に追いやるのである」と結論づけている。

メルヴィルはたしかにセレノ船長の死により、カトリシズムの弱体化をほのめかしているだろうが、キリスト教一般の破滅まで予測はしていない。ここで「ザ・ニグロ」の宗教記号としての意味を問わねばならない。

一三　沈黙のなかで生き延びたイスラーム

バーボの反乱の失敗は、故郷のアフリカ大陸、そして特定の場所としてセネガルへの帰還を求めたにもかかわらず、航海の技術がなかったために白人支配者に依存せねばならなかったところにある。黒人の町が近隣の港にはないことを知らされたバーボは、セネガルへ帰りたいと願う。その願いがむなしいものとなったとき、バーボは沈黙したのである。それでもバーボの沈黙と凝視する力が白人船長に死をもたらす。セネガル出身のバーボによって表象されるのは、世界宗教としてキリスト教と歴史的に対立してきたイスラームである。奴隷制度の時代に黒人奴隷として「新世界」へ連れてこられた人々のなかには、多くのイスラーム信徒がいたのであった。ヨーロッパ人の新世界制覇は、キリスト教徒の人口を増加させ、中世に始まるイスラームとの闘いに終止符を打つように見えた。けれども潜在的なイスラームは、沈黙の〈バーボ〉表象を通して生き長らえていったのである。

前述の『ルーツ』の主人公クンタ・キンテにおいてイスラームが消えなかったように、アメリカ合衆国の黒人奴隷の潜在意識においてイスラームが完全に消滅することはなかった。一九三〇年代に創始され、正統派イスラームとは異なるとはいえ、イライジャ・ムハマドにより率いられ、マルコムXによって発展した「ネイション・オブ・イスラム」の存在を無視することはできない。今日、「アメリカの黒人」の間で弱小化するどころか着実に信者を増やしている現状を見ると、イスラームがアメリカ社会を支配する白人のキリスト教へのアンチテーゼであるという説明だけでは納得できなくなる。それ以上に祖先のなかに潜んでいたイスラーム信仰が、ふたたび形や特質を換えながら今日の「アメリカの黒人」のなかに生きかえってきたと見るべきであろう。

二〇世紀の作家アレックス・ヘイリーが、自分自身はキリスト教徒でありながら、祖先を土着宗教やアニミズム信仰と結びつけずにイスラーム教徒にしたのは意図的であったと思われる。〈バーボ〉は沈黙し凝視し続けながら、イスラームの力を主張していたのである。晒し首を見物にくる白人の視線の前で、その存在を無化しようとする権力・武力に、見開いた目は声もなく対抗しているのである。そしてその力の強大さに白人のセレノ船長は死を呼び込むほどの恐怖を感じ取っていたのであった。

今日のキリスト教国アメリカがイスラームの力に恐怖を抱いているように、〈バーボ〉の存在は生き長らえている。「見えない人間」の祖父が遺言で子々孫々へ伝えようとしたように、沈黙し従いながら、「シグニファイイング」しながら、生き延びているのである。

引用文献

Arvin, Newton. "The Failure of 'Benito Cereno'." In Robert E. Burkholder, ed., *Critical Essays on Herman Melville's "Benito Cereno."* New York: C. K. Hall, 1992.

Ellison, Ralph. *Invisible Man.* New York : Penguin Books, 1965.

Emery, Allan Moore. "The Topicality of Depravity in 'Benito Cereno'." In Dan McCall, ed., *Melville's Short Novels.* New York: W. W. Norton, 2002.

Fiedler, Leslie. *Love and Death in the American Novel.* New York: Stein & Day, 1966.

Franklin, H. Bruce. "Slavery and Empire: Melville's 'Benito Cereno.'" In *Melville's Evermoving Dawn: Centennial Essays.* Ed. by John Bryant and Robert Milder. Kent, Ohio: Kent State UP, 1997.

Gibian, Peter. "Cosmopolitanism and Traveling Culture," In Wyn Kelley, ed., *A Companion to Herman Melville,* Malden MA: Blackwell Publishing, 2006.

Horsley-Meacham, Gloria. "The Monastic Slaver: Images and Meaning in 'Benito Cereno'." In Robert E. Burkholder, ed., *Critical Essays on Herman Melville's "Benito Cereno."* New York: C.K.Hall. 1992.

Melville, Herman. *The Piazza Tales and Other Prose Pieces 1839-1860. The Writing of Herman Melville.* Evanston and Chicago: Northwestern UP and The Newberry Library, 1987.

Ray, Richard E.. "'Benito Cereno': Babo as Leader." In *Melville's Short Novels* edited by McCall, New York: W. W. Norton, 2002.

Robertson-Lorant, Laurie. *Melville: A Biography,* New York: Random House, 1996. Reprinted in Melville's Short Novels edited by McCall, New York: W. W. Norton, 2002.

Rogin, Michael Paul. Subversive Genealogy: *The Politics and Art of Herman Melville.* Berkeley: University of California Press, 1979.

Schiffman, Joseph. "Critical Problems in Melville's 'Benito Cereno.'" In Robert E. Burkholder, ed., *Critical Essays on Herman Melville's "Benito Cereno."* New York: C.K.Hall. 1992.

Stuckey, Sterling. "'Follow Your Leader': The Theme of Cannibalism in Melville's 'Benito Cereno.'" In Robert E. Burkholder, ed., *Critical Essays on Herman Melville's "Benito Cereno."* New York: C.K.Hall. 1992.

Vanderbilt, Kermit. "'Benito Cereno': Melville's Fable of Black Complicity." In Robert E. Burkholder, ed., *Critical Essays on Herman Melville's "Benito Cereno."* New York: C.K.Hall. 1992.

S・E・モリスン著『大航海者コロンブス』荒　このみ訳、原書房、一九九二年。

「自然のめぐみを疑いながら」

――『戦闘詩歌《バトル・ピーシズ》』におけるメルヴィルの自然再構築

髙尾直知

「でも、過去はもう戻ってこないじゃないか。どうしてくよくよするんだ。忘れろよ。空のおてんとさまだって、青い海や、青い空だって、みんな忘れてしまってるんだ。みな過ぎた昔の話にしちゃったんだよ」

「ベニト・セレノ」

一　「アメリカの持つ驚くべき異常性」

『詐欺師』(一八五七)出版以来ほぼ一〇年の沈黙を破り、メルヴィルは一八六六年八月、初の詩集『戦闘詩歌《バトル・ピーシズ》およびび戦争の諸相』を出版する。ときまさに、一八六六年六月の国会決議で提出された憲法修正条項第一四条の批准手続きが各州議会で始まるころ。ジョンソン大統領の生ぬるいやり方に業を煮やした共和党急進派が主導し、南部再建が本格的端緒についたばかりという時期だ。メルヴィルは出版に先駆けて、「ゲティズバーグ」や「カンバーランド号」など、のちに処女詩集に編入される作品を、『ハーパーズ・ニュー・マンスリー』誌に連載していた。

この『ハーパーズ』誌は、北部ニューヨーク発刊の雑誌の中でも比較的穏健な保守系誌だったが、一八六七年五月号に掲載された「アメリカ的精神の見せる新たな様相」と題した社説記事を見ると、南部再建に向けた当時の北部的言説の激烈さをうかがい知ることができる。筆者であり、編集者であったサミュエル・オズグッドは、アメリカの「国家的な仕事」が生みだした「英雄的意志」は、この国を新たな時代へと導きいれたのだと宣言する。そして「[この国の精神は]神の摂理の道を行き、御霊の招くがままに進むのである。いかに大統領が変節し、国務長官が屈従し、また大衆説教者たちが言を左右し、編集者たちが手管をつくしても揺るがせにできないような確信に従い、冷静なる判断をおこなうのだ」と断じた。大統領や閣僚や宗教家やメディアといった表面的歴史現象の奥に、いやもっといえば南北戦争という凄絶なる消耗戦のその奥に、アメリカをアメリカたらしめる神聖なる摂理なり使命なりが明らかにされるのだとぶちあげる。そして「われらの父祖の神が、この一九世紀に自由を確立するべく求められたのであり、これこそがアメリカ人の使命であり、それに向かって鼓舞されなければならないのだ」(797)と独立革命に神与の使命を宣言。リンカンも、この摂理の前には、導かれるままに目を見張るしかなく、自ら率先して国を導くことはなかったのだと、アメリカの政治動向を神聖史化する。

このようなロマンティックな国家観、いまだいきまく「明白な運命」論の裏には、南北戦争後の政治混乱の中で、南部がふたたび戦前の姿に戻りつつあるのではないかという、北部メディアの焦りが見える。敗戦後の南部諸州暫定政権は、ジョンソン大統領の宥和政策のもとで、さまざまの黒人取締法《ブラック・コード》を可決し、奴隷解放令の大義を骨抜きにしようとしていた。マサチューセッツ州選出の下院議員で、南北戦争中は黒人の逃亡奴隷を「没収品《コントラバンド》」と宣して返還拒否したことでも有名なベンジャミン・バトラーは、「われわれは、このような歴史の逆行を、この四年にわたる苦闘の正当なる結果を失いつつある」(Foner, 222)と嘆いた。北部急進派は、「強力かつ仁慈ぶかい連邦国家の庇護のもとで、すべての市民が市民的政治的権利の平等を享受する国家の理想像」(230)をいまいちど確認することで、旧制度の巻きかえしを押しとどめようとしていたのだ。

しかし、このような国家像は、『ピエール』の語る「アメリカの持つ驚くべき異常性」を彷彿させる。「それゆえ、政治制度というものは、他国においてはなによりもすこぶる人工的に思われるものなのに、アメリカにとっては自然法から生じる神聖なる徳性を持つものだと考えられている。というのも、自然の法則の中でもっとも強力なのはこのこと、つまり自然は死のうちよりいのちをもたらすということなのだから」(Melville 1971, 9)。アメリカを支配する「摂理」、つまり六〇万を超える死者を出した戦争の中から見いだされるべき国家の運命とは、まさに死のうちより生みだされた国家的ないのち(もしくは使命)という発想を裏打ちするものだろう。つまり、南北戦争後のラディカル・リパブリカニズムの中には、『ピエール』において批判されているアメリカという国家の「驚くべき異常性」が、かくも露わにされているのだ。本論においては、敗戦後の南部を、自然的・国家的な歴史の名のもとに再生しようとする北部急進派の働きに対して、『戦闘詩歌』は詩的批判を試みていることを明らかにしたい。もし、ローレンス・ビュエルがいうように、メルヴィルの詩作品をそれまでの作家活動の「論理的帰結」(Buell, 135) と考えるなら、『戦闘詩歌』は、南北戦争後も結局変わることなくつづけられる、いやそれどころかより強固なかたちで現れるアメリカの国家言説の「異常さ」を批判するものと考えられるのではないか。『戦闘詩歌』において、急進的イデオロギーとメルヴィル自身のより否定的歴史観とが相克し、「自然」を戦場としているさまを読み解くことで、メルヴィル的国家批判のかたちを明らかにしていきたいと思う。

まず、短い括弧書きの序文の中で、メルヴィルは、おのれの戦争の記憶が、知らぬ間に浮かんだ「定まることを知らず、ときに大きく矛盾する」気分のようなものだとする。そうすることで、暗にこの作品の描くのが実際の戦闘シーンではなく、むしろその「記憶」であることを示そうとするのだ。先に見たオズグッドの歴史観が、「南北戦争がいかなる戦争だったのか」という国家的な記憶に関わるものだったとすれば、メルヴィルが作品の冒頭から、戦闘そのものの描写ではなく、その「記憶」を問題にするのは、誤った国家的記憶を土俵に引っぱりだそうとする意図をあらかじめ明らかにするためだと考えられる。続いてメルヴィルは、ロマン派詩人を衒いながら、作品の自然発生的な性質を強調して、「これらのほとんどの詩の場合、窓辺に風鳴琴を据えて、その琴線に気まぐれな風が吹き鳴らしたくさぐさの曲を、ただ書きしるしたにすぎないように思える」(Melville 1995, v)とした。ティモシー・スイートやミーガン・ウィリアムズがいうように、ここでメルヴィルが用いている風鳴琴《イーオリアン・ハープ》のイメジャリは、ロマン派の中心的テーマとして一九世紀半ばまでには人口に膾炙していたものだ。サミュエル・テイラー・コールリッジの「風鳴琴」(一七九五)では、

そしてもし、鼻に息あるすべての自然が
さまざまに造りを変えた、いのちある竪琴たちにすぎないとすればどうだろう。
一つの知性ある風、ものごとを形づくる広大な風が、
その上を行きすぎると、弦のふるえが思いとなる。
この風は一つ一つのものの魂でもあり、すべてのものの神でもある。(237)

として、すべての生物を風鳴琴に見立て、そこにいのちの風なる神が吹きこまれることで、思想が生まれるという、いかにもロマン派的思想を語っていた。先ほどのオズグッドの語る「摂理」が、コールリッジのいう「知性ある風」を、アメリカの国家イデオロギーに則って焼き直したものであることは明らかだろう。しかしここではそれ以上に、先ほどの『ピエール』の語るアメリカの「驚くべき異常性」を思いだして、政治制度が自然とみなされているというアメリカの特徴を思いだしてみたい。そうすることで、『戦闘詩歌』の序文においては、ロマン派の自然イデオロギーとアメリカの政治イデオロギーが、隠喩的に重なりあうものとされていることに気がつ

くだろう。メルヴィルが、第一詩集の序文で手垢のついたようなロマン派的イメジャリを引っぱりだしてくるのは、自然が政治の隠喩として働くだけではなく、むしろ逆に政治が自然なものとなって、ロマン派的な自然観をそのまま政治的イデオロギーとして身に帯びてしまうというアメリカの国家言説を語ろうとしてのことだった。しかもそのような政治の自然化が、詩人としての身振りそのものによって批判されるという意図がこめられていることにも気づかなければならないのだ。

　そのように考えれば、この詩集に収められた作品が、「定まることを知らず、ときに大きく矛盾する」気分を体現しており、「気まぐれな風が吹き鳴らしたくさぐさの曲」のようなものであるとするメルヴィルの腰の低さにも、それとは裏腹な政治的意図を見いだすことができるだろう。もし、アメリカの政治が自然の中に回収されるのであれば、逆に自然現象の不安定さや気まぐれさ、有為転変によってこれらの作品がもたらされたとするのは、アメリカという国家に吹き荒れた戦争という嵐の撞着や矛盾を暗に指ししめすことになる。南北戦争について当時の人民が思い描いた「[アメリカ奴隷制という]罪科をもたらしたものに当然加えられるべき災い」(Lincoln, 687)というような国家的なナラティヴ、つまりダニエル・アーロンがいうところ「連邦英雄詩《フェデラル・エピック》」(xvii)に、決して収斂されえない歴史の記憶を思いおこさせるものだった。このようにしてメルヴィルは、作品が始まる以前に、すでに詩人としての振るまいそのものから、政治的な批判を展開していたのだ。

二　「不気味な影がおまえの深緑に映る」

　メルヴィルは、「凶兆(一八五九)」と題された、目次には掲載されていない巻頭の詩の中で、アメリカを震撼させた戦争の兆しが、ジョン・ブラウンの処刑に現れていたと暗に指ししめしている。つまり、メルヴィルは、ハーパーズ・フェリー襲撃事件そのものではなく、むしろブラウン処刑のときに南北戦争の兆しを見ているわけだ。奴隷蜂起を見こんで実行された襲撃事件そのものをもって、国家擾乱の前触れとするほうが一般的だと思われるのに、わざわざ二か月ほど後の処刑の場面に凶兆を見るのも、メルヴィル的歴史観をよくあらわしている。当時の北部の言説は、襲撃事件の愚かしさと、しかしそのような襲撃を敢行せざるをえなかったとされるブラウンの崇高な動機とを区別して、ブラウンを英雄として持ち上げようとしていた（『自由の鬨の声《バトル・クライ・オヴ・フリーダム》』、McPherson, 210）。このようなメディア・ハイプには、ラルフ・ウォルドー・エマソンやヘンリー・デーヴィッド・ソローらも名を連ねていたし、事実殉教者ブラウンをキリストと重ねる言説を生みだしたのは、デーヴィッド・レナルズがいうように、エマソンの詩をきっかけとしてのことだった（Reynolds, 366）。ここでも、メルヴィルは、実際の歴史的事件を描くのではなく、むしろ人々がそれらの事件をどのように解釈し記憶しているかという点に目を向けようとしている。いかに人民が愚行には目をつぶり、大義だけを見ようとしていたか。この「凶兆」と題された詩を、目次からも排除し、いわばテキストの識閾下の状況として提示することで、戦後もつづく政治的無意識の構造を、ふたたびおのれのパフォーマンスによって明らかにしようとしているのだ。

しかも、そのようなでっち上げられた英雄的な瞬間を描くのに、メルヴィルはブラウンの能弁ではなく、むしろ何も語らずに絞首刑に処せられたまま、ぶらぶらと振り子のように規則正しく揺れるその死体を描く。「梁からぶらぶら下がり／ゆっくりと揺れる（法則のままに）。／不気味な影がおまえの深緑に映る。／シェナンドアよ」（一—四行目）。実際には、ブラウンの処刑は真冬の一二月に執行されているのだし、処刑がおこなわれたチャールズタウンは、シェナンドア川（およびその河畔にあるハーパーズ・フェリー）から数マイル離れているのだから、そもそも三行目に語られる「深緑」は実際のできごととしてはありえない。では、このようにして史実を曲げて描きこまれた緑の意味は、どこにあるのだろうか。

この問題を考えるためには、作品全体を見る必要がある。つづく第二連では「顔の覆いの奥には／なんびともくみ上げることのできない苦悩が隠されている」と語り、第二連の後半ではその覆いを掛けられた顔から髭が流れでているとして、ブラウンの心中に荒れ狂う訳のわからない苦悩が、まるで流れ星のたなびかせる尾のように密かに流れでているかのように語られていた。つまり、この詩においてブラウンの死体は、人知のおよばない自然法則に従って現れ、この世界に凶事をもたらすまがまがしい流星、つまりこの詩のタイトルである「凶兆」として、揺れる影を落とす存在として想像されていることがうかがえる。そう考えると、ブラウンの処刑の時点ではありえないシェナンドア渓谷の緑を描くメルヴィルの意図は、単に処刑された死体の影を語っているのではなく、むしろ南北戦争の全期間を通じてこの渓谷で展開されるであろうひとの蛮行と、それにもかかわらず粛々と季節の営みをつづけるアメリカの豊かな自然とを対比しようとするものだったと気がつくだろう。シェナンドア川流域に代表されるようなアメリカの豊かな自然界は、じつはひとへの配慮などまったくないままに、非人格的な法則に従ってただ運行する。この詩が語るのは、まさにそのような絶対的無関心、ひとにとっては理解しがたい苦悩をもたらす自然の無慈悲が、南北戦争の兆しとしてのジョン・ブラウンの死体のあらわすものであるというメルヴィルの悲観なのだった。

　ブラウンの死体の影がシェナンドアの谷間に映るという詩想を、旧約聖書詩篇の有名な「死の陰の谷 the valley of the shadow of death」（二三：四）と「シェナンドア渓谷」とをかけた語呂あわせと考えるのは、ドライデンも指摘するとおりそれほど無理な連想ではない（Dryden, 71）。シェナンドア川流域は南北戦争の中でも、もっとも激しい戦いがくり広げられた地域のひとつであり、「死の陰の谷」と呼ばれるにふさわしい場所だった。たとえば、一八六二年には、南軍の「シェナンドア渓谷戦役《ヴァリー・キャンペーン》」によって、ハーパーズ・フェリーは陥落し、その結果一日の戦闘で二万三千の死傷者を出したことで有名なアンティータムの戦いが引きおこされることになる。そしてこの谷間を縦横無尽に駆けぬけたのが、この渓谷戦役を指揮した南軍のトーマス・「ストーンウォール」・ジャクソン将軍だった。事実ジョン・ブラウンについて語りながら、メルヴィルはジャクソン将軍のことを考えていたと思われる。「ストーンウォール・ジャクソン　チャンセラーヴィルにて瀕死の重傷を負う（一八六三年五月）」と題された詩の中で、メルヴィルは次のようにジャクソンを評していた。「かたくなに不正を擁護しつづけた男を／いかに称えることができようか。しかし後の世にも／この歌により彼が忘れられることはないだろう……。思うに彼は、過ちに熱心で／道理と信じるところに忠実であった。／まるでジョン・ブラウンか鋼鉄のように」（Melville 1995, 79）。また、ジャクソンについては、次の「ストーンウォール・ジャクソン（あるヴァージニア人による）」の中で、「ストーンウォールはおのれの運命の星に従った」とくり返されており（81, 82）、また「シェナンドアの風」とも呼びならわされていて（82）、シェナンドアに影を落とす流星であったジョン・ブラウンとジャクソンとのつながりがさらに確かめられる。

ここで、メルヴィルのブラウン像が明らかにするのは、ジャクソンについて語られていることが、じつはジョン・ブラウンにも当てはまるということだった。北部にとっての英雄ブラウンは、南部にとっての英雄ジャクソンと通じる。メルヴィルはジャクソンについて、「過ちをかくもかたくなに信じたものを／どうして称えることができようか。しかしこの歌をもって／後世までもジャクソンは名を残す」（79）と歌うが、これは北部的言説におけるブラウンの姿にもそのまま当てはまる。ふたりをつなぐのは、たがいの英雄的行為のゆえではなく、手段を選ばず信じる道理や大義に忠実でありつづけたことを讃美するひとびとの記憶という点においてだったのだ。ソローはブラウンについて、有名な演説の中で「このようにして、流星のように、「ブラウンの死体は」南部から北部へと合州国連邦を貫いたのだ」（Thoreau, 168、傍点高尾）と称えていた。このような北部的言説を思いだせば、絞首刑台に揺れるブラウンの姿を、そのまま流星に見立てようとするメルヴィルの意図は明らかになる。つまり、ブラウンを記憶によって構成するときに、ソローに代表される北部的メディアのイデオロギー偏向が抜きがたく現れること（つまり「流星」としてブラウンを想起すること）を、おのれの詩作の中で示そうということに他ならない。こう考えると、「ストーンウォールの星に悩まされ／ひとびとは正義と悪とを依然として議論しつづけるだろう」という「星」とはじつはジョン・ブラウンのことではなかったかと思えてくる。ジャクソンもまた、道理の是非はともかく、信念に従った英雄的存在として、ひとびとに記憶されるのだ。ジョン・ブラウンの影がシェナンドアに落ちるさまを詩的コンシートとして描いたメルヴィルは、同じくジョン・ブラウンのごときひとりの「英雄」が、このシェナンドアを思いのままに駆けまわって戦死していったという記憶が刻まれていることを明らかにするのだ。（皮肉なことに、ジャクソンはブラウン処刑の現場に警護の任に当たるために実際に居あわせ、処刑の模様やブラウンの死体の揺れるさまを詳細に妻に書きおくっており、この手紙は当時広く新聞などに報じられていた［Jackson, 130, 131］。(1)）そうすることで、ひとの「記憶」の自分勝手な偏向と、そのような恣意的な構成に抵抗する「自然」の存在を、裏側から照らしだしているのである。

このように見てみると、北部アボリショニストであり戦争の凶兆ともされたブラウンと、南軍将軍として北軍を苦しめながらその武功を称えられたジャクソンとが、ともにシェナンドアの自然の中にうつし込まれていることの意味が想像できるのだろう。つまり、ソローやエマソンに代表される北部メディアのハイプにもかかわらず、ブラウン（およびジャクソン）を導いた運命が、他のひとの理解できるようなものだったのではなく、じつはそれぞれうかがい知ることもできない不可解な理由によって、この戦争を戦ったのではなかったか。そして、戦争の前兆となった人物と、戦争の立役者となった人物、しかもそれぞれ北部と南部という敵対する陣営から出てきたふたりが、結局自陣営のイデオロギーとはまったく没交渉な、知られざる動機（苦悩もしくは運命）から行動したのだとすれば、この南北戦争を摂理に則った歴史的事件であるとするのは大いに疑問なのではないか。

これらの人物の不可解さが、自然と比されているということは、もう一度メルヴィルのアメリカ政治制度論を思いだすなら、この国の（そしてこの戦いの）徹底した無目的性を明らかにするものではなかったか。南北戦争の営為が、これらの人物たちがあらわすように不透明な自然のうちに回収されるのなら、その戦争が終わったあとのアメリカ政治そのものもまた、同じように不透明な無目的的動機を抱えた人物たちが争う自然状態の原場面ではなかったか。これに対してメルヴィルは、単に北部の革新的共和党陣営の急進性を批判するのではなく、そのように傾く以前にこの戦争が、ひいてはアメリカの政治そのものが、じつは無目的的なものであったことを、ブラウンとジャクソンのつながりを密かにつけることによって、明らかにしているのだ。この詩集の最後につけられた「補遺」が南部再建に際して寛容を促すのも、アメリカという国のこのような根本的無目的性を見つめ直したときに、政治的判断の基準となるのは、かつての敵に対する寛容だけではないかという悲観的なメルヴィル的政治学が働いているからなのだった。

三　「自然はなんびとの味方でもない」

しかも、このような南北戦争理解は、メルヴィルにとって執筆活動そのものに関わる意味を持つものとなる。すでに先にも見たように、はじめて詩人として作品を世に問うたメルヴィルの姿勢は、ロマン派的態度をアイロニカルに演じたものとなっていた。詩という形式が小説よりも特権的な（もしくはより形式的法則性の強い）ものであるとすると、このような振るまいには、単に小説において夢破れたメルヴィルが内向しただけというよりり、小説的な敗者であるメルヴィルの、美的法則に対する挑戦という南部的な性質を見てとることができるだろう。もしくは、ドライデンのいいかたを借りれば、メルヴィルは「文学的規則にかなっているということが本質的な意味を持つとする考えをうち破り、むしろ文学的であることだけでは十分でないこと」を示そうとしている(Dryden, 67)。

メルヴィルの詩的法則に対する態度をあらわすものとして取りあげられることの多い「デュポンの円形戦陣(一八六一年一一月)」では、サミュエル・F・デュポン北軍海軍准将が、サウスカロライナ州ポートロイヤルのフォート・ウォーカー攻撃に際してとった円陣攻撃と、韻律の法則が結びつけられている。第一連で「展開する韻律と天の星々にも/規則があり、変わることがない」として、韻律の美的法則が絶対的な自然法則であるとされ、さらにそれが南軍を圧倒する円陣攻撃の幾何学的美しさへとつなげられる(「ポートロイヤルの反乱兵は/その統一性に圧倒される」)。だから、最後の行に描かれた勝利する「法」とは、無人格な抽象として、反乱軍を機械的な力によって屈服せしめる戦術であると同時に、メルヴィル自身をも縛りつける韻律の法則であると考えることができるだろう。つまり、作者自身が南部的な地位に置かれていることになる。(2)

ここでメルヴィルは、「目的の確かなすべての技芸」にこそこのような統一性が生まれるとしているが、すぐに続く対面のページの詩「岩石船隊　老水夫の嘆き(一八六一年一〇月)」においては、このようにして芸術的戦術を用いてポートロイヤルの港を制圧しながら、そこを足がかりにして、石積の船団でチャールストンの港を封鎖しようとした作戦は完全な失敗に終わったことを語っている。「失敗だ、それも完膚なきまでの。/きみのおんぼろ石積み船団は」(Melville 1995, 32)。つまり、まるで韻律のように規則正しい艦砲射撃によって港を陥れて、「法の勝利」を勝ちえても、その結果はまさに絵に描いた餅で、自然のなすがまま、波の赴くままに港はむしろさらに穏やかになってしまった。「自然はなんびとの味方でもなく」、ひとが法と頼むところとは結局現実離れした概念であり、イデオロギーの産物でしかないことが明らかにされるのだ。さらに、「モニター号の戦闘に対する功利的な見方」と題された詩では、戦争讃美が陥りがちな「野蛮なシンバルの音」よりも、むしろ重々しく平易な韻文を使うべきだと語り、「鉄と鉄のぶつかりあう音、〔中略〕鍛冶屋の立てる騒々しい物音、鉄床《かなとこ》の騒音」こそが、運命を告げる音であるとして、詩文による戦争の英雄的な美化を否定する。

おそらく、メルヴィルと韻文との戦いがもっとも端的にあらわされているのが、この詩集の中で「アルディーに向かう斥候」に次いで二番目に長い詩「ドネルソン砦」だろう。この詩は、一八六二年二月一二日の水曜日から、一六日日曜日にかけておこなわれたテネシー州カンバーランド川沿いのフォート・ドネルソン攻略戦を描いている。おそらくもっとも際だったこの詩の特徴は、町の掲示板に張りだされている戦闘の報道がそのまま韻文に当てはめられ、この詩のテキストとなっているということであり、のみならず、それが実際の読み手によって声に出して読みあげられたものであることが、幾度となく書きこまれているという点だろう。この詩は、（他の多くの詩のように）実際のドネルソン砦の戦闘を描くのではなく、それが電信を通じて北部に報道されているものを、しかも実際の読み手の声を通じてわたしたちに伝えているのだ。(3) メルヴィルが資料としている『叛乱の記録』とメルヴィルの詩とをつきあわせる資料研究をおこなったフランク・デイによれば、この詩は『ニューヨーク・タイムズ』紙と『ミズーリ・デモクラット』紙の記事に依拠し、ふたつの新聞の記事を交互に使いながら正確な描写に努めているという。つまり、この作品を読む読者の置かれた立場は、報道を読むメルヴィルを通じて語られる戦闘の内容を目にしているという点で、この詩の中に描かれている北部人聴衆たちの立場と等しいことになる。そこまでして、報道が声に出して読まれることにこだわったメルヴィルの意図を想像することは容易だろう。つまり、詩の持つ特権的な言葉のマテリアリティとの関係を、このように報道を「読む」ことを描くことで前景化していると考えられるのだ。戦争報道の記事を韻文化することで、メルヴィルはポエトリーの持つ英雄化作用をそぎ落とし、ただ音として聞くという伝聞の原点を前面に押しだして、詩の韻文として持つ姿を裸にしようとしている。

そうすることで、見えてくるのはどのようなことだったのか。この詩の中にあらわされた報道の様子がそのことを明らかにしている。フォート・ドネルソン攻略は、南部内陸部に北軍が侵入するきっかけを与え、またグラント将軍を一躍有名にした点で、重要な戦いだったが、メルヴィルの描くこの戦いの報道は、誤報と混乱に満ちていた。まず二月一三日木曜日の小競りあいの模様は、編集者の説明によって「この戦いの特派員記事は、それを読む限りでは／突撃、反撃ともに／木曜日に起こったばかりのできごとの詳細な続報の模様。／第一報が来る前に届いたもの。編集者注」とされて、第一報とそれ以後の報道の逆転が示唆され、裏側から報道というものが必然的に持つ直線性が前景化されていた。また、二月一四日におこなわれた艦隊司令官アンドリュー・フットによる川からの攻撃は、要塞に立てこもる南軍によって手痛い反撃を食らう。しかし、これを伝える最初の報道は、「艦隊の輝かしい勝利！」(40) で、続く第二報にいたってやっと「(本紙のレポーターが、さまざまの資料から／できる限りの特電をおこないます)」として、じつは艦隊が大打撃を受け、なおかつその夜の厳しい寒さで多くの兵士が苦しめられたことが知らされる。そして、もっと皮肉なことに、二月一五日午後にくり広げられたグラント率いる北軍の反撃とそれに続く南軍の降伏、つまり北部にとってこの戦闘のもっとも重要な局面は、「西部の嵐のため通信線が断絶した」ため語られない。なによりも報道の恣意性を感じさせるのは、この戦いの戦死者リストが、結局最後まであと回しにされる様子が、はっきりと描かれている点だろう (51)。戦争とは複数の局面で同時多発的に発生する現実のできごとであるのに対して、報道は、そして韻律と詩脚という法に縛られた韻文（この詩においてはこのふたつの区別はない）は、これを直線的なできごととしてしか語ることができないという限界、つまり現実の再構築に当たって、ひとの理解は直線的な因果関係にすべて還元されてしまうという限界が、このようにして作品自体の中でテーマ化されているのだ。

さらに、この「ドネルソン砦」における自然の様相を見ていくことで、これまで見てきた戦後イデオロギーの批判とこの詩との関わりが明らかになってくる。攻略戦の初日は、南部らしい五月を思わせるような陽気であったことが、霙降る寒々しい北部でこの戦況報告の掲示を読みに集まる人々に知らされる。ところが二日目に気候が一転して、フォート・ドネルソン周辺にも凍えるような夜が来るようになると、報道記者はこれを指して、「空は鉛色で／ドネルソン陥落の予兆である。／厳しい天候はこの地では実に希なこと。／この地の人々に／われわれがこの天候を持ちきたったのだ。そう、北部の熱意が／天候に形を変えて発せられ／このドネルソンに嵐を見舞ったのだ」(36-37) とした。この厳しい寒さのために、その夜には多くの負傷兵たちが戦場に残されたまま凍え死んでしまうにもかかわらず、自然現象をイデオロギー的に解釈構成してゆく姿勢が、この戦争報道に端的に示されている。そしてこれと同じような姿勢を、掲示板の周りの群衆とともに詩人自身が見せる場面がある。一三日の掲示を読み終えた南部シンパサイザー(アメリカマムシ《カッパーヘッド》)について、「不平家は黄色いどくろのような頭を振った。／「この国は終わりだ。それだけは確かだ」／砕かれた氷と雪が彼の上に降りかかり、／言葉に代わって彼に反論した。／彼は急ぎ足で街角の向こうに姿を消し、／野次馬はみな、いい気味だといった」と語る場面がそれだ (40)。南軍の砦を急襲した北軍の象徴としての嵐は、ここで北部における叛乱分子、敵側シンパサイザーをも攻撃するかのように読まれる。詩人もまた自然を北部的なイデオロギーにあわせて解釈するふりをして、やはり詩文と報道の共犯関係を身をもって明らかにしようとするのだ。

ところが自然は、このようにイデオロギー的に再構築されたままでは終わらない。一五日の報道を読んだあとの群衆を襲う嵐が、彼らのご都合主義的自然理解をあざ笑う。「嵐は激しく打つ。／昼なのにオフィスのガス灯がついている。／自然は癇癪を起こしたままで、／その手には鋭い破片が握られている。／ちらつく光の中でひとの顔は／雨に洗われてひっそりとたつ掲示板のような色をしている。／この国の公の悲しみを／自分個人のものとして、慰めるすべも知らず、抱えこむかのように」(46)。戦争の嵐は、ちょうどいまこの群衆を襲う霙雨のように、北部にも襲いかかるのだ。まさに「自然はなんびとの味方でもない」。報道を鵜呑みにして、北部の摂理による勝利を確信していたひとびとは、皮肉にもその報道を伝える掲示板のごとき顔色になり、その嵐に洗われて立ちつくしてしまう。つまり、ただ報道された戦況をそのまま貼りつけるだけだったおのれの姿を暴かれてしまうのだ。

そして最後に、戦争報道によって語られなかったものが、ひとつに出会う。この詩の最後のページで、別便でしか伝えられない戦死者リストを少しでも早く見ようと早朝から起きだしてきた母と娘の姿が語られる。彼らが目にしたのは「戦死者リストが川のように／蒼白の紙の上を流れている」様子だった(52)。死者だけが自然とひとつになることができる。生者は生者である限りにおいて、自然をおのれの意のままにしえない。このリストにふたりの涙が「あふれる水」となって出会うとき、そこにはそのような涙に無頓着で、むしろその意味をおし流してしまうかのような雨もまた降りかかっていたのだ。そして、この詩の最後の連は、この戦争に対してまったくの無関心たるべき自然が、一刻も早くドネルソンを風化させ跡形もなく流し去ってしまうようにという祈りで閉じられる。ドネルソンの消失は、当然この詩そのものの風化をも意味するわけだから、報道する韻文を演じてきたこの詩の結末にふさわしい、自己消去の祈りとも読めるだろう。

四　「ぼんやりと封印された神秘」

『戦闘詩歌』最後の詩である「瞑想」において、詩人は南北に分かれて戦って死んでいった兄弟の葬儀に出席し、この戦争がじつは腹の内のわかりあった兄弟同士の戦いであったことを思いかえしながら、「そこには暗い一面がある。その場所には／自然の慈愛に対する疑いがわだかまっている」(243)と漏らす。ここで「暗い一面」といわれ、「自然の慈愛に対する疑い」といわれるものは何なのか、軽々に断ずるには資料が少ない。「ドネルソン砦」の中で、やはり死にかけた戦場の敵兵のために、その世話をしていた南軍兵の記事を読んだひとびとが、自然のむごさに対して「ぼんやりと封印された神秘」を覚える場面に、理解のヒントがあるようだ。負傷兵にも、その負傷兵らに対して善をおこなおうとするひと（敵兵）にも、容赦なく嵐を吹きつける自然に対して、ひとびとは不満を覚える。このふたつの疑念をつきあわせると、「自然の慈愛に対する疑い」という「暗い一面」とは、この「ぼんやりと封印された神秘」なのではないかと気づかされるだろう。つまり、自然は兄弟同士だろうが、けがをして困っている他人に善を施そうとするものだろうが、お構いなしに災いを降り注ぐ。兄弟同士だから、生まれつきの親近感があるだろうと勝手に思いこむことはできないし、兄弟や隣人のために善をおこなうからといってその人が自然の祝福を受けるわけではない。アメリカは、南北戦争という兄弟同士の血で血を洗う戦いを経験したことによって、このことを徹底的に思い知ったはずである。自然とはアメリカの来し方行く末に関してまったく無関心であり、「摂理」とはそのような歴史の無意味さを抑圧するイデオロギー的安全弁でしかない。そのような絶望的な場所に置かれていることに気づいたからこそ、たがいを助けあう寛容さ、絶対的な存在の無意味に気づかされたときの、それでも存在するものとして相手を覚えるしかないという寛容さが必要である。そうしなければ、北部はより大きな罪、つまり新約聖書のよきサマリヤ人のたとえや、一レプタの貧乏人のたとえに登場するパリサイ人のごとく、窮したひとを見過ごすという罪を犯してしまう（「しかし北部もより悪しき罪を犯しながら、パリサイのようにたたずむのではないか？」[243]）。このようにメルヴィルは語っていると読めるだろう。

冒頭にも述べたとおり、一八六六年のアメリカは、民主党よりのジョンソン大統領による宥和的南部再建計画に対して、なし崩し的に南部が旧に復することを恐れた急進的共和党が、より強権的な再建を訴えはじめた時期だった。急進派は、「敗戦国」南部の抵抗に対して、結局南北戦争は無意味だったのではないかという恐るべき意識を押さえこむために、より過激な南部占領政策を打ちだそうとする。このような政策を支える北部的イデオロギー、つまりこの戦争が世界で唯一の共和国を、よりすぐれたものとして鍛えるための壮大な試練だったのだという歴史認識に対して、メルヴィルはその徹底的な解体を試みようとしている。ウィリアム・ディーン・ハウェルズは、『戦闘詩歌』の書評の中で、メルヴィルがおのれの「内的意識」を、「兵役参加、行進、無防備な戦闘、挿入的な掲示板や、血とことばではなくことばしかはき出すことをしないままに苦悩するひとびとの幻で満たしている」(Howells, 252) だけだと批判しているが、じつはこのような「ある種の抽象化」こそが、戦闘を語るイデオロギー的宣伝や文学作品の中で、ひとびとの歴史認識を創りだしていることを、メルヴィルは語ろうとしているのである。ハウェルズはまた「もしすべての叛乱兵らが、この詩人の描くがごとく愉快なまでに実態のない存在ならば、良心の痛みを覚えることなく許して、なんの宣誓を強要することなく国会に復帰することを認めることもできるのに」と嘆いてみせるが、これこそがメルヴィルの語ろうとしていることではなかっただろうか。叛乱兵を許すことのできない非寛容さは、北部急進派のイデオロギーによる抑圧によるものにほかならないのだ、と。戦意高揚をねらった報道、北部的な文学者たちとその作品、そして愛国的社説を発表する新聞雑誌編集者たちに対して、持てる限りの文学的弾薬を用いて抵抗しようとしたメルヴィルにとって、自然をめぐる認識こそが、戦場だったといえるだろう。

(1) この手紙には、ブラウンが白い目隠しの覆いを被らされていたことや、ブラウンの死体の揺れるさま、そしてジャクソン自身もブラウンの助命を嘆願したことなどが語られている。
(2) この詩は第二連まで弱強七歩格の韻律を忠実に守っているが、第三連、ポートロイヤルの南軍兵士らが登場するところでこれが崩れる。韻律を崩すメルヴィルと、統一的な砲撃を受ける南軍兵とが合致する瞬間といえる。ディーク・ネーバーズは、この「法」を北部の南部再建の原理と考え、実はそこに南部の法的地位の曖昧さ（独立国なのか、叛乱地域なのか）が描きこまれていると考える。これは、たとえばロビン・グレイに見られるような古典的なメルヴィル理解、つまり個人の自由意志と神の摂理との対立を、南部対北部という政治的な図式に焼きなおしたものといえる。南部の政治的自由（＝自由意志）と北部の占領政策（＝摂理）との対立という構造だ。あとで述べる「ドネルソン砦」においては、このような南部の二重性が、戦後の再建政策の中で始まったわけではなく、むしろ戦時中から国際的な問題となっていたことを、ある事件にわざわざ言及することで明らかにしている（「あの厳しい撤回命令により／使節団を引き渡すこととなった／苦い杯」[Melville 1995, 33]）。一八六一年に南部連合側がイギリスに対して送ったジェームズ・メーソンとジョン・スライデル率いる使節団を、北軍のチャールズ・ウィルクス（南洋探検で有名な軍人で、『タイピー』の中でメルヴィルも言及している）が逮捕したという事件である。結局英国の抗議でこの使節団は引き渡すことになった（『自由の鬨の声《バトル・クライ・オヴ・フリーダム》』、McPherson, 33）。メルヴィルがこの事件を記すのは、南部が独立国なのか叛乱地帯なのかという問題が、単に内政的な問題ではなく、むしろ国際的文脈の中でアメリカ的なイデオロギーを相対化する枠組みであるとしているからだと考えることができるだろう。あとでも述べるが、アメリカの「自然」がいかに一国の中でしか通用しない政治イデオロギーによって支配されているかということが、このようなかたちで詩の冒頭から明らかにされている。

（3） たとえば、第一日の報道は、「おい背の高いそこのひと、お願いだから、声に出して読んでくれ」（Melville 1995, 33）というかけ声から報道記事がはじまり、三日目には、「「おいおい、続けろよ」と群衆が叫んだ。／ここまで声に出して読んできた男にむかって」（41）と途中で挿入されている。そして四日目の途中でも「読み手がここで中断した」（46）といわれ、また最後の日も「これを群衆に読み聞かせていた男も、／最後に近づくと叫び声を上げた」（51）と、終始読み手の存在が明らかにされている。

引用文献

Aaron, Daniel. *The Unwritten War: American Writers and the Civil War*. Madison: U of Wisconsin P, 1987.

Buell, Lawrence. "Melville the Poet." *The Cambridge Companion to Herman Melville*. Ed. Robert S. Levine. New York: Cambridge, 1998. 135-56.

Coleridge, Samuel Taylor. "The Eolian Harp." *The Oxford Anthology of English Literature: Romantic Poetry and Prose*. Ed. Harold Bloom and Lionel Trilling. New York: Oxford UP, 1973. 236-38.

Day, Frank. *Melville's Use of* "The Rebellion Record" *in His Poetry*. http://www.clemson.edu/caah/cedp/publications/day/index.htm

Dryden, Edgar A. *Monumental Melville: The Formation of a Literary Career*. Stanford: Stanford UP, 2004.

Foner, Eric. *Reconstruction: America's Unfinished Rerolution, 1863-1877*. New York: Harper, 1988.

Grey, Robin. "Annotations on Civil War: Melville's *Battle-Pieces* and Milton's War in Heaven." *Melville and Milton: An Edition and Analysis of Melville's Annotations on Milton*. Ed. Robin Grey. Pittsburgh: Duquesne UP, 2004. 47-66.

Howells, William Dean. "*Battle-Pieces and the Aspects of War*. By Herman Melville." *The Atlantic Monthly* 19 (February 1867): 252-53.

Jackson, Mary Anna. *Life and Letters of General Thomas J. Jackson, by His Wife, Mary Anna Jackson*. New York: Harper, 1892.

Lincoln, Abraham. "Second Inaugural Address." *Speeches and Writings: 1859-1865*. New York: Library of America, 1989. 686-87.

McPherson, James M. *Battle Cry of Freedom: The Civil War Era*. New York: Oxford UP, 1988.

——. *Ordeal by Fire: The Civil War and Reconstruction*. Third ed. New York: McGraw-Hill, 2001.

Melville, Herman. *Battle-Pieces and Aspects of the War.* 1866. New York: Da Capo, 1995.
——. *Pierre; or, The Ambiguities.* 1852. Evanston: Northwestern UP, 1971.
Nabers, Deak. "'Victory of LAW': Melville and Reconstruction." *American Literature* 75.1 (March 2003): 1-30.
[Osgood, Samuel.] "New Aspects of the American Mind." *Harper's New Monthly Magazine* 34 (1867): 793-801.
Sweet, Timothy. *Traces of War: Poetry, Photography, and the Crisis of the Union.* Baltimore: Johns Hopkins UP, 1990.
Thoreau, Henry David. "The Last Days of John Brown." 1860. *Political Writings.* Ed. Nancy L. Rosenblum. Cambridge, UK: Cambridge UP, 1996. 163-69.
Williams, Megan. "'Sounding the Wilderness': Representations of the Heroic in Herman Melville's *Battle-Pieces and Aspects of the War.*" *Texas Studies in Literature and Language* 45 (Summer 2003): 141-72.

サミュエル・テイラー・コールリッジ『S・T・コールリッジ詩集』野上憲男訳、成美堂、一九九六年。

メルヴィルとアメリカ現代詩
――ウィリアムズとオルソンの場合

江田孝臣

一　メルヴィルとウィリアムズ

ハーマン・メルヴィルとウィリアム・カーロス・ウィリアムズの取り合わせによって、真っ先に思い浮かぶのは、ウィリアムズの「ナンタケット」（"Nantucket"）と題された一九三七年の詩である――

ナンタケット

窓から見える花は
ラヴェンダー色に黄色

白いカーテンによって色が変わる―
清潔さのにおい―

Nantucket

Flowers through the window
lavender and yellow

changed by white curtains—
Smell of cleanliness—

昼下がりの陽の光―
ガラスのトレイには

ガラスの水差し、伏せられた
コップ、その横に

鍵が置いてある―そして
しみひとつない白いベッド

Sunshine of late afternoon—
On the glass tray

a glass pitcher, the tumbler
turned down, by which

a key is lying—And the
immaculate white bed (*CP1* 372)

おそらくはナンタケットを訪問し、宿泊するホテルの部屋に案内された直後の印象に基づいている。「その横に／鍵が置いてある」という表現は、ボーイがいましがた置いていったばかりであることを意味する。トレイに伏せられたコップも、ベッドも、それぞれひとつであることによって、この部屋がシングルであり、詩人の訪問がひとり旅であることが分かる。「清潔さのにおい」というのは、何も臭いがしないというのではなく、アメリカを旅行する者なら誰でも経験する、鼻をつく位の消毒剤の臭いであろう。ベッドのリネン類の清潔さも強調されている。初めての部屋に入った瞬間に、部屋の衛生状態をチェックするのは、医者の言わば職業病であり、ウィリアムズの他の多くの詩にも見られる。窓の外には、ラヴェンダー色と黄色の花が咲いている。花壇があるのだろう。だとすればこの部屋は一階の部屋かもしれない。その花壇の向こうに何が見えるかは書かれていないが、ナンタケットであるからには、海あるいは港が見えると推測できる。見えないと想像することの方が、むしろむずかしい。詩人は「ナンタケット」の表題だけで、それを暗示するには十分と考えたのだ。読者が想像しうることは書かないというのが、ウィリアムズの、そしてイマジズムの詩法のひとつである。「昼下がりの」まことに幸福で静謐な時間がここにはある。しかし、静かで平和であればあるほど、「ナンタケット」の表題が意味の深みをいっそう増すように思えるのは、筆者の錯覚だろうか。「ナンタケット」が持つもっとも有名な文学的連想は、言うまでもなく、ハーマン・メルヴィルの『白鯨』である。あの響きと怒りに満ちた壮絶な葛藤の世界である。ウィリアムズの詩が、「ナンタケット」の表題を持ちながら、そんな葛藤を微塵も反映していないのは、不在によって存在を暗示する究極のイマジズム的詩法ではないのか、などとうがった見方もしてみたくなる。しかし、もちろんこんな解釈を支える証拠は何もない。鯨は水面下深くで息をひそめたままだ。

ウィリアムズがハーマン・メルヴィルに直接言及した例としては、晩年の長詩「アスフォデル、あの緑がかった花」(“Asphodel, That Greeny Flower”) が知られている——

それはたしかに花だった
　かつてハーマン・メルヴィルが
ハワイのジャングルで見惚れた
　エグゾティックな
　　蘭の花。

It was a flower
　some exotic orchid
that Herman Melville had admired
　in the
　　Hawaiian jungle.　(*CP2* 329)

舌津智之は、メルヴィルの『白鯨』とウィリアムズの長篇詩『パタソン』(*Paterson*) の関連を論じた本邦初の論文のなかで、これが『白鯨』の第五七章を想起させるとし、さらに、同じ箇所でメルヴィルがその名前に言及しているドイツの銅版画家アルブレヒト・デューラーの有名な作品「メランコリー」が、『パタソン』第三巻に登場することを指摘し、メルヴィルとウィリアムズにおける陸上生活の憂鬱や海への憧憬について、洞察に富んだ議論を展開している (Zettsu, 8)。「アスフォデル」が、当初は『パタソン』の第五巻として書かれたことも考え合わせれば、舌津の主張はなおいっそう興味深く、さらなる追究に値するように思われる。舌津は、これ以外にも、『パタソン』が『白鯨』に言及している可能性を個々の例を多数挙げて指摘しているが、私見では、直接の言及が論証できる箇所は、それほど多くはないように思われる。しかし、このふたりの作家が、より深いレベルでつながっていることは確実である。ここでは舌津論文とは別の観点から、その関連を論じてみたい。

結論から言えば、『パタソン』にメルヴィルの反響があるとすれば、それはメルヴィル文学そのものというよりは、D・H・ロレンスの解釈によるメルヴィルである。筆者はかつて、文字通りの拙論「変身する地霊——*Paterson* のシムボリズム」（江田一九八三 三八-五二）において、散文作品『アメリカ気質』（*In the American Grain*）と同様に、『パタソン』がロレンスの『アメリカ古典文学研究』（*Studies in Classic American Literature*）第一章の地霊論を下敷きにしていることを論じた。ロレンスの地霊理論は、次の一節に要約されている——

> すべての大陸はそれ自身の偉大な土地の霊を有している。すべての民族は、ある特定の場所において、極性化されている。それが民族の故郷であり、故地である。地球上の異なる場所は、異なる命の放出、異なる波動、異なる化学的な呼気、異なる星を伴なう異なる極性を有している。何と呼んでも構わないのだが、土地の霊とは偉大な現実である。
>
> Every continent has its own great spirit of place. Every people is polarized in some particular locality, which is home, the homeland. Different places on the face of the earth have different vital effluence, different vibration, different chemical exhalation, different polarity with different stars : call it what you like. But the spirit of place is a great reality. （*Studies* 12）

"polarized"（極性化された、編極化された）は明らかに物理学の用語であり、ロレンスは、一九世紀半ばにマイケル・ファラデイやジェイムズ・クラーク・マクスウェルによって確立された電磁気学の理論をメタファーとして用いている。極性化された土地においては、そこに住む人間も極性化されるということである。磁力が土地と人間を媒介しているわけだが、『パタソン』では、蛇、樹木、バッタ等の生物の他に、パセイック川の流れやパセイック瀑布の音が、土地と人間を媒介するものとして登場する。もっとも有名な第一巻冒頭から、この媒介関係は提示されている――

パターソンはパセイイック・フォールズの下手にあり、
力を使いはたした水の流れが背中の線を形成する。
右脇腹をしたにして横たわり、頭は滝の間近にあり、その轟音が
かれの夢に充満している！　かれは永久に眠っているが、
夢はそれぞれに町を歩きまわって、気づかれずにいる。
蝶々がその石の耳にとまる。不死のかれは
動くことも、目覚めることも、めったに姿を見せることもない。
しかし呼吸しており、その機構の微細な各部分が
流れおちる川の音から糧を得て
千の自動人形を動かす。自動人形は
身の源を知らないし、欲望の挫折する境界を知らないから、
ほとんどが当てもなく肉体を超えて歩みだし、
欲望の湧かないまま――欲望のとりこになり、我を忘れる。

（沢崎順之助訳『パターソン』一六―七）

Paterson lies in the valley under the Passaic Falls
its spent waters forming the outline of his back. He
lies on his right side, head near the thunder

of the waters filling his dreams! Eternally asleep,
his dreams walk about the city where he persists
incognito. Butterflies settle on his stone ear.
Immortal he neither moves nor rouses and is seldom
seen, though he breathes and the subtleties of his machinations
drawing their substance from the noise of the pouring river
animate a thousand automatons. Who because they
neither know their sources nor the sills of their
disappointments walk outside their bodies aimlessly for the most part,
locked and forgot in their desires—unroused. (*Paterson* 6)

論理として見れば少々回りくどいが、眠れる巨人としての土地パタソンが、彼の「夢」（"dreams"）あるいは「自動人形」（"automatons"）としてのパタソンの住民を、「滝の轟音」（"the noise of the pouring river"）を介して「動かす」（極性化する）という構造は、ロレンスの地霊理論のそれとまったく同じである。ロレンスは、一九世紀アメリカ文学を渉猟し、その一大特徴として、土地の霊に極性化されたアメリカ人という存在を想定したが、ウィリアムズは、そのロレンスの理論に「わざと」正直に従って「アメリカ的な」長篇詩を書こうとした。そこには一種のダダ的な身振りが含まれていた。一九二三年、ウィリアムズは、人々が口々に「偉大なアメリカ小説」（"The Great American Novel"）の必要を訴えるのを耳にして、「それでは自分が書いてやろう」と、そのとき書き始めていた小説というより日記と呼ぶべきダダ的な反小説に『偉大なアメリカ小説』（*The Great American Novel*）という表題を付けて、人々を唖然とさせた。ロレンスの理論の「応用」も、このダダ的身振りに酷似している。

また、筆者は「*Paterson* における pastoralism」（江田一九九八　三三-三六）においては、この長篇詩がレオ・マークスの説く「パストラル・メンタリティー」に満ちた作品であることを論じた。『パタソン』に見出しうる「パストラル・メンタリティー」は、ある特定の文学作品に淵源を持つわけではけっしてないが、『アメリカ古典文学研究』の第一〇章「ハーマン・メルヴィルの『タイピー』と『オムー』」に、マークス的なパストラリズムを見出しうることは、偶然ではない。地霊論の影響の場合とは違い確証はないが、ウィリアムズがロレンスのメルヴィル論に強く反応したことは想像できる。「パストラル・メンタリティー」とは、要約すれば、産業主義に支えられた都市生活を嫌悪し自然への回帰を志向しながらも、一方で進歩の歩みを止められず、産業がもたらす利便を捨てられない引き裂かれた精神状態を指すのだが、ロレンスが描き出すメルヴィル像には、この「パストラル・メンタリティー」をはっきり認めることができる。ほんの一、二の例を挙げよう——

メルヴィルほど、人間生活を、われわれが現に営んでいるような人間の生活を、本能的に嫌った人間もいない。

Never man instinctively hated human life, our human life, as we have it, more than Melville did. (*Studies* 142)

われわれは戻れない。メルヴィルも戻れなかった。どれほど文明化された人間生活を嫌ったにせよ、彼は知っていた。彼は蛮人たちのもとへは戻れなかった。戻りたかったし、試みてもみたが、できなかったのだ。

We can't go back, and Melville couldn't. Much as he hated the civilized humanity he knew. He couldn't go back to the savages; he wanted to, he tried to, and he couldn't. (*Studies* 146)

人間生活を嫌悪しながらも、自然に帰ることができないというのは、「パストラル・メンタリティー」のもっとも重要な特徴である。このメンタリティーは、地霊論とも無関係ではない。なぜなら、マークスが述べているように、「この心性は、場所と場所の感覚と世界観を緊密に結びつける」からである（Marx 49）。ロレンスの地霊に対するオブセッションは、彼自身が抱えていたパストラル・メンタリティーが示す様相のひとつと考えた方がよい。ちなみにマークスは同じ論文のなかで、傑作と呼ばれる多くのアメリカ小説の登場人物が、このパストラル・メンタリティーを体現していると主張し、彼らは「自己の再発見を自然の再発見と結びつけ、心の奥底の願望を霊的な風景の映像のなかに表象する傾向がある」と述べているが、その代表格に挙げられているのが、ほかならぬ『白鯨』の語り手イシュメールなのである（Marx, 54）。

さて、それでは、ロレンスの『白鯨』論（第一一章「ハーマン・メルヴィルの『白鯨』」）を、ウィリアムズはどのように捉えていたのだろうか。章中でもっとも重要なのは、やはり、もっとも有名な次の箇所であろう——

> それではモービー・ディックとは何か。モービー・ディックとは、白人種の深奥の血の存在である。われわれの身中深くに潜む血の自然だ。
>
> そしてモービー・ディックは狩り立てられる。われわれの白い意識の狂熱によって狩り立てられる。われわれはモービー・ディックを打ち倒したいのだ。われわれの意志に従わせたいのだ。この、われわれの狂った意識がわれわれ自身を狩るという狩猟において、われわれは色の濃い人種にも色の薄い人種にも手伝わせる。われわれは、赤色人種にも、黄色人種にも、黒人種にも、東洋人にも西洋人にも、クエーカー教徒にも拝火教徒にも、われわれの宿命であり自殺行為であるこの忌まわしい狂った狩猟の手伝いをさせるのだ。

What then is Moby Dick? He is the deepest blood-being of the white race; he is our deepest blood-nature.

And he is hunted, hunted, hunted by the maniacal fanaticism of our white mental consciousness. We want to hunt him down. To subject him to our will. And in this maniacal conscious hunt of ourselves we get dark races and pale to help us, red, yellow, and black, east and west, Quaker and fireworshipper, we get them all to help us in this ghastly maniacal hunt which is our doom and our suicide. (*Studies* 169)

明らかにこの箇所は、ヨーロッパ文明の暴走に他の諸民族も巻き込まれ、人類がことごとく滅亡する黙示録的なヴィジョンを語っている。ウィリアムズの作品にも評論にもこの箇所への直接の言及はない。しかし、ウィリアムズの『アメリカ気質』と『パタソン』が、ヨーロッパ的／白人的な精神に代わる、アメリカにふさわしい新しい「土地の精神」(地霊)の探求を中心主題にしていることを考えれば、ウィリアムズがロレンスのこの厭世的、悲観主義的な一節に、新しい「土地の精神」の創造に不可欠な、古い精神の破壊と殺戮を読み取った(あえて誤読した)と想像することは許されよう。エイハブは、モービー・ディックに象徴される己の白人性を抹殺するためにインディアンを含む多くの民族の力を必要とした。一方、ウィリアムズが、アメリカの土地から、ヨーロッパの精神に汚染されない新しい「地の霊」を呼び出したとき、その霊は、白人によって追い立てられ、あるいは殺戮された先住のインディアンやオランダ系、フランス系、スペイン系の精神を分有するものとなった。ウィリアムズにとっては、このふたつのことは、象徴のレベルでは、結局同じことを意味していたのではないか。白人性の抹殺は、必然的に「土地の霊」の赤色化あるいは他民族化を意味した。ロレンスが「もし一八五一年にあの偉大な白鯨が、偉大な白い魂の船を沈めたとしたら、それから今に至るまで何が起こっているのか?」(“If the Great White Whale sank the ship of the Great White Soul in 1851, what's been happening ever since?”)と自問し、「おそらく死の後遺症である」(“Post-mortem effects, presumably.” [*Studies* 169])と自答したとき、彼は、ヨーロッパ文明に対する底なしの絶望を表明していたわけだが、モダニストたるウィリアムズは、ダダ的な誤読であることを十分に承知の上で、この「死の後遺症」に、自分の文学の主題を見出そうとしたのではなかったか。

二　メルヴィルとオルソン

チャールズ・オルソンの『マクシマス詩篇』（一九六〇）（*The Maximus Poems* [1960]）が、『パタソン』を引き継ぐ直系の子孫であることは、いまさら言うまでもない（この論文では、続篇だが性格の異なる *Maximus Poems IV, V, VI* [1968] と、未完のまま残され、死後、ジョージ・バタリックらによって編纂された *The Maximus Poems: Volume Three* [1975] は扱わない。以下、『マクシマス』は *The Maximus Poems* [1960] を意味する）。『パタソン』が、ウィリアムズの生まれたラザフォードに近い産業都市パタソンを取り上げたのに対して、『マクシマス』は、オルソンが少年期に夏を過ごしたマサチューセッツ州の漁村グロスターを舞台として展開する。『パタソン』では、都市と周辺の土地（自然）が眠れる男女の巨人によって表わされる一方で、『マクシマス』の語り手である紀元二世紀のテュロスの哲学者マクシマスの名前は、語り手が巨躯の持ち主であることを暗示する（オルソン自身、身長二メートルの巨漢だった）。どちらの作品も、その土地の地理と歴史に関する知識と資料を縦横に駆使している。『パタソン』が、産業化による田園の破壊、貧富の格差、知識の偏在を主要な問題として取り上げるのに対して、『マクシマス』は、ニューイングランド沖漁業の資本化による伝統的な共同体の破壊を弾劾する。一方、相違については、『パタソン』が詩と散文を交互に配置するのに対して、『マクシマス』は書簡体で書かれており、語り手が登場人物や事件に対して率直な意見や感情豊かな反応を示すことが可能である。『パタソン』でも、語り手ドクター・パタソンは自分の意見や好みを表明するが、しばしば自信のなさや曖昧さを伴なっており、『マクシマス』ほどの強烈な個性は感じられない。むしろ、語り手以外の登場人物（特に女たち）の個性の方が際立っている。資本主義、産業主義に対する態度についても、『マクシマス』が語り手の意見として直接的な形で批判を表明するのに対して、『パタソン』では、主として、人物と資料の配列や対置によって、語り手／詩人の根深い違和感が暗示される。

『マクシマス』には、『パタソン』のように、ロレンスの地霊理論を利用した形跡はないが、地霊理論と表裏一体を成すパストラル・メンタリティーについては、ロレンスとウィリアムズから確実に継承しており、その上、ふたりの先輩作家以上に自身のメンタリティーについて意識的である。例えば、『マクシマス』は、ウィリアムズの『アメリカ気質』と同じように、パストラル・メンタリティーを生じさせた一九世紀以来のアメリカの堕落と腐敗の淵源を、一七世紀のピューリタニズムに求めるのだが、産業資本主義と金融資本主義の区別を曖昧なままにしているウィリアムズと違って、オルソンは、歴史学的にも経済学的にもきわめて正確な用語を用いて、いつどこでアメリカが道を踏み誤まったかを考察する。「レター二三」（"Letter 23"）に見える次の散文は、この詩の主題的プランを簡潔に要約している——

> われわれが、このフィールドに、これらの断片のなかに持っている、この漁師たちとプリマスの男たちのいざこざは、ひとつのコロニーともうひとつのコロニーの喧嘩を超えたものだ。それは（一）重商主義（エドワード・コウクを擁する西部代表者たちの下院における国王との対立、そして同じ時期のゴージズ卿との対立と比較せよ）および（二）発生期の資本主義（個々の投機的商人や株を持つ労働者から成り立っているあいだは除く）との闘い、地滑り的な国家主権主義や、所有権が商工会議所あるいは神権政治あるいは市政担当者の手に渡ることとの闘いなのだ。（*Maximus* 105）

マックス・ウェーバーに従えば、後の資本家たちの先祖であるはずの「プリマスの男たち」すなわちプリマス植民地のピューリタンたちと、ヨーロッパからもっぱら漁業のために移り住んできた零細漁民たち（「投機的商人や株を持つ労働者」もこの範疇に入る）との闘争を中心に据え、『マクシマス』は資本主義批判を展開する。両者の具体的な葛藤、闘争を記録した詩篇としては、「レター一〇」がもっとも代表的で、かつ分かりやすい例だろう。冒頭部を引用する——

レター一〇

ジョン・ホワイトについて、タラ、スケトウ、そして干しダラ《プア・ジョン》について
植民について、ピューリタニズムのためだったのか
それとも、魚のためだったのか
そして、どうやって基礎を築くかについて、聖なるものも俗なるものも
衰え果てた今

　　　　　　とがった口が
そこに。それに胸びれも
前に進むための
ひれも

　　　しかし、新たに基礎を築くには、今では漁さえも……

一

最初は漁のためだった。（ナウムケアグ）が出来て初めて、もう一方のためということになった。だがコナントはそんな

ものとは関わりを持とうとせず、ベヴァリーへ、バス・リヴァーへと移って行った。接触を避けるために（もっとあとの、私が知っているもう一人のコナントはその逆で、接触を避けなかった）

ステージ・フォートのロジャー・コナントの家、あの最初の家が一つの兆しだ。エンディコットが出した最初の法令の一つは、それをセイレムまで引いて来させて、自分の邸宅にすることだった。というのも、その大きな家はそれほど骨組みが堅牢で見事な出来だったのだ。あの昔の大工技術の産物

（家の建て方のことではない。それならばその後の建て方によく似ていると思う。とてもよく似ているから、
ここで代わりにアン・ブラッドストリートの家や
ジョージタウン、ローリー、イプスウィチなどにある家を歌ってもいい位だ。
そういう家は、下見板に囲まれた内密な空間を持ち、
それでいて、どんな建物も及ばないほど力強く、
大地に突き出し、立っている）

（*Maximus* 49）

正統的なアメリカ史では、ニューイングランドへの入植と言えば、もっぱらピューリタンによる植民地建設が取り上げられるが、ここでは、その蔭に隠れたというよりは、ピューリタンによって歴史からその存在を消された漁民たちについて、語り手は想像を馳せる。ジョン・ホワイト（一五七五—一六四八）は、一六二三年にグロスターのあるケープ・アンに漁業を目的として植民地を建設したドーチェスター会社の創立者であり、この会社の総督を務めたロジャー・コナント（一五九二？—一六七九）と共に、漁民の代表であった、とされる。「干しダラ」（"poor-john"）は、小ぶりの鱈の干物を指すが、ジョン・ホワイトに対する同情を込めた揶揄であると同時に、彼に代表される漁業目的の植民者が、ピューリタンに「干し上げられ」ようとしていることを暗示している。

「ナウムケアグ」（"Naumkeag"）は、インディアン語によるセイレムの旧称である。ロジャー・コナントは、一六二六年、ケープ・アンを放棄して、このナウムケアグに植民するが、この地に目をつけたマサチューセッツ湾植民地初代総督ジョン・エンディコット（一五八九?―一六六五）と対立し、すぐ北に隣接するベヴァリー（旧称バス・リヴァー）への移住を強いられた、とされる（ピューリタン側の正史では、エンディコットとは共存し、バス・リヴァーに新たな入植地を開拓したとされる）。「もう一人のコナント」は、ハーヴァード大学総長（一九三三―五三）、次いで西ドイツ派遣高等弁務官（一九五三―七）を歴任したジェイムズ・ブライアント・コナント（一八九三―一九七八）を指し、詩の末尾では、体制になびかなかったロジャー・コナントとは対照的に、入試における周辺地優遇を廃することでニューイングランド色の濃い大学であった「ハーヴァードを破壊し」、学長退任後は、「仕えている連中（ステート・ストリート、ワシントン）に買収され／高等弁務官にされた（傀儡国のエンディコット）」（*Maximus* 15）と呼ばれ、こき下ろされる。「ステージ・フォート」は、グロスター湾西岸の地名で、当初ドーチェスター会社の漁業基地（ステージ）があった。エンディコットによるコナントの堅牢な家の簒奪は、後の漁業の資本化による零細漁民駆逐の「兆し」とされている。この、おそらくは船大工が造った丈夫な家についてはしばしば言及があり、この詩においては、営利主義、産業主義以前の人間の創造性を代表しているように思える。

このように、パタソンのような内陸の産業都市ではなく、大西洋岸の資本化されていく漁港を取り上げた『マクシマス』は、『パタソン』以上に、メルヴィルの『白鯨』と親和性を持つ作品になった。実際、この作品には『白鯨』の世界を連想させる箇所がいくつもあるが、なかでも「レター八」に相当する「テュロスのなりわい」（"Tyrian Business"）は、ポール・クリステンセンが指摘するように、『白鯨』をはっきり意識している（Christensen, 127）。長くなるが第五セクションの散文部分を引用する

(ひどい雨と風の中、そいつがやって来るのを前にして、おれたちは東に向かって疾走していた。おれは三番目のワッチに立っていたが、下に降りて来ると連中は、顔が真っ青だと言った。それというのも、稲妻がおれたちの方へ、海面を短い間隔を置いて打ちながら、まっすぐやって来ていたからだ。それで舵を握っていたおれには、次のが船首に落ちるか、船尾に落ちるか、それとも船の真ん中を打つか予測できたのだ。

もう三日も気圧計は九九〇ミリを指していた。それでおれたちは言わばタバコをかみ切るような状態だった。ホーズ号が、こんどのやつを乗り切れるとは、思いたくても思えなかった。この船はかなり小型だったし、それにどっちみち、スクリューがまったくのオシャカだったのだ。モールトンはひどく欲の深い奴で、荷綱が切れたどこかのスクーナーの甲板から転がり落ちて、おれたちの行く手に漂っている木材を残らず拾い上げたがった。それも奴がロックポートに建てている車の修理工場用にときている。

海に漂うこういう木材に、横から近づくこと位の気違い沙汰はない。それは、銛やその影が飛んで来たとたんに怯えたり、あるいは銛が当たると、一目散に逃げてしまうあの魚どもに近づくのとは、てんで訳がちがう。それで、おれたちみんなが身を乗り出して材木と闘った。海の上で何時間も、ただの一隻で。

こいつは狙っているメカジキでもなんでもなかったから、おれたちの中の誰も、船長の奴さえも、その危険については思ってもみなかった。奴はただ、この思いがけない授かりものが欲しくて、銛打ち台にいた銛打ちと、船上に残っていた連中を右舷に、つまり、いつもは銛を打ち込まれて最初の逃走に出たメカジキが引きずる綱のたるみを取る時に使う右舷に、整列させたのだ。

おれたちはこの長い厚板を手鈎で五六枚取り込んだ。そいつはまったくの馬鹿騒ぎだった——飽き飽きしてコックの奴でさえ下に降りてしまっていたが、奴はそれが起きた時に調理室にいて、後でそこでどんな音がしたか話してくれた。何が起こったかと言えば、モールトンが一本の長い厚板のまん真ん中に船を乗り上げたのだ。そして、板は真ん中の線を竜骨にぴたりとつけ、水面下で揺れた時もそのままの状態を保った。その板が竜骨の端から端まで、ドスンドスンと船底を打ち、それでいて船の前進速度のために、モールトンがそいつにぶつけた船の縦の中心線から 決してそれることなく通り過ぎていく音が誰の耳にも聞こえた。

それからあの音がした――この板にスクリューの羽根がくい込んで、羽根をかみ砕いたものだから、突然船はとても船の動きとは思えない動きをした。

舵がきかなくなって、海の上で死んだようになった船の船尾から浮かび上がって、航跡の中を流れ去るぼろぼろの板を、おれたちは眺めた。

それは凶兆だった――その後の航海で獲れたのは六十三匹で、大部分がごく小ぶりの魚だった。その上、大ぶりの魚の多くが腐ってしまい、おかげでその七月は、速力の出るポルトガル系の船だけでなく、メカジキ漁船団に属するどの船に対しても負けている分を取り返そうと、長い間沖にとどまらなければならなかった。エドガータウンからやって来たリトル・デイヴィド号でさえ、おれたちより先に帰港できた。

モールトンの馬鹿さ加減のためと、その事件の前に例の嵐の進路を避けようと迂回したために、おれたちは五週間もの間沖にいた。船団は散り散りになったが、なかでもおれたちは、動力がないために最悪の目に会った。最後の五週目には、オルセンのレイモンド号から食糧代わりにタラを買う羽目になった。オルセンは例のあの声でどなった、「セシー、こっちに上がって来いよ。よう、来いったら。タラをもってけよ！」と。その声ときたら海の上に、あの「神の大砲」のように響きわたった。

おれはボートを漕いで船長の奴を連れて行ってやった。

（*Maximus* 42-3）

これが『白鯨』のクライマックスのパロディーであることは、誰の目にも明らかである。そして、マルクスの名言「歴史は繰り返す。最初は悲劇として、二度目は笑劇として」が、これほどうまく当てはまるパロディーも少ないだろう。ここで対比されているのは、資本主義初期の段階ながら、いまだシェイクスピア的な悲劇が可能だったエイハブの時代と、資本と利潤の論理に貫徹され、誰もが欲得ずくめで動くがゆえに何が起きても悲劇とはなりえない、この資本主義の現代であろう。ピークォッド号を破滅に導いたエイハブの怒りは超越的で崇高なものであり、資本主義的な利潤の論理に真っ向から歯向かうものだったが、一方のモールトン船長は、ずっと次元の低い私利私欲のために、ホーズ号を資本主義的な利潤獲得競争から脱落させてしまう。もし侮蔑されれば、太陽にさえ打ちかかってやると言い放つエイハブと、食糧不足を他船の船長から憐れまれ嘲笑されながらも、のこのこと干しダラをもらいに行くモールトンとは、悲劇の主人公と道化ほどの落差がある。そして、ピークォッド号の乗組員はイシュメールを除いて全員海の藻屑と化したが、ホーズ号の船員たちは、せいぜい期待したより少ない割り前で我慢するだけで済むだろう。

さて、いささか間延びした議論になったが、ここまで、パストラル・メンタリティーのひとつの側面である資本主義と産業主義への嫌悪が、『マクシマス』にどのように現われているかを見てきたつもりである。では、もうひとつの側面である田園への郷愁が、この詩の中にどのような形で現われているのかを見よう。それがもっとも早く現われるのは、「レター三」においてである——

クレシーの浜のタンジー
子供の頃、あの浜で転げ回ったときは
それがタンジーとは
知らなかった。

一

あなた知ってた？　と彼女は言った、あそこで育ったというのは
すごいことよ。後になって分かった、彼女の言っていたのは、
レイヴンズウッドの崖の下の細長い原っぱのことだった。
そこはフレッシュ・ウォーター入江のこっち側では険しくなっていて
あの少年時代の驚異を放射している。海に落ち込んでいく野原は
たしかに彼女の言ったように
浜に沿って続いている。

　　　　レイバー・デイには人々が集い、消防車が
　　　見事な水のアーチを架けた。
　　　　　　　夏と一緒に、タンジーと一緒に
海に沿って続く野原

二

おれはそこの生まれではない。多くの住民と同じように
他からやって来た。つまり親父が、ということだ。すぐ近くの村からでも、
ニューファウンドランドからでもなかった。でも、来たのは結構早かった。
親父が来たころ、レースともなれば、
港は三百隻の船で満杯だった。
今で言えば、サン・ピエトロ祭にイタリア人の船が入港するときのように。

町の荷揚げ場のあたりから、バンドのコンサートや花火で
賑やかだった

それでおれは彼女に答えた。ああ、
知ってたよ、と（おれには、ウスターという
比べられる町があった）

今の地球上の人間と同じように、グロスターも
異種雑多な町。だから、都市国家というものが分かるのだ
地方主義でもなく、あのミュー・シックでもない（企業、
新聞、けばけばしい週刊誌、映画館、
所有者不在の船や埠頭といったトリック

（*Maximus* 13-4）

ここでは、漁業がいまだ完全には資本化されず、グロスターの町が共同体（都市国家）としての絆をかろうじて保っていた時代の記憶が、子供時代に遊んだタンジーの花咲く美しい海岸への郷愁と重ね合わされている。『マクシマス』において、もっとも美しい超時間的な、パストラルな瞬間（pastoral moment）であろう。そのパストラルな叙情性の強度においては、『パタソン』第二巻第一セクションのバッタの歌にも匹敵する（*Paterson* 47-9）。だが、詩人は美しい過去の瞬間に浸ったまま、現在における闘いを放棄しようとはしない。たしかに『マクシマス』は『パタソン』を引き継ぐ詩ではあるが、どちらかと言えば控え目でしばしば傍観者的なドクター・パタソンに比べ、マクシマスはより強烈なエゴと強い闘争心の持ち主であり、その点では、『キャントウズ』の語

り手としてのパウンドの方に近い。パウンドと同様、マクシマスが過去を振り返るときも、それは、多くの場合、過去と現在の比較から現代社会（資本主義、産業主義）と闘うための戦略を引き出すためである。「レター五」の次の一節は、詩人がいまだ腐敗した現代との闘いに希望を失っていないことを示している——

おれなら誰にも戻れとは言わない。「戻る」には何の価値もない。そんな感傷は、
とりわけグロスターでは場違いだ。
まだ都市国家が
衰えないこの町では。

「戻る」は動かない者たちのためにだけある（未来もまた

(*Maximus* 26)

過去への郷愁が、現在の問題を何ら解決しないことを、詩人は、はっきりと自覚している。この点で、詩人はすでに、自らのパストラル・メンタリティー克服に向かうとば口に立っているとも言える。この詩句との関連で興味深いのは、「マヤ書簡」（"Mayan Letters" [SW 67–130]）の次のふたつの箇所である。翻訳しにくいので、原文で引用する——

One other thing, tho, while it's in my head, that I wanted
to say to you : don't let even Lawrence fool you (there is nothing
in this Mexican deal, so far as "time in the sun" goes : the
way I figure it, it must have seemed attractive at a time when

the discouragement, that the machine world goes on forever,
was at its height
but this is a culture in arrestment, which is
no culture at all (to this moment, only Sánchez gives a hint of
live taste)
when I say that, however, I give these people much
more head, than their recent slobberers
for the arrestment,
surely, was due to the stunning (by the Spanish) of the Indian,
400 yrs ago ((the Indian has had the toughest culture colonial-
ism to buck of anyone, much tougher than that which Parkman
& Melville beat, 100 yrs ago, up there (SW 78–9)

The point is, the arrestment, is deceptive : it is not what fancy outsiders have seen it as, seeking, as they were, I guess, some alternative for themselves (like DHL & his Ladybird). Of course, now, it is easier to kiss off the States, than, even the 30's. Yet, they should not have misled us (which is the same as harming these Injuns : they have so fucking much future, & no present, no present at all. (SW 79)

一九五一年の前半期を、オルソンはメキシコのユカタン半島の先端に位置するレルマ（Lerma）で過ごし、マヤの遺跡調査に参加し、現地のインディオの暮らしをつぶさに観察した。「マヤ書簡」は、その間、若き盟友ロバート・クリーリーに書き送った手紙を、クリーリー自身が編集したものである。二番目の引用について先に述べれば、*“arrestment”*は、いまだ資本主義、産業主義の影響を受けず、太古の昔から同じ生活を続けているかのように見えるマヤの子孫たちの「停滞した」生活に言及している。*“DHL & his Ladybird”*は、一九二四年から二年間をニューメキシコ州のタオスに暮らし、その間三度にわたってメキシコを旅行したD・H・ロレンスとフリーダを指すと思われる。ロレンスは、その経験に基づいて小説『羽毛の蛇』（*The Plumed Serpent* [1926]）と紀行文『メキシコの朝』（*Mornings in Mexico* [1927]）を書いた。オルソンは、ロレンスがアステカの子孫であるインディオの生活に見出した*“arrestment”*が人の目を欺くものであり、ロレンスが求めたような、欧米の機械文明化された生活に「取って代わるべきもの」（*“alternative”*）ではないと述べている。ロレンスが、インディオの「停滞した」生活に惹かれたのは、欧米世界においては、「機械世界が永遠に続く」（*“the machine world goes on forever”*）のではないかという絶望が頂点に達したからだったと、オルソンは考える。オルソンが、ロレンスのパストラリズムを看破しているのは明らかだ。オルソンによれば、現在のインディオの進歩のない停滞した生活は、四百年前のスペイン人による征服に起因するもので、それ以前のインディオたちは、（当然、進歩を伴う）「この上もなく強靭な文化植民地主義」（*“the toughest culture colonialism”*）を有していた。それはフランシス・パークマンが西部探査旅行で出会った「高貴な野蛮人」たちの文化植民地主義や、若き日のメルヴィルが経験したマルケサスの文化植民地主義よりも強靭なものだったと、オルソンは言う。ここで注目すべきは、論じられている内容自体というよりは、オルソンが、メルヴィルのマルケサス体験とロレンスのメキシコ体験を同じレベルでとらえている点である。オルソンが、パストラル・メンタリティーについての考察を深めたとき、ウィリアムズの場合と同じように、ロレンスとメルヴィルは、分かちがたく結びついていたのである。

ウィリアムズは、ロレンスの『アメリカ古典文学研究』のメルヴィル論に現れたパストラル・メンタリティーに強く感応し、『アメリカ気質』と『パタソン』を書いた。オルソンもまたロレンスとメルヴィルのパストラリズムから多くの示唆を得、かつウィリアムズとメルヴィルを強く意識しながら『マクシマス』を書いた。ふたつの長篇詩の違いのひとつは、オルソンの著作が、ウィリアムズと違い、パストラル・メンタリティーの克服を強く志向していることを示している点であろう。

最後に『パタソン』とメルヴィルの関連に話を戻して、この稿を閉じよう。最初に述べたように、この作品がメルヴィルに直接言及しているかどうかは論証しにくい問題だが、上に論じてきたように、『パタソン』が、『白鯨』を明確に意識した『マクシマス』を直系の子孫として生み出したことから考えれば、『パタソン』には、メルヴィル（とりわけその海洋文学）への言及の可能性が「潜在」している、とは言えるだろう。ちょうど「ナンタケット」が、メルヴィルへの言及を水面下に秘めているように。

引用文献

Christensen, Paul. *Charles Olson : Call Me Ishmael.* Austin : University of Texas Press, 1979.

Lawrence, D.H. *Studies in Classic American Literature.* New York : Penguin Books, 1976.

Marx, Leo. “Pastoralism in America.” *Ideology and Classic American Literature.* Eds. Sacvan Bercovitch and Myra Jehlen. New York : Cambridge UP, 1986, 36–69.（Marx と表記）

Olson, Charles. Ed. George Butterick. *The Maximus Poems.* Berkeley : University of California Press, 1983.

——. Ed. Robert Creeley. *The Selected Writings of Charles Olson.* New York : New Directions, 1966.（*SW* と略記）

Williams, William Carlos. *The Collected Poems of William Carlos Williams,* Vol. 1. Eds. A. Walton Litz and Christopher MacGowan. New York : New Directions. 1986.（*CP1* と略記）

——. *The Collected Poems of William Carlos Williams,* Vol. 2. Ed. Christopher MacGowan. New York : New Directions. 1988.（*CP2* と略記）

——. *Paterson.* Ed. Christopher MacGowan. New York : New Directions. 1992.

Zettsu, Tomoyuki. "In Quest of the 'Beautiful Thing' : *Paterson* and *Moby-Dick*". *Studies in American Literature,* No. 33. Hyogo, Japan : The American Literature Society of Japan, 1-17.

ウィリアムズ、ウィリアム・カーロス『パターソン』沢崎順之助訳、思潮社、一九九四年。

江田孝臣「変身する地霊：*Paterson* のシムボリズム」*Chiba Review* 第五号、千葉大学英文学会、一九八三年、三八—五一頁。

江田孝臣「*Paterson* における *pastoralism*」『英語英米文学』第三八集、中央大学英米文学会、一九九八年、二三三—二三八頁。

メルヴィルの批判的想像力

根本　治

『白鯨』や『ピエール』には難解な面白さがある。この小論はそれをメルヴィルの時代思潮との対論と考えて、自分なりに解きほぐす試みである。

一　メルヴィルと啓蒙的理性

一八五一年五月七日付け姉エリザベス宛のソフィア・ホーソーンの手紙から一八五六年一一月の、ホーソーン自身のリヴァプール日誌の記述までの期間は、メルヴィルが燃え上がり、行き着くところまで行ってしまった期間だったと言える。一八五一年、ソフィアに言わせると、メルヴィルはまだ考えが定まらない子供（boy）である。

そして主人（Mr. Hawthorne）に神や悪魔や人生について、心の奥底を話すの。もしそれで彼が真実をつかめればのことですけど。と言うのも、彼は考えが子供なの。まだ何にも決着がつかないで。混乱、とてつもなく。彼に対する裏切りになってしまうでしょうね、彼の告白やつかまえる努力を公表したら。だって、おそらく不遜（impious）だとされるでしょう、事柄の全体を見ないと。座って話を聞いているほど気持ちのいいことはないわ。この育ち盛りの人は荒波のように、考えを主人の立派で、温和で、包容力のある沈黙にぶつけるの。するとその深い所からすばらしい微笑みか、あるいは強い一語が押し戻すというわけ。泡や怒りを、おだやかな高鳴り、なぎに、いやなぎではなくて、小声での不満にまで。と言うのも、決して彼には「譲る弱い気持ち」なんてないから。でも主人への愛情、尊敬、賞賛は見ていて本当に麗しいわ。(Melville, 1993, 184)

この手紙の少し前にホーソーン宛に書かれたメルヴィルの手紙に、出版直後の『七破風屋根の家』に関する批評があったことを教えて、同封したその写しを、他人には見せないでと断ってからのメルヴィル評であるが、これらの二通の手紙から多くのことが窺える。

ここでソフィアが言うメルヴィルの若さは問題ではない。また自分の夫についての彼女の賞賛も関係ない。ただ、メルヴィルの告白や真実をつかみたい努力を公表したら、裏切りになろうと彼女が思っていたことは押さえておきたい。一九世紀中頃のアメリカ社会で、若い作家が不敬不遜とみなされたら、どれほどの仕打ちを受けることになるのか？　メルヴィルは既にこの世が不寛容であることを痛感していたので、ホーソーンに自分のよき理解者の可能性を見たと思い込んでしまったのだった。

ホーソーンと彼の妻を相手に具体的にどのような告白をしたのか、「神や悪魔や人生」についてのどういう真理をつかむ努力について語ったのかはわからないけれども、メルヴィルが『七破風屋根の家』に関する感想の後に続けた所感は、彼の思索の原点であり、不変の立場であったと思われる。ホーソーンへの賛辞として、彼ほどに「目に見える真実」を痛感している者は他にいないと述べ、「目に見える真実」とは、「そのために、どんな悪いことが自分に起きようとも、恐れずに見る者の目が捕らえる、あるがままの姿の、ものごとの在り様」ということだと説明する。ホーソーンがこのような現実の勇気ある凝視者であるというのだが、メルヴィル自身が見たい作家の理想像であるように思われる（Melville 1993, 186）。

これより少し以前の、一八四九年三月三日付エヴァート・ダイキンク宛のメルヴィルの手紙には、彼自身の言葉がエマソンの威光を借りての言葉のようにダイキンクに思われたことで、彼はそれを否定して、「他のどんな人のぶらんこに乗っかるよりも、むしろ自分の絞首ひもで首吊りする方をとりたい」と書いていたが、（Melville 1993, 121）恐れずに現実の姿を見つめる者について、「ロシヤや英帝国のように、天国、地獄、そして地上の列強のさなかで、（自分ひとりで）主権者であることを宣言する者」とし、「たとい滅ぶとも、諸列強を相手に対等の立場で交渉を求めてやまない者」とする。こうした言葉遣いをメルヴィル特有の尊大な言葉、不敬不遜な態度と受け取るよりも、哲学者カントが啓蒙の標語であるとする言葉、「自分自身の理性を使用する勇気をもて！」と関連させたい。カントによれば、大方の人びとは未成年の状態にあり、諸方から「君達は論議するな！」と諭され、聖職者からは、「君達は論議するな、信ぜよ！」と言われているという。（Kant, 7-20）メルヴィルは、カントが主張する「自分自身の理性を使用する自由」を主張しているのだと考えられる。ダイキンクにはそのことを、シェイクスピアでさえ口輪を完全には外せなかったが、独立宣言によって事態は変わったのだという言い方で主張していた。この頃のメルヴィルの立場を啓蒙的理性主義と考えると、「教会の会衆はいくら大勢であっても所詮は内輪の集まりにすぎない」とカントは言い切れたが、ソフィア・ホーソーンが姉エリザベスにさえ口外を禁じたような状況にあっては、その立場からの表現には、周囲からのさまざまな不愉快な圧力や攻撃を想わざるをえなかった。

『七破風屋根の家』にふれた手紙の一ヶ月くらい後に書いたと思われる次の手紙では、「真実を扱って生計を得ようとする」なら、路頭に迷うのだ、牧師が説教壇から真実を説くものなら追放だ、と書いている。（Melville 1993, 191）『ホーソーンと彼の苔』のよく引用される部分で、シェイクスピアは、「この嘘だらけの世界で」、真実を狡猾に言ったり或いはほのめかしたりして、わかる者にのみわからせる手法を使っていると書いているが、(Melville 1984, 244) この背景も同じで、当時のアメリカ社会が、彼の言う「真実」の表現を嫌がり、あえて表現する者から生計を奪うのだと彼が見ていたことにあろう。しかし、単に不評を買っただけでなく、批難中傷されても、お金に困り窮しても、メルヴィルは最終的には言いたいことを言い、書きたいように書いたのだと思われる—もちろん書きたいように書くということには、わかる者にしかわからないようにという工夫も含まれるが。『マーディ』執筆後に出版者のベントレイに、物書きには自分の中にどうしようもなく御しがたいもの (a certain something unmanageable) を抱えた者がいて、そいつにああしろ、こうしろと言われ、結果どうなろうと、しなくてはならないのです、と書き送っていたことも、そうした推測の根拠である (Melville 1993, 132)。

二　啓蒙的理性のアメリカ的コンテクストとしてのユニテリアニズム

後々までデイヴィッド・ヒュームやイマヌエル・カントを受け入れるどころでなかったにせよ、一八世紀アメリカでのピューリタン対アルミニウス派の論争は、一九世紀への転換点において、チャニング等のユニテリアンが登場するための出発点を提供していた。既にして、神・人キリストによる贖罪の教義は、アルミニウス派の者には放棄されて、「キリストはついには単に神よりの啓示の源泉となった。神は彼の模範によって人に霊感を与えるのだ。無垢の清純である彼の生き方が最高の価値あるものであり、彼の死は完全なる従順ということの劇的な挿話にすぎなかった……」(Wright, 222)。ユニテリアン達は、自分たちはもちろんのことクリスチャンであると主張しているが、それを認めない立場もあることだから、この変化するクリストロジーを押さえておかねばならない。メルヴィルの父方はユニテリアンであり、彼が最後に所属したのもユニテリアン教会である。

ユニテリアンにつながるアルミニウス派のもう一つの大事な点は、固定した教義と教会の権威ではなく、自由な探求と個人判断を積極的に認めたことである。チャニングは一八三〇年の『精神的自由』(Spiritual Freedom)と題する説教で、他の誰をも自分の主人とせず、各人が自由に探求して、自分の理解力をもっての最善の確信には、勇気を持って従うことを求めている。というのも、彼の考えでは、神という共通の父は、万人が平等に、直接的に近づけるものであって、特権を持つ者などいないからである。彼が最も悲しく思うことは、幼いときの偏見に縛られてか、説教壇と新聞に脅迫されてか、あえて自分で考える勇気のない人々を見ることである。

国の法律で個人としての判断と言論の権利が認められていれば、それだけでチャニング的な宗教が栄えて、精神的自由が達成され、威厳が付与されるのではないのだという。

> 鎖は鉄製ばかりではなく、もっと深く魂に食い込む鎖があるのです。スパイの目のような偏見は、武装し、百の眼をもつ警察と同じく効果的に、われわれの唇を閉じさせ、われわれの心を凍えさせるのです。無数の方法で、人は自由の国でも隣人たちの権利を侵害するのです。宗教においては、既成の手段が常に手元にあるのです。私が言及しているのは、宗派ごとに連合し組織化され、牧師によって支配される見解のことです。私たちは異端審問所などないと言います。しかし、巧妙に組織された宗派、一つの叫びを発するように訓練され、彼らと意見の違う者には誰にでも一体となって異端の批難を浴びせて、意見の自由な表明を消してしまい、そして、団結しての絶えざる脅迫で、大衆に恐怖を抱かせる—こうした宗派は、異端審問所と同じように、知性には危険であり麻痺させるものなのです。こうした宗派が剣のように、牧師たちに奉仕しているのです。現代は甚だ宗派的であり、それゆえに自由を敵視するのです。(Channing, 170)

チャニングのこういう言葉は、一八二〇年代にユニテリアニズムのキリスト教を疑問視する他の宗派の活動に向けられている。しかしトクヴィルが一八三五年に言及している(Tocqueville, 314-30)アメリカ社会の特徴を思えば、ユニテリアンたちにのみ関わることではない。アメリカには、国家によって支えられた形での権威には欠けるものの、分立する諸宗派が厳しい社会統制に成功し続けていたからである。プロテスタント諸派は「戦闘的組織のネットワーク」(May, 3-25) を構築して、宗教、家庭、政治、財産権等に関して、保守的立場を強制した。理神論やユニテリアニズム、一日一〇時間労働や団結権などを主張する者を見逃すことはなかった (Griffin, 51-53)。メルヴィルの告白や真実を得る努力のことを公言したら裏切りとなろう、というソフィアの判断と、ホーソンにならば話しても大丈夫と思い込んだ彼の感激とに、根拠を与える偏狭、不寛容な排他主義は、四〇年代も五〇年代も同じだったと思われる。

三　先端的ユニテリアンとしてのセオドア・パーカー

チャニングよりも若い一部のユニテリアン牧師たちは、チャニングが一八一九年の『ユニテリアンのキリスト教』(Unitarian Christianity) の中で強調した理性の立場、聖書も一般の古文書も同じ理性によって判断するのであって、理性放棄のうえに信仰があるのではなく、理性的であるからこその信仰があるとの立場を進めて、奇跡によって信仰の支えとするような言説を捨てる態度に出て、小さな論争を引き起こした。彼らはドイツでの聖書学の展開を知り、シュトラウスの『イエスの生涯』をすぐ読んでいた。「歴史的キリスト教は怪物である」というエマソンの『神学校講演』の言葉もこうした状況下でのことである。彼らは勉強会のようなものを持ったが、後に「超越主義者」なるレッテルを貼られることになった。ここでは、セオドア・パーカーとオレステス・オーガスタス・ブラウンソンに触れて、一八四〇年代の代表的知識人が立たされた境地としたい。

パーカーは『キリスト教における一時的なものと永続的なもの』と題する説教のため、他の宗派からの攻撃に加えて、同じ立場に立つはずのユニテリアン牧師協会から、離脱を迫られる事態を招いた。キリスト教の外的な形式も内的な教義も、「一時的なもの」であり、具体例として聖書の起源や権威を取り上げ、「とんでもない伝説や矛盾した主張を信ずるよう、フィクションを事実として、夢を神の奇跡的啓示として、オリエントの詩を奇跡的出来事の厳かな歴史として、男女の性愛詩を集めたものをキリストと教会の相互の愛についてのまじめな言説として受け取るように……教えられてきた」が、新約をも含め、すべての記述を無謬の真理とする聖書崇拝が、常に存在したのでも、聖書自体に基盤のあるものでもないとする。そしてまた、キリストの本性と権威に関する見解は古来絶えず変化し、神学者間に一致のないことを指摘したからである。

パーカーにとって、キリスト教の真実とイエスの関係は、幾何学の公理とユークリッドの関係と同じで、権威は真理にあって個人（person）にあるのではない。キリスト教における「永続的なもの」とは、人間に本来宿る道徳感覚が直感的に真理と認めるイエスの教える宗教である。イエスの言葉は「地上の声で歌われた、天の音楽」である。「それらは深遠な人々のなかの最も深いもの、善良な人々の最も聖なるもの、宗教的人々の最も神的なものに話しかける」。それでも彼は「われわれと同属の者（brother）ではなかったのか、人の子であることわれわれのように、神の子であることとわれわれのように」、とパーカーは訴え、「イエスがなしたように、われわれとすべての父の間にいかなる仲介者、いかなるものも置かずに礼拝するまで」、クリスチャンとはなれないと説いた。キリストが山上の垂訓を通して教えるキリスト教ではなく、宗派の、説教壇の、世の中のキリスト教は陽炎のような、一時的蝿にすぎないと。パーカーは自説を敷衍して、『宗教に関係する諸作について講話』をまとめて一八四二年に出版した（Parker, 113-149）。

ブラウンソンは両方に関する書評、特に後者に関しては長文の書評を執筆した。彼自身は思想的遍歴の末にカトリックへ回心する契機に立っていて、以前の自分主張がパーカーの口より発せられて、その過ちを痛感するという思いになった。その過ちの核心は、初期の社会主義思想に共鳴する若いユニヴァーサリストの立場から彼が受け入れていた個人判断の論理というものの妥当性であった。真理と人間の幸福という観点から、聖書を捨てて理性を採り、その帰結としてキリストを失うまでに至っていたのだった。既成の権威に基づくのではなく個人の内的判断を重視して、若いエマソンがイエスよりも自分を信じようとしたことを想起してもよい。パーカーの主張は、真理も善も尺度が人間であり、宗教とは人間の本性に属するものであり、すべての宗教制度は人間の本性に起源をもつとするが、これではナチュラリズムであって、啓示ということが消えてしまうとブラウンソンは考える。パーカー的な立場は、神もイエスも判断の対象とする無制約の個人判断に通じるが、ブラウンソンにはその判断の基礎である個々人の理性に最終的な信頼がおけなかった。彼は少し後にカントを精読するが、カントの過ちは単純だとする。余りにも主観に偏して、存在を見失っているというのであった。彼はここからカトリックの正しさを受け入れた。聖書の正しい解釈はカトリック教会の伝統の権威によって示されるのであって、個人の理性によって判断できるものではない。信仰とは知りえないことへの信頼のことだ、死者のための祈りも、生者のみの世界に留まらない創造主の宇宙内でこそ妥当であると（Ryan, 266-7)。

啓蒙的理性の立場は、フランシス・ベイコンから王立協会へとつながる「実験哲学」(Experimental Philosophy）の系譜に属する。この哲学を人間の判断力にあてはめたヒューム、そしてヒュームからの大衝撃をうけて形成されたカントの哲学において頂点にたっする。経験の観察より出立して知の限界を見極める認識論が前提であり、それはすべての知を先天的な思考形式によって構成したものとする。ブラウンソンのように、こうした哲学は主観を出られない過ちだと言っても、彼のように一挙に存在を論ずるわけにはいかない。カントが説く理性の範囲内での宗教が啓蒙的理性の宗教的面での終着点である。パーカー的ユニテリアンが確言出来るのは、理性に関するカントの批判哲学以前の理解に基づく合理的経験判断と自分の実存性を意識しての道徳感覚であって、それから先はユニテリアンの信条の産物となろう。二〇世紀哲学から見れば、すべてのものを客観化し認識の対象化して、征服を目指す理論的主観性の哲学だとして、デカルトやカントの哲学を批判し、存在と、世界内実存としての人間の関係、存在を証言する唯一のものである実存としての人間について説くハイデッガーがブラウンソン理解の助けとなろう。メルヴィルの到達点は、ブラウンソン的な一切の個人判断の放棄による信仰ではなく、パーカー的なユニテリアニズムからさらにヒューム的次元に近づいたように思われる。

四　大衆的宗教観

摂理（Providence）言説

神学や哲学の動向とは必ずしも一致しない大衆的次元における言説は、一九世紀アメリカのフィクションに大きな役割を演じている。特に『白鯨』の場合、メルヴィルが物語構築に利用しうる思惟形態としての大衆的言説に注目しておかねばならない。このような思惟形態は、大衆の創造によるものではなく、かつての正統的教義の残滓とも言うべきものである。カルヴィンからアメリカのピューリタンが受け継ぎ、一九世紀の大衆的言説にまで登場する形態の一つが摂理である。出発点は有名なカルヴィンの『キリスト教綱要』第一巻一六章の摂理論である。俗語で言われる運・不運といったことは一切無く、大きなこと些細なことすべてが、神の意志によって起こるのであり、父なる神の恩恵なり呪詛を示す。一粒の雨も神の明確な命令によって落ちる。「個々の出来事は神の特別な摂理の証拠である」。「我々にとっては偶然（contingence）に見えるものを、信仰（faith）は」量りがたい神意の働きと認める。

カルヴィンは、信仰者としての用語統制をして、運とか運命とかいった言葉を禁止しているのである。アウグスティヌスを引いて、「何事であれ運にまかされたら、世界の動きは、無秩序となる（at random）」うえに、たいていの信仰不徹底な人間にはそのように見えているると彼は知っているからである（Calvin, 171-181）。

一七世紀にアメリカに渡ったピューリタンたちとその子孫は、この摂理観を引継ぎ、具体例を随所に記している。カルヴィン的に言えば、すべての記録に値する出来事がそのように記述されるべきであるが、「神の摂理によって」と記すかどうかは気分によるようである。ウィンスロップ総督の日記を見れば、一人の女性の召使が一週間も道に迷い、林のなかで凍死寸前までいったが生還できたのは、「主の驚くべき摂理」による。また、自分たちがある土地の検分に行ったさいに天候悪化し、二晩もあばら家で食べ物も無く過ごしたが三日目に無事帰れたのは、「主の特別なる摂理」による。英本国の枢密院で自分たちに為された批判が功を奏しなかったのは「主の良き摂理」によるものであったし、自分の家の積上げた丸太の下で、娘たちが鳥の毛むしり中に風で羽が内に入ってくるので妻がそこから移動させたら、その途端に丸太が崩れたのだった—「もし主が、特別なる摂理で彼らを救わなかったら、下敷きになっていたであろう」。だが、都合の悪い場合はどう記述するか—息子のヘンリーはアメリカに上陸した翌日、セイレムで足を滑らせ溺死した。ただその事実を記すのみである（Winthrop, 29, 99, 100）。エドワード・ジョンソンの、一六五三年も時期遅い故に五四年として出版されたウィンスロップたちの大移住の歴史は、彼らにとって都合よく運んだ成り行きがしばしば神の摂理によってと記されている（Johnson, 40）。

インクリースとコットンのマザー父子がそれぞれ『顕著なる摂理を記録する試み』や『アメリカにおけるキリストの大いなる御業』の中で、彼らの目に異常に見えることすべて、また植民地にとって都合のよい展開のすべてが、神特別な摂理によって生起するものであることを説いている。ニューイングランド全体の発展も、一個人に起きる事件も、同じように摂理によるものなのだ。

カントが述べるように、大部分の人間は自分で考えることをしない。権威者たちの言葉遣い、つまり、ものの見方を反復して、疑うことをしない。一九世紀に入っても、状況は変わらない。南北戦争前の大衆的思考において、「何よりもゆきわたっていた、というか、哲学的に基本的な主題は摂理的見方である。簡潔に言えば、その見方は、直接に、或いは間接に、神がすべてのことを支配していると主張した」(Saum, 3)。二期目の就任式演説でのジェファソンによれば、「古のイスラエルと同じく、神が我々の先祖たちを導いた」のであり、愛国的政治家たちによれば、新世界にキリスト教帝国を建設すべくプロテスタンティズムの勃興以来神がその摂理を実現してきたのであり、インディアンに土地所有の権利がなく、白人にそれがあるのも、「白人は創造主の意図に従いそれを使うからである」(Gosset, 179)。国家大発展の「明白な運命」(Manifest Destiny)も、メイン州からカリフォルニアまでの旅の安全も、神の摂理下にあった。『ベニト・セレノ』の中で、デラノ船長が無事だったのも「常に見守る天の摂理」のおかげである。エドワーヅの著作まで持ち出せば、天地の創造から終末まで、全宇宙史、全人類史がイエス・キリストによる救済、キリスト教信仰に選ばれた者―と言っても、エドワーズの宗派、つまりピューリタンの信仰に選ばれた者のみを救済して、敵対する者を滅ぼすという原初の摂理が実現する過程である(Edwards, 534)。

『手荒いやりかた』(*Roughing It*)のなかで、マーク・トウェインはこの見方を面白おかしく使ってみせる。山腹の下の牧場を上の牧場の土砂崩れが覆ってしまうと、上の牧場主が所有権を主張する。裁判長の判決は、「人知を超えた神意」(the visitation of God)によって移動されたものとしてそれを認め、上訴権なしと宣告する。東部から来た法律の権威者を出し抜くためである。摂理の働きをもっと極端に認める話が第五三章である。宣教師が野蛮人に煮て食われようが、落ちてきたレンガで背骨が折れようが、じゅうたん工場で機械にはさまれ織り込まれてしまおうが、この世に偶然の事故はなく、すべて摂理によるものである(Twain, 228, 347-8)。何が起こるか予想のつかない場所で生きる際の身の処し方ともなる―どんなことが起きようと、摂理だからと。一九世紀アメリカ社会の一面はそのような場所であった。イシュメイルが乗った捕鯨船はその代表的な例である。多様な人種の荒くれ者たちより成る、さまざまな危険に満ちた、しかも最低賃金の労働の場である（Hohman, 183-200）。『白鯨』第一章で彼が大接戦の大統領選挙、つまりメルヴィルが捕鯨船に乗った年の大統領選挙も、彼自身の捕鯨行も、アフガニスタンの血なまぐさい戦争も、摂理のプログラムにすべて入っていたのかもしれないと語るとき、こうした言説を踏襲しているのである。この線上で考えれば、白鯨の大鎌のごとき下あごによって、エイハブ船長が片脚を刈り取られることも摂理の業であろう。

精霊の顕現言説

ミシェル・デ・セルトウによれば、「言説の信愚性とは、まず信ずる者をそれに従って行動させるものである」（Certeau, 148）。一八四八年ニューヨーク州北部の小さな村で起きたことが広まって、どの町や村にもその関係の団体が生まれた。フォックス姉妹の霊媒術は、トリビューン紙社主のグリーリーやニューヨーク最高裁判事のエドモンズも信じきった。前者は「われわれがひとつの疑念もなく彼らの誠実と正直を確信していることを言わないとすれば、最低の臆病者となろう」と書き、後者は一八五三年心霊主義に関する長論文を出版してそのさらなる膾炙に寄与した。精霊たちは呼び出しに応じ質問に答え、コツコツと音声を発したのだった。また別の場合には、暗闇の中でテーブルを移動したのだった。フォックス姉妹のまやかしが暴かれるのは後のことである（Tyler, 83）。

一七世紀末に起きたセイレムの事件は周知のことであるが、コットン・マザーやイギリス本国で著名なリチャード・バクスター等の当時の権威者たちが、聖書や以前の高名な神学者たちの権威を前面に出して、精霊の実在、その顕現の諸相を説いていたことを覚えておく必要がある。一六九一年出版の『精霊界の確実』についての著書で、バクスターはマザー父子をも引用しつつ、「下層民に有効な」証拠をイギリス国内で多数集めている。誰もいない部屋での人の声、夜中に部屋に臭いを発して歩き回るえたいの知れないもの、突然の冷たい風とともに起きる叫び声やら硫黄の匂い、音を立てながらのものの移動、口笛に答えてくる口笛、突然太ももを針で刺される痛み、裸の片腕の形で出てくる幽霊等々、すべて伝聞である。これらは「摂理による不可思議なこと」とされるが、容易に悪意と結合する。セイレムの場合は、騒ぎ立てた少女たちには、悪霊が具体的だれかれの姿で現れて、悪魔と契約しろと迫った、とか言い立てた。そしてマザー父子も裁判を進めた権力者たちも信じきった。インクリース・マザーの著書のタイトルはそれを如実に示すものだ―『人間を演ずる悪霊に関する良心の事例。魔術、その犯罪で告発された者における有罪の完全証拠。すべて、聖書、歴史、経験および多くの学識者に基づく考察』(*Cases of Conscience Concerning Evil Spirits Personating Men; Witchcrafts, Infallible Proofs of Guilt in such as are Accused with that Crime. All Considered according to the Scriptures, History, Experience, and the Judgment of many Learned Men*)。

バクスターが集めた類のことは、一八世紀末のゴシック小説の要素に近い。アン・ラドクリフの『ユドルフォの秘密』では、「奇怪な出現、隠れ潜む影、滑り去る人影、説明のつかぬうめき声や不可思議な音楽」で読者は呆然とさせられ、田舎の人々の語る奇妙な超自然的できごとを聞かされる(Radcliffe,x)。だがこういうことは後でほとんどが経験則のなかで合理的に説明されるのであり、既にフィクションとして楽しむ読者を前提にしている。三位一体、贖罪、原罪を否定する一九世紀のユニテリアンたちに戻れば、大部分の牧師たちは、聖書のなかの奇跡―バラムのロバ(民数紀略　二二:二八)であれ、悪霊に憑依された豚(マタイ伝　八:三二)であれ、魚の口から出てくるお金(マタイ伝　一七:二七)であれ、この種のことをひそかに冗談としていても、真顔で否定はできなかったし、公式の場では大半の奇跡を受け入れていたという事情がある(Howe, 87-90)。一般庶民のレベルでは、善悪いずれかの意志を持つ精霊が実在し、人間に感知できる形で自己を顕すということを疑わず、思考し行動していたと考えるべきであろう。メルヴィルは目に見え、観察されうるもののみが実在するように考える傾向が強まる時代への推移期を生きた。メルヴィルの創作はこのような状況下で行われたと規定して、今後の論を進めたい。

ろうそくと聖エルモの火

『白鯨』の「ろうそく」の章は、暗夜に浮かび出たろうそくのごとき聖エルモの火に「ああ、汝、玲瓏たる火の玲瓏たる精霊よ」と呼びかけるエイハブ船長が、自分の世界観を劇的に表現する作品全体の核心的部分であるが、ユダヤ・キリスト教におけるろうそくと聖霊の関係を見ておきたい。ユダヤ教においては、ろうそくの役割は極めて重要である。ユダヤの律法を説く Mishneh Torah を見れば、例えば安息日の明かりを灯すことは、個人の恣意的な選択に任せられるような、特別な配慮を要しないものではない（Birnbaum, 68）。男女を問わず、安息日の夕べにランプを灯すことは義務である。たとい食べ物に窮しても、物乞いしてまでも、油を買い、灯さねばならない。ユダヤ人の家庭での義務を解説する書物にも、安息日からはじめさまざまな祭日に、決められた祈りとともに点灯（Candle Lighting）すべきことを記している（Levi & Kapla, 126–7）。

ピューリタン革命以前のイギリスには、聖燭節の長い伝統があった。教区の人々全員が神聖化されたろうそくを灯して教会を囲み、幼いイエスを聖堂に奉献するミサに先んじて賛美歌をうたう。人間の罪の暗黒界に聖なる明かりが出現し、光と生命と再生を喚起するミサの祈りは、まずこのろうそくが灯される場所からの悪魔とその配下のものの逃散であった。人々はこの儀式から聖なるろうそくを持ち帰り、雷雨のとき、病気のときに灯し、また危篤の者の手に灯し持たせたのであった。これらのろうそくには「驚嘆すべき力が宿って」（a wondrous force and might）いたからである（Duffy, 16-7)。

一六三〇年からの大移住の際にニューイングランドへ渡った人々は次のような不思議を船上で見かけたかもしれない。「夜の八時頃、メーンマストに炎が付いた…一本の大ろうそくの大きさだった。わが船乗りたちが聖エルメスの火と呼ぶものである」。この珍しい光景は、「嵐の前に起き、一般に精霊だと思われている。二本出たら安全の予報である。学識者には Castor と Pollux の名で知られ、イタリア人には St. Nicholas と St. Hermes、スペイン人には Corpos Santos と呼ばれている」。この記述は王立協会への報告であることからも、自分と「一般」、また自分と現地のピューリタンたちの間に一線を画しているが、マザー父子なら、当然摂理の中に数えるものであったろう（Josselyn, 5)。

ワシントン・アーヴィングの『コロンブス伝』は一八二八年の出版以来どこの図書館でも読める類の本であったが、難破寸前と思われたとき、雷雨のなか、マストの天辺にゆらめく七本の炎を見て、聖エルモが出れば大丈夫と祈ったというコロンブスの息子の記述を引用している。アーヴィングはこうした炎を当時の船乗りたちの「迷信的想像の対象」（objects of superstitious fancies）として扱い、ローマ時代より知られた現象であると語っている（Irving, 370)。

雷雨のさいに、尖った物の先端にゆらめく明かりが灯ると、何かの前兆だとして恐れる人物たちが『ユドルフォの秘密』に登場する。作者は注をつけて電気に関する権威の名を挙げている。この小説の出版は一七九四年である（Radcliffe, 431)。

メルヴィルが読んでいた一六世紀、一七世紀の航海記（Hakluit、Purchas）にも聖エルモの火のことが出てくるが、既に、精霊だと信ずるカトリック・スペイン人水夫の迷信とされている。一八四九年リヴァプールへ行く途中の船上で彼が初めて見たときも、精霊扱いにはほど遠い（Leyda, 320)。

ピューリタンたちは旧約聖書も新約聖書も区別無く重視していたが、出エジプト記第三章の記述はエイハブの世界観を考察するさいに示唆を与える。「エホバの使者しばの中の火焔の中にて」モーセにあらわれ、しばの中より神が呼びかけるからである。現代の聖書注解書でも、この火焔は「神の顕現」(a manifestation of God) であると記している (Davidson, 109)。

『七破風屋根の家』の序文でホーソーンは、人間の心についての真実を提示するために、小説では許されなくともロマンスならば、経験則から外れたような不思議なこと (the Marvellous) を作家の自由裁量で利用できると宣言していたが、この作品についての感想をホーソーン夫妻に語っていたメルヴィルは、エイハブ的な心の真実を提示するために、聖エルモの火を利用したと言えよう。それが迷信的、ゴシック小説的であることやフランクリン的な電気現象扱いも承知しながら、つまり時代遅れの認識パラダイムであるとの意識を持ちながら、ユダヤ・キリスト教の中で火やろうそくが持つ意味との関連から、当時の読者に対して重大な真実の発言ができると考えたのだ。「ろうそく」の章でエイハブは聖エルモの火に「玲瓏なる精霊の玲瓏なる火よ」と呼びかけるが、「火」が「精霊」の顕現であることに何らの疑問も抱いていない。スターバックに白鯨追跡の動機を語るさいには、白鯨に片脚を奪われたことについて「摂理」に近い概念を用いている。

> あらゆる目に見えるものは、いいか、厚紙の仮面のようなものなのだ。だがそれぞれの出来事には—生きた行為には、疑いはさまぬ業には—そこには、なにか知らぬがそれでも判断を下すものが、己の目鼻の形状を、そのなんらの判断もしない仮面の裏から差し出すのだ。(Melville 1988, 164)

「厚紙の仮面」から、比喩を変更して、「壁」とされる白鯨の背後に、何もないかもしれないが、と知的には無根拠であるかもしれない可能性に触れているような姿勢をとるが、聖エルモへの彼の対応は、彼の世界観にどんな懐疑もなかったことを示している。彼の心眼には、経験の世界は精霊の顕現する場であり、生き物や事件はそれを背後から操ったり、そうしたものに顕現したりする精霊と連なっているのだ。換言すれば、自然界のものに独立した性格を認めていないのである。白鯨が「主犯なのか代理なのかはわからぬが」と彼が言うのも、こうした思惟から出てくる。

五　イシュメイルの語りのスコープ

語り手イシュメイルがエイハブ的ヴィジョンに近づいて、或いは同化して語る部分と、鯨についての観察を語る鯨学の部分を区別しなくてはならない。見るということ、見えるということには複雑な側面があるが、啓蒙的理性の視線はものの在り様を正確に見定める意志より発する。イシュメイルが自分の目でよく確かめようとする視線を向ける語りの部分、例えば鯨の目や耳について語りを、その可笑しさだけを味わうだけでは、重要な意図を見失う。

> だが鯨の耳もまったく目に劣らず奇妙なものだ。もしあなたが鯨というものを初めて見るなら、これら二つの頭のうえを何時間と探したところで見つからないね。耳には外側にどんな葉っぱもないのさ。そして穴自体には羽根ペン一本だってなかなか入らない。そんなにも小さいのさ。あるのは、目の少し後ろだ。耳に関して重要な違いが抹香鯨とセミ鯨にあるということ、このことは、言っておくべきだろうな。前者の耳は外に開き口があるが、後者の耳は全体一様に膜で覆われ、外からはまったく見えない。(Melville 1988, 331)

こうした観察は他者による検証が可能であるうえに、対象が与える心理的衝撃に動揺し、それに屈して視線をそらすことはないのに対して、対象から与えられる美、醜、恐怖、不気味等々、さまざまな情動を語ることで対象についての言及とすることは、感性的視線の為すことであり、出発時点で受動的であり、用語は対象との厳密な対応・正確さよりも、気分の表出を前面に出す。白鯨発見とばかりいっせいに漕ぎ出すと、

まもなく沈んだ。オールを中断して、またの出現を待っていた、みよ、また沈んだ同じ場所にゆっくり上がってきた。その瞬間はほとんどモービー・ディックのことをすっかり忘れ、じっと今や見入った。秘密の海がこれまでに人間に開示した最も驚異的現象だった。大きなどろどろの塊が、縦横何百メートル、キラキラとクリーム色で、水面に浮かび、大蛇たちの巣のように、無数の長い腕が中心より放射し、曲がりよじれて、手の届くところの運悪いもの何でもむやみに掴もうとしていた。見て取れる顔も額も無く、感覚や本能らしいもの無く、ただ大波にゆらめいていた。人生の、不気味な、形を欠いた、偶然的出現だった。(Melville 1988, 276)

「低い吸い込むような音をたててゆっくりとまた姿を消した」後、スターバックは、「モービー・ディックを見て戦うほうがましなくらいだった、おまえなぞ見るよりは、白い亡霊メ」と言う。フラスクに訊かれて、生きたイカだったと彼が答えるまで、イシュメイルの語りは対象が与える衝撃を中心として、認識についての問題点を示している。イカという既知の概念無しには、対象の与える感覚的衝撃に圧倒されるだけである。自然はまだ驚異に満ちた時代だった。鯨に関する歴史上のさまざまな概念を掲げて、それらと知覚される現実の鯨との差異について語る彼の鯨学は、既成概念の多くが、特に聖書の表象が妄想に近いことを示している。

イシュメイルの語りがエイハブ的世界観にさらに近づくときは、例えば第五一章、「精霊の潮吹」である。「この後者の水域を滑るように帆走していた晴朗にして月明の夜……」で始まる一節は、正確な対象把握を目指して言葉の過剰を嫌う王立協会的観察の言説の対極にあるものだろう。まず一文のなかにs音で始まる単語を十数個もならべ、次の文の四個をも加えて、l音との組み合わせによって海上の静寂と滑走を喚起する。こうした情動的視線を作り出す彼の用語や論理の詳しい分析をする余裕がないが、夜、沈黙、月光、海、精霊、超自然、去来

する亡霊、生死、現世来世、奇妙なる形、心痛、後悔、罪、苦悩といった言葉で喚起する情景は、日常社会の秩序と自由を奪われ、暗く、理解を超える場に留め置かれた意識を語る宗教的ゴシック小説の異空間とも呼ぶべきものである（Foucault, 22–27）。

我々の舳先に近く、水中の奇妙なる形のものは前方をあちこちへ疾駆した。一方、背後には奇怪な海鴉が群り飛んだ。そして毎朝、我々の索縄をとまり木にして、何列ものこれらの鳥が見えた。我々の叫びたてにもかかわらず、長い間頑なに索より離れぬ姿は、我々の船を無人の漂流船、荒涼へと定められたものゆえに、彼等の寄る辺なき身にふさわしいねぐらと見なすかのようだった。そしてもりあがり沈み、もりあがり沈み、さらに休み無くもりあがり沈む漆黒の海は、その広大な水流が一つの良心で、偉大な世界霊がおのれのもたらした長い罪と苦しみに苦悶し呵責するかのようだった。

（Melville 1988, 232–235）

六　真実とは

「牧師が説教壇から真実を説くものなら追放だ」というメルヴィルの言葉は、どのような真実のことを指しているのだろうか。フランクリンの『自叙伝』に、公式の礼拝にはどんなものにもほとんど出席しなかった彼が、かつて会員として教育を受けた宗派の教会に二度と出席しなくなった事情が語られている。「凡そ真なること……」で始まるピリピ書四章八節を取り上げての説教に、彼が期待した毎日の生活を律する道徳的訓えが、何一つ含まれていなかったからである（Franklin, 138）。

『神学校講演』のなかで、エマソンは二度と教会に行くことはやめようか、と思った経験を語っている。外の吹雪に比べ幽霊のように映る「形式主義者」の牧師は、「人生を真実へと」（life into truth）転換する秘訣を学んでいないのだと彼は言う（Emerson, 1968［*Nature, Addresses and Lectures*］, 138）。フランクリンの場合もエマソンの場合も、彼等が期待し重視する実人生との関わりに欠けた、牧師としてのそれぞれの立場からの決まりきったことを説くことに不満があったのだと思われる。

エドワーズが自分の教会を追われた原因は、若い人たちが「淫らな本」（licentious books）を所有して、「卑猥な」（obscene）会話をしているとの情報から、個人名を教会で公表したことに始まった対立に加えて、回心体験を既に持っている者にのみ正餐式への参加を認め、正餐式そのものが回心を進めるものではないという以前の制度への復帰を宣言したからであった。彼にとっての、教会員となる絶対的条件は、「恩恵契約」（Covenant of Grace）への全面的信仰告白である。教会員のなかの多くの有力者たちがそうした告白ができなかった。エドワーズにとっての真実は、祖父が犯した過ちではなくそれ以前の正統的教義ということであろう（Edwards, cxiv-cxv）。

自分の方から辞任したエマソンの理由は、納得できる意義が認められない形での正餐式を、義務として継続することはできないことであった。換言すると、彼は自分が心から納得する言葉遣いで実施したかったのだが、教会員の方ではそれを認めなかった。この場合は自分への誠実を優先させたわけであるが、彼の言葉遣いを教会員が受け入れ制度化されれば、この宗派の真実ということになろう。寡聞にしてアメリカ文学史のなかでは他の例を知らないが、ストウ夫人の『牧師の求婚』中では、奴隷制の非道を訴えるホプキンズ牧師が有力な教会員である黒人奴隷業者と対立することになる（Stowe, 89-98）。牧師の生活が教会員からの給料で支えられるかぎり、教会員の利益を損ねるような倫理的「真実」を説き続けることは難しい。この場合も支援打ち切りを脅される。ブラウンソンは労働者の側に立って、一八四〇年には持てる者と持たざる者の階級闘争といった観点を強調したために、デモクラットからも指弾され、説教する側からカトリックの絶対服従へと傾斜するに至った。この場合は貧しい労働者たちを救いたい彼の発言に賛同者がいないという状況を突きつけられたからである。

こういった事例を頭に置いてもう一度メルヴィルの言葉にもどると、牧師が教会から追われるような真実とは、教会員の利益を損なうようなことを取り上げ、その実践を迫ることであるように思われるが、『白鯨』や『ピエール』に登場する牧師や主人公たちに関わる真実の検討へと進むには、先に触れた彼の「ホーソーンと彼の苔」のなかでの直裁な議論にもう一度もどらざるをえない。「この嘘だらけの世界では、真実は逃亡を強要される。林のなかの怯えた白い雌鹿のように……」、だがシェイクスピアはハムレット、タイモン、リア、イアーゴのような「暗い人物たち」の口から、自分の「直感的真実」を時折に言わせる。それらのことはメルヴィルには「恐ろしいほどに真実だと感じられる」ものだから、「どんな人であれ、善人ならその善人としての固有の性格からは」、到底口にしえないものだという（Melville 1984, 244）。まずはこうした言葉遣いから、この世界では、つまりシェイクスピアの英国でもアメリカ社会でも、虚言に強制力が伴うこと、つまり嘘の言説を使う者たちが権力を持ち、真実を言う者を怯えさせるのだと彼が考えていたことはまず確かである。さらにシェイクスピアは「善人」の部類から外れる「暗い人物たち」に巧妙に発言させるという点に注目すると、「善人としての固有の性格」なる言い方の意味を押さえておかねばならない。ジョン・バニヤンの『悪人氏の生涯』（The Life and Death of Mr. Badman）はバニヤンの立場から否定されるべき人物像を提示するが、善人というものの役柄、人物、性格（proper character）も「悪人氏」とは違う言行のナラティヴを必要とする。メルヴィルにもどれば、権力を持っている者たちから「悪人」とされずには発言できない類の真実があると言っているのだと思われる。それでは『白鯨』の真実とはどういうものなのか？

七　マップルとエイハブ

マップル神父が『白鯨』の「善人」を代表することは明らかであるが、説教の結びで、ヨナは神が命ずることへの不従順の罪を悔いて、命じられたことを実行したのだ言う。そしてそれがどんなことであったのかというと、「虚偽の顔に真実を説くこと」だったと。そして、こうしたヨナの例にならい、「真実においては、まったく容赦せず、あらゆる罪を殺し、焼き、破壊する者に歓喜あり。たといその罪が元老、志師の官服の下から引き抜くものであれ」と言うのであるが、一八五〇年のアメリカ社会において具体的に、現実的に誰のどんな罪を殺し、焼き、破壊したいのかについては一切触れていない（Melville 1998, 164）。その点では、先のエマソンの批判を思い起こさせる。マップル神父は、罪を悔い改めよ、また預言者的牧師は虚偽を許さず、真理である神を説くべきと、その限りでは教会員との対立などありえない、まったく抽象的で安全なキリスト教の立場を説いているだけである。

また、永遠の歓喜・快感が最後まで神に従う者に与えられるであろう、と言うのだが、一七世紀ピューリタンの予定説から見れば、選ばれた者に堅忍（Perseverance）は当然なので、マップル神父はそこに「もし最後まで従えるのであれば」という条件をつけていることになる。そこに不安が残っているからである。彼の宗派名が出されていないが、賛美歌がオランダ改革派のものであることから、ピューリタン系教会と同じと見て差しつかえないだろう。一九世紀のピューリタン系宗派は既に厳格な予定説を放棄していたことを考慮すれば、その点も自然に響くが、権力者や暴徒的大衆に立向かう単独の預言者というイメージを、彼の説教壇の、構造からして劇場的な装置の場で、自己陶酔的な修辞のもとに提出するドラマティックな演技者である彼が、沈黙する前の最後の言葉でこの説教全体にある枠組みを与えることは無視できない。直前の「永遠の歓喜・快感」の教えを打ち消して、「だが、これは無意味のことだ、永遠のことは汝に残します。というのは、人間とは何者なのか。己の神の寿命を生き抜くとすれば?」と、永遠、つまり死後のことは仮定のことであって、人間には地上の生だけなのかもしれないという含み、不安を表して沈黙するからである。このように考えると、この説教は来世がフィクション視されつつあるなかで、「神に従う」、「真理を説く」というイメージに彼が魅了されていることを語るのみである。そしてこのイメージこそは、どのように鞭打たれようとも、不平を言う「現世的理性」(carnal reason)を押さえて従うべきという、カルヴィンや一七世紀ピューリタン牧師たちから続く正統的教えを受け継ぐものである。

ユニテリアニズムよりも聖書崇拝度の高いピューリタン系のマップル神父には、鯨の体内でのヨナの悔い改めということに、経験論の立場からの真実、つまり表象言語と現実の自然界に生起することとの厳密な一致ということに、無頓着な側面がある。後に語り手イシュメイルは、聖書の記述を疑問視するナンタケットの鯨取りを持ち出すのだから、その点から見れば、この説教すべてが「善人」の主観的、自己欺瞞的、幻想的言説となる。マップル神父のヨナの物語から「摂理」的宇宙観と「善人」的解釈を外せば、ポウの宇宙旅行フィクションと同次元の言説となろう。

一方、エイハブがこの作品の「暗い人物」であることは明らかであるが、彼の真実は、特に「ろうそく」の章で展開される。聖エルモの火を仰ぎ、服従拒否を叩きつけるエイハブのまさにこの一面は、プロテスタント的信仰者に禁じられた反抗の気持ち、不満と怒りの感情を激しく露わにする点で、「暗さ」を代表する(Greven, 13)。一方彼の論理に、旧約の創造主ヤハウェとプラトン的デミウルゴス創造神の重なりを見て、そしてさらに、この世界の創造主を超えた次元に存する真智の女性神を見る、つまり古代のグノスティシズムを見るのは、そのことだけでは、この鯨取り・独学宗教思想家の思想的系譜を見るだけで、焦点がずれる。一九世紀前半、アメリカのユニテリアニズムが説く善意の創造神では、地上での人間の苦しみに―メルヴィル自身を含めた周囲のアメリカ人たちの苦しみに、説明がつかないことを、メルヴィルは問題にしているのである。ユニテリアニズムが三位一体を否定して人間としてのイエスしか認めないところから、つまり三位一体に基づく創造、堕罪、救済の摂理ドラマを認めず、神的叡智の開示者としか認めないから、地上的生の意味も苦痛の理由も謎となり、ただやみくもに人間を産み出し、苦痛の世界に放置する創造神をエイハブは措定することになるのではないのか。さらには、エイハブの人生は徒労の人生、成功物語ではなく失敗物語である。まじめに働く信仰者には、この世の富と来世の救いを常に約束する成功説教(Willie, 13)、プロテスタント労働観、が当時の支配的言説の一つであることを前提に置くと、そんな安易な嘘を言うなというメルヴィルの抗議なのだと読み取れる。要点は、エイハブ個人にとって、信じていた神が慈愛の神とは今の時点で到底思えないことである。それでも彼には父なる神と心から交わりたい切ない願いがあって、礼拝の際の火傷をはじめ、どんなにつれなくされても、離れることはできないのだ。

エイハブの神と、民族としてのイスラエルの神との相違を押さえておかねばならない。ユダヤ教の根底にあるものはモーセを通しての神の啓示であるが(申命記　四:三)、神とイスラエルの民という二者の存在を前提として、イスラエルの民が神の言を聴きいれることにある(Hartman, 4)。これをカント的啓蒙理性の立場から見れば、感覚に訴える、自然の中での、現象界での、普遍性を持ちえない歴史的出来事を基礎とすることであり、認められないものである。それはともかく、拝火教徒としてのエイハブが歴史上の拝火教徒、つまり一九世のボンベイ付近に住んでいたゾロアスター教徒と同じ信念や世界観を持っていても、ゾロアスター教徒たちの共同性についての何らかの言及があるわけではない。またそれが一八五〇年代アメリカのメルヴィルの読者にとって無縁なものなら、何らの意義もないだろう。メルヴィルの創作のコンテクストはアメリカ社会であり、エイハブの神をあくまでも個人の救済を核とする一九世紀ピューリタン系プロテスタンティズムと、その啓蒙主義的変形であるユニテリアニズムとの関連から考察する理由である。

マップルは永遠について沈黙したが、エイハブもまた、何処より来て何処に行くともと言って、明確に触れることはないが、真知の女神につらなる自分の不滅性を前提にしている。チャニングのユニテリアンとしての立場は、イエスの復活を頼りに、世間一般がフィクションと見なそうとも、「霊的で高等な存在たちのつらなる場」(the society of spiritual higher beings) が来世である (Channing, 276)。

マップルとエイハブが伝える真実とは、どんなに鞭打たれようが神に従いたいという願いにせよ、鞭打つのみで愛情のない父なる神への怒りや反抗にせよ、断ち切れない対話的関係からすべてが出てくる。心の目は常に「父」を見上げ、「父」の視線が絶えず注がれているのを意識する。そういう心のドラマが啓蒙的理性の立場から見ると、独善的、独我論的、ドン・キホーテ的な、誤った自然現象認識の中で演じられていると、評釈を加えずに示すことが語り手イシュメイルの役割である。エイハブを単独の狂信者と見るイシュメイルは、マップルを制度化された狂信者と見ている。イシュメイルが鯨を仔細に観察するのは、エイハブ的認識を扱う章の宗教的ゴシック性を—自然がわれわれの感覚に与える崇高美などの衝撃に関する言説や、ルドルフ・オットーが言う「聖なるもの」の感覚言説や、摂理言説、精霊顕現言説が絡み合った精神的異空間を、経験論的観察との対比によって強調するためである。モービー・ディックの白さについての章で、白という色がもつ意味や衝撃について語った後、一切の色彩が光のもたらす現象なのだとする「自然哲学者」の戦慄を覚える説を出すのもそのためである。そして最後には、キリスト教の伝統的な見方である神の第二の書、つまり万人に開かれている自然という書物は、解読不可能であることを宣言する。イシュメイルから見れば、エイハブが挑みつつ礼拝しようが、白い巨鯨に憎しみの銛を打ち込もうが、納得できる何らの応答も来るはずがないのである。

メルヴィルの次作『ピエール』の語り手は、その点を露骨に明示して、神の声は沈黙であり、神の声を聴いたとする者を詐欺師扱いする。新・旧聖書のすべてを神の言葉とする（plenary inspiration）立場からユニテリアンの立場までの、聖書のテクストを解釈し、説教する者すべてに対して、全否定を宣言するのである。それゆえ、アメリカはキリスト教信仰者の社会であるべきとする立場の人々にこの作品が受け入れられなかったのは当然なのだ（Charvat, 6-8, 158, 155）。『プリマス植民地』の由来を記したウィリアム・ブラッドフォードは、晩年旧約聖書の神がモーセに対して使われた原語（言語）として、ヘブライ語学習を思い立った。勿論のこと、神の言葉をさらに深く聴きとるためである。しかし、アン・ハチンソンやクエーカーに対するマサチューセッツ当局の攻撃や弾圧が示す通り、聖書の個人的解釈や個人的啓示が公に認められていたわけではない。正統的教義や信条に従うもののみが良識とされるこうした状況は、メルヴィルの時代にも続いていたのである。

八　ピエールの場合

主人公ピエールが直面した問題には、まずイザベルの血統に関して正しい認識が可能かということがある。彼女が同じ父の子であるか否かは二一世紀ならばＤＮＡ鑑定で解決するが、一九世紀のことだから、証拠を集めて推測はできようが、決定不可能である。一方どのような扱いをすべきかという倫理的な側面での認識は、どのような規範に従うかの選択と同義である。これらの二面をもつこの問題の解決に、ピエールが依拠した思惟方法は、先端的ユニテリアン・超越主義者の言説に近い。メルヴィルはその否定のためにこそこの作品を執筆したように思われる。つまり、『白鯨』においては、アメリカ社会での大衆レベルでの支配的な宗教的認識論が、独我論的思い込みの言説にすぎないことを物語化したのに対して、当時の宗教的知識人に人気の高かった認識論が同様に根拠に欠けることをこの作品で物語化したのである。「われわれとすべての父の間に、いかなる仲介者、いかなるものも置かずに礼拝する」ことをパーカーは求めていたが、彼よりも先にエマソンがそうした主張を展開していた。エマソンにはユニテリアンの保守派から「最新型の無神論」だと攻撃もされたが、牧師を辞めていたので、そうした攻撃や批判を無視して講演や出版を重ね、影響の大きい有名人となっていた。ピエールがイザベルに対してどのような態度で臨むことになるのか、またそれを彼がどのようなものと把握するかを見ると、パーカーやエマソンの主張に沿っての意識であることは明白だと思われる。

エマソンの自己信頼論の要点は、浮世のしがらみと言うにせよ、社会の常識と言うにせよ、そうしたものに制約されずに、自分の内心の真実感によって生きよ、という説教である。彼の用語は明快で、社会とは食うために、自由も教養も放棄した者たちの株式会社だとする。ピエールが彼の高潔な資質に訴えるイザベルからの手紙を読んだときに思うこと、「ああ、なんと人はみな自分の牢番たることか、世評のために己の高貴な部分を最低のものへの囚人として……」は、まさにエマソン的と呼べるものである。サドル・メドウズの牧師フォールズグレイヴに対する彼の言葉は、牧師を辞めたときのエマソンの理由と重なるものだ。

…私はあなたなら、あなたのクリスチャンとしての性格から、誠実に、正直に、私に助言できたであろうと、かすかな希望をいだいた時が一度あった。だが天からの暗示で今は確信する、あなたは私への、真剣な、この世のことなど歯牙にもかけない助言などまったく持っていない。私はそれを神自身から直接に求めなくてはならないのだ、神は、今はわかるのだ、自分の最も神聖なお諭しをけっして代理にゆだねたりしないのだ。だが、あなたを責めたりはしない、私に見えてきたように思う、いかにあなたの職業があらゆる世俗のしがらみに避けがたく巻き込まれて、お給料の世界では信仰者の自由をもって動けないことが。怒るよりか、かわいそうに思う。(Melville 1971, 91, 163-4)

また直情径行を促すエマソンの言葉と、『ピエール』の語り手の作為とも言うべき青年ピエールの性格付けとは直結している。「自分では十全に気づいてはいないが、ピエールは、些細な有利不利を頑なに、汚く、精査するのではなく、できごと自体の神のごとき命令に衝動的に従う……」タイプの精神だったが、エマソン的な啓示においては、それを見て取る力と実行する意志が不可分の関係にあり、危機に際して示される天使の特性は、「即座に犠牲をはらう覚悟」である。（もちろん「経験論」以前のエマソン的言説であって、エマソン的ということにも、常にいつ頃のエマソンであるかに注意が必要である（Emerson 1968［*Essays First Series*］, 49, 281）。

啓蒙的理性は正確精密な観察を重視して、不確実な即断を避ける。『白鯨』や『ピエール』を執筆した頃のメルヴィルが、「一時の気分」とも呼べる感情や意見を認めなかったことを、ホーソーンへの手紙から知ることができる。牧師が真実を説くものなら追放されるのだと書いた手紙の追伸で、「全自然のうちに生きよ（Live in the All）」というゲーテの言葉との関連で、真実を歪めてしまう言葉遣いに触れている。

ゲーテの格言を読んでいて、信奉者たちに崇拝されているものだが、これに出会ったのです――「全自然のうちに生きよ」。つまり、あなたの個別のアイデンティティは哀れなものだ、――そうだ、だが自分から外に出よ、自分を広げ拡張せよ、そして草花や林の中に感じられる、土星や金星、それから恒星の中に感じられるわくわくする感覚を自分にもたらせ。なんというナンセンス！

追伸で、ゲーテの言うことに多少の真実があると認めたうえで、「真実を歪めてしまうのは、一時的な感情ないし意見を、普遍的に適用することに固執する」ことであるという。この線上ですぐ連想されるのは、一個の眼球となり、神の一部となる『自然』の冒頭のエマソンであり、『白鯨』の「マスト・ヘッド」章である。イシュメイルもメルヴィルも、各自の「別個のアイデンティティ」（separate identity）が自然なり宇宙霊なりと一体化するといった言説を、一時的な気分の真実を普遍的真実だとして言い表す嘘だと見る（Melville 1993, 193）。

ピエールに戻れば、アメリカ史における英雄たちの血筋が誇りの、文学少年トム・ソーヤーの盗賊ごっこにも似た愛のロマンスごっこを演じて満悦な青年が、道徳の手本とされてきた亡き父の私生児、自分にとっての姉だと名乗る者に直面し、私心すべてを捨てて、良心の命令に従う決意をする。それは、神の言葉に全的に従うイエス・キリストを真似る者、当時はやりのカーライルの言葉を使えば、宗教的英雄となることである。自分ひとりが犠牲となって彼女イザベルを愛すべく決意するに至る気分を伝える語り手の言葉は、「一息で、記憶と予言と直感が彼に告げる―ピエール、留保は無用、些かの疑問も無し―この者は汝の姉、汝が見る者は、汝の父の身柄なり」。だが、この内面ドラマは、すぐ消える一時的気分なのだ。そして後には、「謎、神秘、想像の錯乱」とされ、彼の決断即実行から生じた苦悩は無に帰する。語り手がこの劇的なパロディの対象としているのは、超越主義の、直感による認識とか、天来の啓示といった言説である。つまり、少し距離を置けば、「イザベルを助け、擁護せよ」との「神の命」を受けたとする、「この、のぼせあがった若い狂信者の魂」を支えるような当時の言説である（Melville 1993, 106, 180）。

語り手は、イザベルの「途方もない肉体的磁力」に自覚的となるピエールの内省的彷徨をたどり、やがて自分の内面が底なしの無定形であることに思い至らせる。この点を二方向から考察すると、まず語り手は、神意の啓示が与えられるとか、神の声を聴くことができるといった哲学を全否定する。

「あの深遠なる沈黙、あの、われらの神の、唯一の声…あの名前を持たぬ神聖なものより…詐欺師哲学者どもは、いかにしてか答えを得たかのふりをする。このばかばかしきこと、石より水を得たというが如しだ。と言うのも、いかにして人は沈黙から声を得られるのか？」。（Melville 1993, 204, 208）

彼は神の声が沈黙であると断定的に主張することしかこの物語のなかではしていない。しかし、メルヴィルの前作で、語り手イシュメイルは、長い鯨学の帰結として、神が造られた地上最大の生き物、つまり、神の第二の書物における最大の文字が、読解不能だと宣言していたこと、そして、エイハブの反抗的礼拝にはなんらの応答もなく、彼の白鯨への挑戦も、事故的に相手と一体化して海底に消えたことを告げるのみであることと関連付けるならば、メルヴィルは、これら二作によって、当時のアメリカ社会の主要な宗教的、哲学的言説、神の言を前面に置く言説が、破綻したものであると指摘しているのだと思われる。一方、自己の同一性の方から見れば、変化してやまない知覚や気分、欲求やら嗜好や曖昧な記憶の総体である自我が残される。

ヒュームは、神の本性・属性や自己の同一性（アイデンティティ）についての信念を、啓蒙的理性から見て懐疑的というか、否定するのであるが、神の存在そのものを否定はしない。このことは、『ピエール』の語り手が主張することと同じことになろう。神は無言で、その唯一の声が沈黙ならば、神の本性・属性につぃての世の通説的言説は、経験を観察しないか、虚言を弄しているかである。この小論の冒頭で、ホーソーンに対するメルヴィルの賛辞を引用したが、メルヴィルこそが、「どんな悪いことが自分に起きようとも、あるがままの姿の、ものごとの在り様」をよくよく観察して、その理性的思索の結果を物語の語り手に託しているわけである。

九　残された問題

神の存在を否定せずとも、その本性・属性についての信念・言説が理性的には無根拠なのであり、人格的同一性についての信念・言説についても同様なのだと確認したメルヴィル自身に、残された問題は、その観点から、悲惨を隠せぬアメリカ社会に流布する一見もっともらしい言説を批判的に精査することであり、他方では、宗教的幻想という目くらましを取り払った時のこの世界と社会の在り様に、どのように対処するのか、彼自身が残りの人生をどう生きるかである。

ヒュームについての言及が『詐欺師・その仮装劇』第二四章と『レッドバーン』第五八章に出てくる。前者を書き終えて、エルサレムやエジプトへの旅に出たさいに立ち寄ったリヴァプールで、ホーソーンと会って浜辺を散歩する。そのさいにメルヴィルは、例のごとく「摂理や来世のことを論じ始め」、「ほとんど無に消えることに覚悟を決めたと言った (pretty much made up his mind to be annihilated)」(Hawthorne, 163) という。「無に消える」と訳したが、この単語 (annihilate) は、人間の魂に不滅など論外とする、ヒュームの『霊魂の不滅論』のなかの用語である。受動態で使われているので、「無とされる」の感が残る (Hume, 95, 96)。また旅行日誌には、死海の水を口にしたさいの思いが記されているが、その余りの苦さから、人生の苦さ、つらさへと思いが移ったのであった。最後は自分の貧しさと、気狂い呼ばわりされる苦さつらさに及んでいる (Melville 1995, 136)。信用詐欺師は、ヒュームの自殺論などに指針を求めるのは過ちだ、天国を信ずる同胞としての喜びをまったく提供しないのだから (Melville 1954, 154)、と言っているが、メルヴィルにとって永遠の存在への愛着を断ち切るのは至難だった。現実世界の悲惨だけではどうしても釣り合いがとれないからだ。彼の中のマップルやエイハブと並ぶ永遠と実存をつなぐものへの渇きである。『レッドバーン』の語り手は、ソクラテスやヒュームの死に方がキリスト教徒の死に方だったとする。特にヒュームは、理論的にはキリスト教徒でなく、哲学的には懐疑論者の最たる者だったが、「全宇宙を抱擁する、ゆるぎない、信条なしの信頼」をもって、謙遜に、心静かに死を迎えたと言う。メルヴィルの後半生はこのレッドバーンのヒューム評を自分も生きようとする努力であったと思われる (Melville 1969, 291)。

遺稿『ビリー・バッド』のヴィア船長は、カントが言う理性の私的な使用者である。公職に任ぜられているゆえに、その立場においてのみ自分の理性の使用が許され、公的目的への服従あるのみである（カント、一二）。だがヴィアにとって、それだけでは、釣り合いがとれないのだ。語り手が語らない彼とビリーとの二人だけの会話から、処刑のさいの「ヴィア船長に神の祝福を」というビリーの叫びへの運びには、釣り合いを求めるメルヴィルの祈りのような心情が絡んでいる。しかし、語られないのは、メルヴィルが啓蒙的理性の立場に立つかぎり語れるものではないからである。現世での悲惨や不条理と釣り合うような来世言説は啓蒙的理性と相容れない。理性にとって、神の存在や魂の不滅ということは信仰のことがらであって、それを信ずる最小限の証拠も無いからである（Kant, 139, 143）。

一方、『詐欺師・その仮面劇』を著した物語作者としてのメルヴィルは、物語（narrative）というものは、語り手が自分の狙いなり結論、すなわち語りの目的、に向かって進ませ、その進行に不適切なものをすべて排除して構築するものであること、もし物語の対象なり事件なりについて聞き手が別の結論なり目的を求めれば、それに適した選択による別の物語を構築しうることを熟知しているゆえに、ヴィア船長のビリー処刑を正当化する物語とは別の物語が構築可能であり、構築されたことを告げる。メルヴィルが「あるがままの姿の、ものの在り様」に忠実であろうとしたからである（Cobley, 227-8）。

引用文献

Baxter, Richard. *The Certainty of the Worlds of Spirits and Consequently, of the Immortality of Souls. Of the Malice and Misery of the Devils, and the Damned. And of the Blessedness of the Justified. Fully evinced by the Unquestionable Histories of Apparitions, Operations, Witchcrafts, Voices, & c. Written as an Addition to many other Treatises for the Conviction of Sadduces and Infidels.* London, 1691.

Birnbaum, Philip (abr. and tr.). *Mishneh Torah: Maimonides Code of Law and Ethics*, New York, 1974.

Calvin, John. *Institutes of The Christian Religion,* Henry Beveridge, tr., Grand Rapids, 1975.

Certeau, Michel de. *The Practise of Everyday Life,* Steven Randall, tr., Berkeley, 1988.

Channing, William Ellery. *The Complete Works of W. E. Channing including The Perfect Life and Containing a Copious general Index and a Table of Scriptural References,* London, 1884.

Charvat, William. *The Origins of American Critical Thought 1810–1835,* Philadelphia, 1936.

Cobly, Paul. *Narrative,* London, 2001.

Davidson, Francis (ed.). *The New Bible Commentary.*

Duffy, Eamon. *The Stripping of the Altars: Traditional Religion in England c. 1400–c. 1580,* New Haven, 1992.

Edwards, Jonathan. *The Works of Jonathan Edwards with a Memoir by Sereno E. Dwight,* revised and corrected by Edward Hickman, Carlisle, Pennsylvania, 1979.

Emerson, Ralph Waldo. *Essays First Series,* AMS Press, 1968.

——. *Nature, Addresses and Lectures,* AMS Press, 1968.

Foucalt, Michel. "Of Other Places," *Diacritics* Spring 1986, Jay Miskowiec tr.

Franklin, Benjamin. *Writings,* The Library of America, 1987.

Gosset, Thomas F. *Race: The History of an Idea in America,* Dallas, 1975.

Greven, Philip. *The Protestant Temperament: Patterns of Child-Rearing, Religious Experience, and the Self in Early America,* New York, 1977.

Griffin, Clifford S. *Their Brothers' Keepers: Moral Stewardship in the United States,* Westport, Connecticut, 1983.

Hartman, David. *A Living Covenant: The Innovative Spirit in Traditional Judaism,* London, 1985.

Hawthorne, Nathaniel. *The English Notebook 1856–1860,* Thomas Bill ed., Ohio State UP, 1997.

Hohman, Elmo P. *The American Whaleman: A Study of Life and Labor in the Whaling Industry,* Cliffon, 1972.

Howe, Daniel Walker. *The Unitarian Conscience: Harvard Morality Philosophy 1805–1861,* Harvard UP, 1970.

Hume, David. *Dialogues Concerning Natural Religion and the posthumous essays Of the Immortality of the Soul and Of*

Suicide, Indianapolis, 1980.

Irving, Washington. *The Life and Voyages of Christopher Columbus to Which Are Added Those of His Companions,* New York, 1973.

Johnson, Edward. *Johnson's Wonder-Working Providence 1628-1651,* J. Franklin Jameson, ed., New York, 1967.

Josselyn, John. *To The Right Honourable, and Most Illustrious The President & Fellows of the Royal Society: The Following Account of Two Voyages to New-England, is Most Humbly Presented by the Author John Josselyn,* London, 1674.

Kant, Immanuel. *The Critique of Judgment,* James Creed Meredith tr., Oxford, 1952.

Levi, Shonie B. and Kaplan, Sylvia R. *Guide for the Jewish Homemaker,* New York, 1974.

Leyda, Jay. *The Melville Log: A Documentary Life of Herman Melville,* New York, 1951.

May, Henry F. *Protestant Churches and Industrial America,* New York, 1963.

Melville, Herman. *Correspondence,* Evanston, 1993.

——. *Journal of a Visit to Europe and the Levant, October11, 1856-May 6, 1857,* Princeton, 1955.

——. *Moby-Dick or The Whale,* Evanston, 1988.

——. *Pierre, or, the Ambiguities,* Evanston, 1971.

——. *Redburn,* Evanston, 1969.

——. *The Confidence-Man: His Masquerade,* Elizabeth S. Foster ed., New York, 1954.

——. *The Piazza Tales and Other Prose Pieces 1839-1860,* Evanston, 1984.

Parker, Theodore. "The Transient and The Permanent in Christianity" in Wright Conrad., ed., *Prophets of Religious Liberalism,* Boston, 1986.

Radcliffe, Ann. *The Mysteries of Udolpho: A Romance by Ann Radcliffe,* Introduction by Devendra P. Varma ; Woodwork by Sarah van Niekerk, London, 1987.

Ryan, Thomas R. C. PPS. *Orestes A. Brownson; A Definitive Biography,* Huntington, Indiana, 1976.

Saum, Lewis O. *The Popular Mood of Pre-Civil War America*, Westport Connecticut, 1980.
Stowe, Harriet Beecher. *The Ministers Wooing*, Penguin Books, 1999.
Tocqueville, Alexis de. *Democracy in America*, Henry Reeve, tr., New York, 1963.
Twain, Mark. *The Works of Mark Twain: Roughing It*, Berkeley, 1972.
Tyler, Alice Felt. *Freedom's Ferment: Phases of American Social History from the Colonial Period to the Outbreak of the Civil War*, New York, 1962.
Winthrop, John. *The History of New England from 1630-to 1649*, Boston, 1825.
Wright, Conrad. *The Beginnings of Unitarianism in America*, Haden Connecticut, 1976.
Wyllie, Irving G. *The Self-Made Man in America: The Myth of Raggs to Riches*, Rutgers UP.

カント、イマヌエル『啓蒙とは何か他四篇』篠田英雄訳、岩波文庫、昭和五〇年。

メルヴィル後期の方法について

――エドガー・E・ドライデンの『モニュメンタル・メルヴィル』との対話

福士久夫

アメリカ合衆国の著名なメルヴィル研究家であるエドガー・E・ドライデン（Edgar E. Dryden）は二〇〇四年に『モニュメンタル・メルヴィル――ある文学的経歴の形成――』を出版した。ハード・カヴァー版のダストジャケットに、ミッチェル・ブライトウィーザー（Mitchell Breitwieser）の推薦文が見える。曰く、本書はメルヴィル研究にとっての「精読（close reading）の重要性」を主張したものであり、それゆえ「近年のメルヴィル研究を支配している」「歴史主義的分析（historicist analysis）の前提となるべき一冊」である。メルヴィルの「ホーソーンとその苔」の一節――「偉大な天才も時代の一部である。いや、彼ら自身が時代にほかならないのであり、時代に即応した色合いをそなえているのである」（Melville 1987, 246）――に共鳴し、歴史主義のアプローチを採っている筆者としては、大いに興味をそそられた。『モニュメンタル・メルヴィル』は「精読」のスキルを駆使して、メルヴィル後期の散文作品と詩作品――『白鯨』から遺作の『ビリー・バッド』まで――を、メルヴィルが主として後期において直面することになった、文学とは何か、「〈真実〉」を語る方法とは何か、文学的名声とは何か、「文学する」仕事とは何か、などの問題意識に、あるいはその具体的な顕れに、視点を据えて読み解いている。二〇〇六年に出たウィン・ケリー（Wyn Kelley）編の『ハーマン・メルヴィル必携』は最新のメルヴィル論集であり、三五編の論考が集められているが、この中にドライデンの「死と文学——メルヴィルと碑文」が含まれている。これは筆者の見るところでは、『モニュメンタル・メルヴィル』の第二章から第五章までの、つまり詩を扱った部分の詳細な要約として読むことが出来る。

以下は『モニュメンタル・メルヴィル』との対話の試みである。本書を簡単なコメントを付しながら読み解くことをするのであるが、筆者としての狙いは、ドライデンが抉り出している、メルヴィル後期の方法とでも言うべき点に焦点を合わせて、ドライデンを詳細に学ぶことにある。学びとは区別される類の筆者のコメントについては、本拙論の「三 『話のつづき』——断章としてのコメント」において、まとめて書くことにしたい。

『モニュメンタル・メルヴィル』のダストジャケットには、以下のような、簡にして要を得た要約も掲げられている。番号を挿入してトピックを区分しながら、全文を訳出しておきたい。

『モニュメンタル・メルヴィル』は、①メルヴィルの経歴(career)についてのメルヴィル研究史上最初の集中的な分析であり、その狙いはメルヴィルの散文とそのあとに続いた詩を、彼の書く生活(writing life)の中に読み取りうる一つの因果的連鎖(a legible sequence)として読み解くことにある。②メルヴィルは経歴の半ばで詩へと転換したが、それはフィクションの約束事とその約束事が示している共有された公共世界の意図的な放棄を意味した。③『モニュメンタル・メルヴィル』は先ず、「文学的な種類の」名声に対するメルヴィルの強まりゆく侮蔑が、『白鯨』およびメルヴィル後期のフィクションをどのように特徴づけているかに焦点を当て、④次にメルヴィルの生前出版された韻文に目を転じ、それについての精読を提示するが、その過程で、メルヴィルの一次テクストとそれが引喩によって(allusively)喚起するコンテクストとの間のアイロニックな相互作用にもとづいている二枚舌使いの詩学(poetics of double-dealing)を明るみに出す。⑤本書は過去二〇年間にわたってメルヴィル研究を特徴づけてきた歴史的政治的アプローチに反駁しながら、メルヴィルにとっての文学(the literary)の意義と、メルヴィルの作品を理解する上で精読の果たす本質的な役割を強調する。⑥メルヴィルの詩をユニークなもの——またフィクションからの論理的な結果（logical development）——として成立させている形式を開示し賞揚することによって、⑦『モニュメンタル・メルヴィル』は、メルヴィルの詩の価値と重要性に新しい学問的認知を与える上で根本的な貢献となっている。

この要約に、予備的に若干のコメントを付しておくことが適当であろう。①が『モニュメンタル・メルヴィル』の全体としての狙いである。①において重要な用語は「因果的連鎖」である。⑥に「論理的な結果」という文言が見えることもあって、筆者は“sequence”に「因果的連鎖」という訳語をあてている。メルヴィル後期に「因果的」な、あるいは「論理的」な展開など見いだすべくもないという解釈も存在しうるであろうが、見いだしうるとするのが、ドライデンの本書での主張である。では、いかなる「因果的連鎖」か、ということになるが、②、③、④、および⑥が、それにかかわるポイントである。しかし、これだけでは、具体的な中身はほとんど不明というほかはないので、本書に具体的に即して学ばなければならない。②、③、④、および⑥は、本書の第一章「物言わぬ記念碑とヘボな碑文——メルヴィルの破綻している後日談」（Dryden, 14-66）、第二章「ジョン・ブラウンの「アメリカ」——『戦争詩篇』における予兆的形式」（66-101）、第三章「死と詩——『クラレル』におけるキャラクターの問題」（101-148）、第四章「『ジョン・マー、その他の水夫たち』——私的な発語としての詩」（148-167）、第五章「『ティモレオン、その他』——キャラクターたち、古代的と現代的」（167-195）において詳論されている。⑤のポイントは、本書に付されている「イントロダクション」において、主として、主張されている。「イントロダクション」は、⑤の「この二〇年間」における「歴史的政治的アプローチ」に関する一定の批評史的整理ともなっている。「イントロダクション」は、その性質上、本論部分のイントロダクションでもあるので、①から⑥までのポイントをすべて含んでいる。⑦は出版サイドからの本書の評価であり、一種の推薦文である。

一　「精読」と「歴史的政治的アプローチ」

ドライデンは「イントロダクション」の冒頭で、「過去二〇年間に、特にアメリカ研究の分野で生起した文学批評のラディカルな変容」を指摘し、それと「折り合いをつけるべく」書かれるのが本書であるとしている。ドライデンの言う「文学批評のラディカルな変容」とは、「文学テクストの形式的、美的、修辞的読解から、テクストとコンテクスト、文学と政治――特に人種、民族、セクシャリティ、階級、ジェンダーの各カテゴリー――との関係に焦点を当てる新歴史主義とカルチュラル・スタディーズのアプローチへの転換」の謂いである。この「パラダイム転換」をあざやかに告知した、影響力の大きかった研究書としてドライデンは、サクヴァン・バーコヴィッチとマイラ・ジェーレン編の『イデオロギーと古典アメリカ文学』（一九八六）、ドナルド・ピーズの『幻想的な盟約――文化的コンテクストから見たアメリカ・ルネッサンス期の著作』（一九八七）、バーコヴィッチの『同意の儀式――アメリカの象徴的構築に見る諸変容』（一九九三）の三冊を挙げ、これらに続いて、一連の論文や本が陸続と現われたとしている。ドライデンによれば、これらの論文や本には、「古典アメリカ文学という観念そのもの」と「エマソン、ホーソーン、メルヴィルなどの個別の作家の作品」に対して「敵対的なスタンス」をとるという共通点を見てとることができる。具体的には、これらの論文や本は、「奴隷制を支持し、ネイティヴ・アメリカンの撲滅を引き起こし、当代のジェンダー・ハイアラーキーを護持する一九世紀中葉のイデオロギー」に、アメリカ・ルネッサンス期の作家たちが「連座していること」を抉って見せている（Dryden, 1）。

ドライデンは次に、彼の立場である「精読」の立場の弁明を試みている。「文学作品自体の価値」も含めて、殆んどすべてのことがもはや当然視しえない時代に物を書いている以上、当然行なわれてしかるべき弁明であると、ドライデンは書いている。ドライデンはサクヴァン・バーコヴィッチから以下の発言を引いている。曰く、「われわれの時代はディセンサスの時代」（Bercovitch 1993, 357）である。「われわれの時代」においては、「歴史」、「文学」、「アメリカ」などの諸概念が問い直しの対象となっている。「コンセンサスを語る古いターム群」が疑問視され、掘り崩されている。それも、「文学批評家を文学作品と争わせ」、さらに一方において、「読者のサイドにおける不信の念を一時的に停止せしめ」、他方において、「読者を否応なしに不信の念の一時的停止へと向かわせる作家の力の評価を批評家に強く要請する想像世界」への「疑念」を醸成するといった仕方で、ことが進行している（Bercovitch 1993, 359）。ドライデンによれば、「想像世界」に対するこうした「疑念」は、「批評理論」と「読解の実践」との「関係」についての新しい理解を生み出した。ジョン・ロウ（John Carlos Rowe）が指摘して見せたように、理論は今や、「主として美的もしくは文学的な理論というよりも、社会的な理論」として理解され、それゆえ「一九七〇年代後半と一九八〇年代の前半の時期よりも、言語行為の社会的帰結」（Rowe 3）にむしろ関心を払っている。これに対して、ドライデンの「精読」の立場は、「作品それ自体に対する賞賛と敬意」を前提としている。この「賞賛と敬意」があって初めて、作品の「意味」を「解明する試み」が「正当化」されるというのである（Dryden, 2）。

ドライデンは次に、三冊のメルヴィル批評論集——『アメリカ文学（American Literature）』六六巻一号、「新しいメルヴィル」特集（一九九四年三月）、マイラ・ジェーレン（Myra Jehlen）編『ハーマン・メルヴィル——批評論集』（一九九四）、ジョン・ブライアント（John Bryant）とロバート・マイルダー（Robert Milder）編『メルヴィルの絶えず動いている黎明——一〇〇周年記念論文集』（一九九七）——に収載されている諸論文の中から、幾つかの論文を選んでコメントを加えている。この作業の狙いは、ドライデンにとって、一つには、彼自身と最近のメルヴィル研究との関係を明らかにするためであり、もう一つの重要な狙いは、『モニュメンタル・メルヴィル』の「仮説」の一つ、すなわち、「今日の文学研究を複雑なものにしているディセンサスは、メルヴィルが生きた時代のそれを反復している」とする仮説を指摘することである。つまり、「ディセンサス」の具体的な顕れとしての「今日の文化戦争」は、「作家としてのメルヴィルを苦しめ、文学(the literary)の本性についてのメルヴィルの理解を形成し、かつメルヴィルに文学者としてのキャリア(literary career)の可能性を疑問視させる働きをしたのと同じいくつかの問題を提起している」のである(Dryden, 2-3)。

『アメリカ文学』「新しいメルヴィル」特集号の編者たちは、「なぜ『新しい』のか。なぜ『メルヴィル』なのか」と問うことから始めている。「過去数十年間にメルヴィルに寄せられた著しい批評的な関心を前提とした場合、重要な、オリジナルなことで、何か言い残されていることはあるのだろうか。われわれの時代の反キャノンに傾いた関心の有りようからして、なおもメルヴィルに焦点を当てる理由があるのだろうか」。編者たちは、メルヴィル特集号に収録されている諸論考は、これらの問いかけに対する答が「雷鳴を物ともせぬイエス」であることを示していると述べている(*AL* v)が、ドライデンによれば、彼らの問いかけは、修辞的疑問として発せられているとは言えない。これらの問いかけはマジな問いかけであり、真剣に取り組まなければならない問いかけである(Dryden, 3)。

ドライデンは、特集号の中からエリック・チェイフィッツ(Eric Cheyfitz)の論文「偉大な文学の抵抗不可能性」をとりあげている。キャノンは「呪物化の活動によって制定される」。「『偉大な文学』というカテゴリー」は「抵抗不可能なものを求める政治的欲求の徴候」である。それゆえ、「このカテゴリーの死滅」は「われわれが抵抗していることを示す一つの徴候」となるであろう(*AL*, 540, 545)。特集号のリード・エッセイであるポール・ローター(Paul Lauter)の「メルヴィル、キャノンの階段をのぼる」は、「あらゆるキャノンは社会的産物、すなわち自然の産物でも実体でもなく、制度的な力の函数である」とするチェイフィッツの主張を支持している（AL, 541）。ローターは、大多数の批評家や教授たちが擁護しているメルヴィルの「美質」とは、メルヴィルの「引喩の多い、入り組んだシンタックスの文体と複雑きわまる筋立てからなる稠密な織物」（2）のことであるとし、そのこと自体には賛成している。しかしローターによれば、彼が教えている学生たちは、メルヴィルの難解な散文を前にして「屈辱を味わい」、「無知を思い知らされ」（2）、かくしてメルヴィルのテクストは、学生たちを「文化的に周辺化する」（19）結果となっている。次にローターは、「メルヴィルのキャノニカルな地位」は「モダニズムが難解な、それどころか、曖昧模糊とした、テクストを選好した」（19）結果であると指摘している。ドライデンの付加的な指摘によれば、メルヴィル特集号の編者たちは、モダニズムのこのような好みは、「今世紀［二十世紀］における支配的な批評活動である精読」（v）、つまり、「精読の、おそらくはエリート的でもある、秘教的で精巧に過ぎるツール」と関わりがあることを示唆している（Dryden, 3）。

以上をうけて、ドライデンは次に「精読のスキルに対する攻撃」に焦点を当てる。精読のスキルは一般にメルヴィルの作品を「適切に」理解するのに必要であるとみなされているだけではなく、また「メルヴィル自身、それを重視し用いた」にもかかわらず、なぜ「攻撃」されるのか。ドライデンはその理由を付度して、次のように書いている。「精読の実践は新批評と関連する形式主義、美意識、及び文学的美質の特権化と全面的に結びついているために、文化批評家のなかには、それを不毛で、自己閉鎖的な活動とみなす向きもあった。彼らに言わせれば、精読のスキルでは、マイノリティー諸文化によって生み出される文学が提起する異議申し立てに応答するには不十分である。なぜならこれらの文学はテクストとコンテクストとの関係を読むことをわれわれに求めているからである」。次にドライデンは、J・ヒリス・ミラー（J. Hillis Miller）とスタンレー・フィッシュ（Stanley Fish）の発言を引いて、「精読」の立場を擁護している。ミラー曰く、文化的批評は「作品それ自体よりも、文化に向かっている」。その結果、「作品の特質の読み取りはできる限り手早く済ませ、作品をそれが明示している特定の文化のもう一つの事例として診断する作業に移っていくことになる」(Miller, 17)。フィッシュ曰く、歴史的政治的アプローチの採用者たちは、「先ず第一に政治家であり、第二に文学批評家である」。その結果、「失われるかもしれないこと、あるいは既に失われつつあることは、文学研究というプロフェッションと同一視され、またそれに明確なアイデンティティを付与している、精読のスキルである」(Fish, 69-70)。

ドライデンは、精読のスキルは「エリート主義的でナルシシズム的」であると、すべての新歴史主義者あるいはすべての文化批評家が考えているわけではないとしている。たとえばドナルド・ピーズは、こう発言している。「〈アメリカ研究〉の政治的無意識から階級、人種、及びジェンダーの諸問題を意識のレベルに復帰させるイデオロギー分析(ideological agency)は、その有効性を、前世代のアメリカニストたちが開発した精読のスキルに依拠している」(Pease, 16)。サクヴァン・バーコヴィッチは『「緋文字」の任務』においてこう書いている。「私のここでの目的は、著者の言説の枠組みの内部で、コンテクストに焦点を当てる類の精読――すなわち、イデオロギー分析が一種の『内在批評』であり、同時にその逆も真であるような類の、文化的なエクスプリカシオン・ド・テクストである」(Bercovitch 1991, xxi)。

ドライデンは、たいていの新歴史主義者の批評実践においては、「一次テクストを精密に読むという困難な仕事」は、一連の空間的なコンテクスト上での関連(associations)や反響(resonances)を見定める」という作業にとって代られていると書いている。このことを典型的に示すのが、ウェイ・チー・ディモック(Wai Chee Dimock)による「独身男たちの楽園と乙女たちの地獄」論である。ドライデンによれば、ディモックは本論文の冒頭で、文学を「大きな社会的現実の記号、象徴的なインデックス」(Dimock, 99)として読む、昨今の「読みの実践」が「『文学』を……歴史の単なる換喩」(100)に変えてしまったことに「不安」を表明するとは言え、彼女自身のプロジェクトを中止するわけではない。彼女は「独身男たちの楽園と乙女たちの地獄」が有している反響に取り組む。そしてこのことは、当の物語を「それが表象していないこと」、つまり一九世紀中葉のアメリカにおける「女性労働者についてのオルタナティヴな説明」に「依拠すること」によって、「間接的に」（108）作動させることを意味している。彼女が感受する、メルヴィルの物語のなかの反響は、頁の上の言葉にではなく、むしろそこには存在しない言葉のなかに存在している。次いでディモックは、女性労働者たちの手になるいくつかの著作を読むが、それらの著作は歴史上の女性たちの労働条件に関するメルヴィルの説明に反証を与えるものとなっている（Dryden, 5）。

ドライデンによれば、ディモックの理解する読解は、メルヴィル自身あるいは前の世代のメルヴィル批評家たちが理解していた読解、すなわち、「一次テクストを忍耐と注意を払って検証し、そしてそのテクストの法則、つまりそれをユニークな、あるいは特別なものにしているものを発見する意図のもとに、当のテクストの、見たところ説明のつかない不可解な細部に考慮を払うという骨の折れる過程」とは違ったものである（Dryden, 5）。メルヴィルは一八五〇年に発表された論説「ホーソーンとその苔」において、ホーソーンの作品は、シェイクスピアのそれと同様、「精巧な分析」（Melville 1987, 243）をほどこさなければならない、つまり、「深……読み」されなければならないと書いている（245）。というのも作品の「〈真実〉」は、メルヴィルによれば、「ひそかに、また途切れ途切れに」（244）語られているからである。「頁の表面しか読まない浅薄な読み手」は「こっ酷く欺かれる」かもしれないのであるから、「ダンテと同じくらい深い」（251）ものであるこれらのテクストは、「炯眼の読者」（251）、つまりテクストを読み、再読し、「以前読んだときには見過ごしていた、多くの事柄をここで拾い集める」（250）類の読み手を必要としているのである。ドライデンによれば、メルヴィルがここで使って見せている「読解の規則」は同時に、メルヴィルの「書くための規則」（Dryden, 5）である。この規則は、メルヴィルが散文から詩へと移行していくとき、以前にも増して強く依拠しなければならない規則となる（5）。

マイラ・ジェーレン編集の「ニュー・センチュリー・ヴューズ」シリーズの一冊は、『アメリカ文学』メルヴィル特集号と同じ年一九九四年に出たが、この論集は、一九七〇年代後半から一九九四年までの論考を収録している点で、メルヴィル特集号とは異なっている。しかしドライデンによれば、この二冊の論集は、前者の編者であるジェーレンが以下のように、キャノン化の問題に言及していることによって繋がれている。ジェーレン編の論集に収録されている諸論考が「文学的キャノンにおけるメルヴィルの位置を問う」ことをせず、実際には「メルヴィルの位置を当然視している」（Jehlen, 1）ことは、昨今の反キャノン化の文化的風潮を前提にした場合、驚くべきことであると彼女は述べている。これらの論考はメルヴィルを「キャノニカル」であると見る一方で、「彼の諸作品を、キャノニカルな著作の諸カテゴリーを掘り崩す意図を持ったタームで分析している」。つまり、「メルヴィルを『偉大さ（greatness）』に逆らって……読むのであるが、同時に彼を『偉大な』作家であるとみなしている」というのである（3）。

ジェーレンは彼女の編集する論集の序において、「メルヴィルの偉大さ（stature）は彼の世界を見るときの特別に透徹した見方と関係がある」（Jehlen, 4）と結論づけている。あるいは彼女は別の論考「ミレニウムの終末における文学批評」において、メルヴィルの「他の作家には見られないヴィジョンの充実」（Jehlen 1994, 51）を指摘しているが、これをドライデンは、「ホーソーンとその苔」における文学的な偉大さについてのメルヴィル自身の称揚の言葉の反復であるとしている（Dryden, 6）。ドライデンによれば、おそらくメルヴィルは同時代の他のどの作家にも増して、ジェーレンが言うように、「文化がその基本的な諸コンセプトを不当に自然化し、それらコンセプトの偶然的な性格を隠蔽していること」（Jehlen 1994, 50）について、今日のわれわれと共通した認識を持っている（Dryden, 6）。メルヴィルはホーソーンとシェイクスピアの双方のヴィジョンを称揚するに際して、そのヴィジョンの部分は「人の賞賛を誘うことが一番少ない部分である」(Melville 1987, 242, 244) と強調している。そしてつづけて、「シェイクスピアの上に積み上げられてきた盲目的、野放図な賞賛」(244) を批判し、ロシェフーコーの発言を借りて、「ある人々の名声を持ち上げることが、他の人々の名声をおとしめるためであってはならない」と主張している。「人間誰しも、ハムレットの中に見いだすような偉大な想念を、時として、みずからの内に感じとったことがあるはずだから」(245) である。「共和主義的な進歩志向を〈人生〉のみならず〈文学〉の中にも持ち込まなければならない」(245) メルヴィルにとって、「偉大さ」は超越的なカテゴリーではない。「偉大な天才も時代の一部である。いや、彼ら自身が時代そのものなのであり、時代に見合った色あいをそなえているのである」(246)。

次にドライデンはジョン・ブライアントの論考「メルヴィルは持続する——多文化時代の代表的作家」、すなわち、論集『メルヴィルの絶えず動いている黎明』に、ブライアントが編集者として寄せた「イントロダクション」をとりあげる (Dryden, 7)。ブライアントはこの論考において、ご多分に漏れず引用符を付して、メルヴィルはその多様性において、「『代表的な芸術家』」(Bryant and Milder, 5) であると主張している。ブライアントにとっても、メルヴィルの偉大さの問題は、断り書きを付さない限り、論ずることができない事柄である。『偉大さ』は正当にも時代遅れになっている概念である。この概念には、強制的なキャノン化、権威主義的なお説教、さらには、ある単一の精神を他の全ての精神の上におくべきであるとするイデオロギー的な主張などの気味がある。であれば、メルヴィルは、偉大であるというより、充実 (full) しているのである」(26)。そしてメルヴィルを代表的な作家にしているのは、この「充実」である。「多様な声で、多数の形式を通じて語り、またこの多様性によって……言語、文化、自己のなかの諸葛藤を反映し、かつそのことによって、われわれ全員を代表して語る」(5) という意味において、メルヴィルは代表的である。そしてこのことこそは、メルヴィルを「われわれにとって有意義な」(10) 存在としているものである。つまりメルヴィルは、文化というコンテクストのなかにおかれているわれわれ自身を、いっそう明確に理解させてくれるのである。ブライアントのメルヴィルは、「〈他者〉を語ることにおいて、他者たちのために語りうるのである」、そしてそれゆえに、「政治的に正しい作家」、つまり「……保守主義、権威、及び帝国主義を攻撃する」作家である (9)。「政治的に正しい作家」という揶揄的とも言えるかもしれない表現を用いたからかどうか、ドライデンは「ブライアントの見事なエッセイの主張に疑問を呈するつもりはない」と付言している (Dryden, 7)。

以上が、ドライデンが「イントロダクション」において、「歴史的政治的アプローチに論駁」し、「精読」の立場を打ち出している部分の筆者なりの要約である。「歴史的政治的アプローチ」に「論駁する」と言っても、ドライデンはここで、「歴史的政治的アプローチ」に理論的な「論駁」を試みているのではない。ドライデンはむしろ、「歴史的政治的アプローチ」に「精読」の立場を対置し、後者を選択すると宣言しているように見える。前者はコンテクストを重視する、あるいはコンテクストにかまける。その結果、「一次的テクストを精密に読むという困難な仕事」が蔑ろにされる。「精読」はメルヴィル自身が採用している、あるいは推奨しているスキルであり、「精読」のスキルなしには、メルヴィルの複雑難解なテクスト、ドライデンの言う「読解の規則」を「書く規則」として内化させているテクストは、容易に読みうるところではない。また「歴史的政治的アプローチ」の採用者たちは、「作品それ自体」よりも「文化」に傾くし、「文学批評家」としてよりも、文学作品に政治的な判断を下す「政治家」として振る舞うのであり、その結果、「精読のスキル」が「失われ」、「文学研究というプロフェッション」の基盤を掘り崩すことにもなる。

二　メルヴィルの文学的経歴の「因果的連鎖」
――文学とは何か、文学的名声とは何か、真実を語る方法とは何か

「イントロダクション」後半を読む

「イントロダクション」の、なで要約を試みた部分につづけて、ドライデンは、「はっきり」させなければならないとして、「私はブライアントの見事なエッセイの主張に疑問を呈するつもりはない」とし、「私が強調したい」のは、一連の論点、すなわち、「（ことによっては、われわれを悩ませるときよりも、もっと複雑な仕方で）メルヴィルをも同様に悩ませている……諸論点が存在しているということ」であるとしている。つまりこうである。「作家という経歴の半ばにおいてメルヴィルは、みずからの文化に語りかけ、かつみずからの文化のために語ることのできる方法を考え出し、のみならず、文学の職業と……歴史、政治、及び大衆文化の諸産物との関係について、独自の理解の仕方を明確に述べようとするときに作家が直面する諸問題の検証へと導かれている」。ドライデンはつづけて次のように述べている。これらの論点は、『白鯨』とそれ以後のフィクションを支配し、かつ形成している」論点であり、「最終的にメルヴィルを詩へと向かわせることになる」論点である。メルヴィルは「家族、同業者たち、読者、国から徐々に疎外されるにつれて」、ブルース・フランクリン（H. Bruce Franklin）がブライアントとマイルダー編の論集に寄せた論考「奴隷制と帝国――『ベニト・セレノ』」において指摘しているように、「頁の表面だけをざっと読む浅薄な読者を欺く――こっ酷く欺く――ことを直接に意図した」（Melville 1987, 251）「修辞戦略」（Bryant and Milder 154）を考え出すに至る（Dryden, 7-8）。

ドライデンによれば、この戦略は「表象の文彩としてのエコー（echo）とアルージョン（allusion）」にもとづ

いた戦略であり、「過去のライティングが現在のライティングに及ぼす不安定化の効果」、別言すれば、「表面の物語の権威が、『不毛な、無益なアルージョン』を手段とする参照（reference）の権威によって足元を掘り崩される」効果を利用している。ドライデンはジェフリー・ハートマン（Jeffrey Hartman）から以下を引用している。言語は「引用とアルージョンによって豊かになればなるほど、含むところが大きくなればなるほど、意味を瓦解させる度合がそれだけ強まる」。そして「われわれ読者の胸中に……非現実性（insubstantiality）の感覚を喚起する」（Hartman, 179）。ドライデンによれば、このハートマンの主張を見事に論証しているのが、メルヴィルの「エンカンターダ諸島、あるいは魔法の群島」である。「エンカンターダ諸島」の世界は、「表象の諸断片からなる世界」である。すなわち、「記憶の残存物、語、文章、他の本から引いた章句、ふと耳にした物語、刻文、献辞」、また、「死の印」としての「石の墓」、「石盤の墓」、「へボな碑文」（Melville 1987, 172, 173）などから成立している世界である。これらが表面の語りに付き纏い、その結果、諸島は「邪悪な魔法をかけられた土地」(170）となる。このような物語世界、「互いに矛盾する中身の、言われたり考えられたりする碑文的短評……黒版に書きつけられたり喋られたりするゴシップ」（Melville 1984, 7, 8）によって可能となっている物語世界は、ドライデンによれば、メルヴィルがハンナ・アーレント（Hanna Arendt）の言う「引用の現代的機能」を十分理解していたことを示している（Arendt, 38）。（「碑文的短評」を含む引用は、『詐欺師』第二章冒頭からの引用であるが、「碑文的短評」とはどのようなものであるかは、一読すれば瞭然とする。）メルヴィルは、ヴァルター・ベンヤミン（Walter Benjamin）のように、引用の力は「維持する力ではなく、清掃し、コンテクストを喰いちぎり、破壊する力」(Arendt, 38）であることを認めている、というのである。アーレントがベンジャミンを引いて述べているように、「私の著作のなかの引用」は、「無精者に武装して攻撃を仕掛け、彼から信念を奪い取る道端の追剥ぎに似ている」(38)。アーレントは、こうした考え方は、「現在に対する絶望（despair）」と「現在を破壊（destroy）しようとする欲望」、つまり現在の「無思慮な自己満足の平安」(39)を、断片化された過去の破壊力に感染させることによって、それを掘り崩そうとする欲望から生まれるとしている。以上を踏まえて、ドライデンはこう述べている。類似した考え方が、「文学の本性と機能」についてのメルヴィルの理解の仕方に浸透し、また「一人の作家としての、一人の個人としての、腐敗した文学的社会的ミリューとの関係」についての理解の仕方の形成にも与っている(Dryden, 8)。

次にドライデンは、『モニュメンタル・メルヴィル』の意図は、「メルヴィルの出版された作品全体を一つの文学的キャリアの記号として検討すること」であり、「それが一人の作家のアイデンティティを育むと同時に枯渇もさせる経緯を探求すること」であるとしている。そしてこのような企てには、「後期メルヴィルに対する賞賛」とメルヴィルの「散文と詩を統一的に説明しうる」記述を提供しようとする狙いがひそんでいる(Dryden, 8)。

ドライデンによれば、『キャリア』の概念」は、いかなる作家にとっても、「キー概念」である。それが、「公的なプレッシャー、私的なニーズ、そしてこれらの事柄と、文学的職業を構造づける約束事との関係」と、複雑に交錯しているからである。「人間としての書き手、作品を生産する書き手としての著者、そして彼もしくは彼女である著者が生産するテクスト」、これら三者の「関係」は「複雑」である。作家が次のような時代、つまり「文学的キャリアの観念自体」が、「インスピレーション、ミューズ、あるいはヴィジョン」の「力(agencies)」によって可能になっていた「詩的な職業」にとって代った時代に仕事をしているときには、特別に複雑である。こうした変化の一つの帰結として、作家がみずからを見い出すことになるのは以下の二つの場所のいずれかであるとドライデンは書いている。

一つの場所は、「書くという行為」が作家を「自然で人間的なこと」から弧絶させるような場所である。なぜなら書くという行為自体が常軌を逸した、奇矯な行為、普通の生活をゆがめる活動であると見られているからである。もう一つの場所は、書くことが単純にもう一つの商業的な企て、つまり威信と並んで金銭のために、あるいは威信もしくは金銭のために行なわれる仕事と理解されている場所である。ドライデンはメルヴィルの場合について、こう書いている。「メルヴィルは、みずからの奇矯さ、弧絶、そして物を書く生活に形と一貫性を与えようとする長い苦闘において、上で見たようなジレンマを、核心を突いた、深遠な仕方で例証している」(Dryden, 9)。ドライデンが「後期メルヴィル」を「賞賛する」のは、おそらく、メルヴィルの、ここで言われているような「物を書く生活に形と一貫性を与えようとする長い苦闘」ゆえに、である。そして、この「苦闘」を読み解く仕事に、「一次テクストを解明しようとする骨の折れる仕事」としての「精読」が重ね合わされていることは、言うまでもあるまい。

ドライデンは『白鯨』執筆に心血を注いでいた時期のメルヴィルの手紙に注目している。彼によれば、一八五一年七月一日付けナサニエル・ホーソーン宛の手紙が決定的に重要である。彼の分析に従うならば、この手紙は、「書くことのプロセスと、印刷と出版のプロセスとの間の問題含みの関係」(Dryden, 11)、のみならず、メルヴィルのいわゆる、「あらゆる面での仮借のない民主主義の実践」(Melville 1993, 190)、また「〈真実〉を世間に高らかに言い放って生活の資を得ようとしてもできない相談であること」(Dryden, 11) ――メルヴィルは「〈真実〉で生活を立てようとしてみるがいいのです――慈善施設に行ってスープにありつくことになるのが落ちです」(191) と書いている――などに焦点を当てている。またこの手紙には、「私がいちばん書きたいと思っていること、それは書くことを禁じられています――カネになりませんからね。ですが、結局のところ、別の書き方なんて、私には出来ないのです」や、「あらゆる名声は贔屓です。……私はこの名声ということを、あらゆる空しさのうちでも最も見え透いた空しさだと考えるようになりました。……ソロモンはこれまで生きた人間たちのうちで最高の真実の人ということになっていますが、今では、私には、大衆の保守主義を見越して真実を少しばかり操作したように思われます」、「今世紀の福音書を書いたにもかかわらず、私はきっと排水溝の中でのたれ死ぬのです」など（191-193）の、頻繁に引用される箇所を含んでいる。

これらの点をドライデンが総括している部分を『モニュメント』の第一章から先回りして引用しておきたい。――「文学自体の声に対するメルヴィルの信頼の喪失、つまりメルヴィルがポスト『白鯨』のフィクションにおいて碑文と記念碑に焦点を当てていることに表われている信頼の喪失が始まっている」（Dryden, 31）。ドライデンはここで、メルヴィルの「文学自体の声」に対する信頼の「喪失」は、メルヴィルがポスト『白鯨』のフィクションにおいて焦点を当てている「碑文（the epitaphic）」と「記念碑（the monumental）」に見てとることができると主張している（31）。「碑文」がどのようなものを意味しているかは、既にドライデンとともに見た。「記念碑」がどのようなことを意味しているかは、第一章を検討する際に見ることになる。

ドライデンは、「イントロダクション」の結論部分で次のように書いている。

私は以下の諸章において、「文学的な種類の名声」についてのメルヴィルの深まり行く懐疑が、文学的市場からの彼の深まり行く疎外を生み出すだけではなく、文学それ自体と文学の文化的コンテクストとの関係の仕方の本性についての彼の理解の仕方を徐々に変化させもする経緯を跡づけてみたい。メルヴィルは最初、フィクションの約束事を、またそのような約束事が暗に示している、共有されている公的世界という観念を、疑問視することを余儀なくされ、最終的にそれを放棄することを余儀なくされる。そして、詩へと転換することを余儀なくされる。しかし詩へと転換するとき、メルヴィルは次のような希望を手にしている。すなわち、詩の複雑な構造が、たとえ間接的に、密かにではあれ、彼が本当のことを語ることを許容し、そして、ミルトンの言葉を使って言うならば、彼が「たとえきわめて少数であれ、ふさわしい読者を見いだす」ことを可能ならしめてくれるのではないかという希望である。（Dryden, 13）

これはズバリ、ダストジャケット上の要約の②、③、④、および⑥に即応する、ドライデン自身による要約的な部分である。以下の論述を分りやすくするために、ここで使われているいくつかの文言についてコメントしておきたい。

ここでの「フィクションの約束事」とは、言うまでもなく、メルヴィルも参入していた当時の「文学的市場」において容認され推奨されていた「フィクションの約束事」のことである。「フィクションの約束事」がメルヴィルにおいて、具体的にどのようなものであると考えられ、メルヴィルはそれをどのように「疑問視」しているか、あるいはそれをどのように破壊しようとしているかを、ドライデンは第一章において、具体的にメルヴィルのフィクション作品に即して抉り出している。「フィクションの約束事」によって暗示されている「共有されている公的世界」のことを、ドライデンが「イントロダクション」の中で使用している文言を用いて、「一九世紀中葉のイデオロギー」——この句を含む一節をわれわれはすでに見た——によって容認されている公的世界のことと言い換えることは可能であろうか。可能であるとすれば、メルヴィルはこれを「疑問視」し始め、最終的には「放棄した」のであるから、ドライデンが紹介している「歴史的政治的アプローチ」に立つ人々のように、メルヴィルなどが「一九世紀中葉のイデオロギー」に「連座していた」とは言えないことになり、これまたドライデンとともにすでに見たブライアントのように、メルヴィルは「保守主義、権威、及び帝国主義」を「攻撃」していると言うことの方が正しいということになるであろうか。のちに見るように、ドライデンは『イズレイエル・ポッター』の検討に際しては、メルヴィルは当時行なわれていた「ナショナル・ナラティヴ」——これを「一九世紀中葉のイデオロギー」と等号で結ぶことは許されるであろうか——に「対抗」することに腐心していたとする視点を貫いているのであるから、ブライアントは基本的に支持されていると言えるであろうか。

「フィクションの約束事」を「疑問視する」中で生み出されたメルヴィルの各フィクションは、ドライデンの分析に従えば、押し並べて、何の解決も与えられていない結末、読者が何の慰めも得ることのできない結末を有していると言ってよい。このような作品の形式的な有りように即応する作品のヴィジョンを言い当てる言葉として、ドライデンはメルヴィル自身も作品の中で多用する語であるところの「死」、「破壊」、「沈黙」、「空白」、「不在」などを多用している。詩に「転換」したあとは、メルヴィルは「詩の複雑な構造」に依拠して、「間接的に、密かにではあれ、本当のことを語る」術を見い出していると、ドライデンは主張している。既に見たように、ドライデンはこの詩における「本当のことを語る」術を「表象の文彩としてのエコーとアルージョン」にもとづいた戦略と呼んでいる。ドライデンはさらにこれを、第三章と第五章において「二枚舌使い」の戦略と言い換えている。そして、詩におけるこうした方法的戦略に即応したヴィジョンを言い当てる語としてドライデンは、詩を論じている第二章〜第五章においても、フィクションを論ずる場合と同様に、「死」、「破壊」、「沈黙」、「空白」、「不在」などを多用している。

もう一つ、ここでコメントしておきたいことは、「本当のこと」についてである。それは上で見たメルヴィルの手紙に出て来る大文字の「〈真実〉」と異なることであろうか。手紙に出て来る「〈真実〉」は、「世間に向かって高らかに言い放」てば「生活の資が得られ」なくなる、「慈善施設に行ってスープにありつく」ことになる、とされているのであるから、それは口にすれば世間から嫌がられる暗い、戦慄すべき真実の謂いであると考えることができる。「ホーソーンとその苔」には、「それ相応に有徳な人なら誰であれ、口にすること、いや、ただ暗示することさえきちがいじみているような」「恐ろしい本当のこと」(Melville 1987, 244) と書かれている。これは手紙における「〈真実〉」観と全く同一である。しかし、「苔」には、次のようにも書かれている。「虚偽に満ちたこの世にあっては、真実はまるで森の中の聖なる雌鹿のように遁走せざるをえず、その姿をたまにチラッとあらわすだけ」であるが、「ひそやかに、しかもときどきでしかないけれども、その姿を現すのである」(244)

と。ここでの「真実」は少しニュアンスが違う感じがする。「恐ろしい本当のこと」と等号で結ぶことは、躊躇われる。ここでの「真実」はむしろ、ある種の「聖なる」真実のことである、もしくは「虚偽」のことを「虚偽」とはっきり言うことであると考えることができるのではないか。だが、「聖なる」真実を喝破すること、「虚偽」を「虚偽」と喝破することは、そのまま「恐ろしい本当のこと」でもあるだろう。であれば、「メルヴィル」における「〈真実〉」、「本当のこと」は、微妙な二義性を秘めているものの、基本において「恐ろしい本当のこと」であると考えてよいであろう。「苔」は「楽しい文体を持つ楽しい作家」は「深い意味を持つ作家ではない」、彼らからは、「深刻で重厚なもの」は「とうてい期待できない」(242)とも書いている。「とても人気があり、口当たりのよい作家」は、「口当たりの悪い主題はすべて周到に忌避している」(247)。「〈真実〉」は、「人気作家」になろうとするなら、「忌避」してかからなければならないのである。

「〈真実〉」がこのようなものであればこそ、ドライデンがフランクリンとともに確認しているメルヴィルの「表象の戦略」、すなわち「頁の表面だけをざっと読む浅薄な読者を欺く——こっ酷く欺く——ことを直接に意図した」戦略が必要とされたわけであろう。メルヴィルは『白鯨』以降の作品において、「〈真実〉」を「浅薄な読者」が気づかないような仕方で語るために、色々な工夫を凝らすようになったのではないかと筆者は考えている。筆者は従来、メルヴィルが散文作品において、どのように「〈真実〉」を、言うなれば、隠しながら語ったか、という視角を採用してきたのであるが、ドライデンが本書において採用している視角は、どのようにすでにある「フィクションの約束事」に疑問を抱くようになり、それをどのようにしりぞけ、どのような方法を使ったかという視角である。筆者は、メルヴィルはたとえば以下のような工夫をしているのではないかと考えている。特定の人物に「〈真実〉」を語らせ、その人物を全体としては肯定的に描かない。特定のソースを明示的に使い、作者は単なる編者であるとのポーズをとりながら、「〈真実〉」を語る。読者サイドにあらかじめ固定的なイメージが作り出されている人物や出来事を、聖書、文学的伝統、神話、歴史などから作品の中に持ち込み、その人物や出来事に仮託して「〈真実〉」を語る。パラレリズムや並置などの枠組みの中で「〈真実〉」を語る。しかし、これらの工夫はどれも、二つの意味において両刃の剣である。一つは、どれも複雑であるから、反発されて、きちんと理解してもらえない、そもそも読んでもらえないかもしれないということがある。のちに見るようにドライデンは、メルヴィルは詩において意図的に「二枚舌使いの詩学」を実践していたと指摘する一方で、メルヴィルはそれがきっかけとなって読者が読む気になるかもしれないし、反発してソッポを向くかもしれないと自覚していたと、メルヴィル自身の発言を引いて述べている。もう一つは、そのようにして語られる「〈真実〉」が、本当にメルヴィルの本音なのかどうか、「精読」のスキルを駆使する人にとってさえ、判然としなくなってしまうということがある。ドライデンはこの後者の「刃」の切っ先にはあまり自覚的でないように思われる。

第一章を読む

ドライデンによれば、『白鯨』以降、メルヴィルの作品は、文学とは何かという問題意識にとりつかれている。この問題は、「文学形式」の問題と直接的に関連している。「形式」は、「文学の境界を指し示すために伝統的に用いられてきた用語」であり、そのような「境界の設定」は、文学テクストを「一つの記念碑（a monument）」に変容させるリスクを冒す。記念碑とは、「その定義上、自己完結的であり、見る人のみならず、作る人からも独立して存在し、それ独自の特殊な言語によって特徴づけられている」。ドライデンは「自己完結性」と「自己言及性」を「文学（the literary）それ自体を同定する」要素としている。ドライデンによれば、メルヴィルはドイツとイギリスのロマン派同様、文学の価値を「その説明力」に求めている（Dryden, 15）。従ってメルヴィルにおいては、哲学的な要素、形而上学的な要素は、文学を損ねる要素として唾棄されることはない。

だが、これらの要素はすでに、「記念碑」としての「文学」を損ねている。

ドライデンは、『ピエール』第七書第八節の末尾に近い所で主人公グレンディニング・ピエールが行なっている「小説（novel）」談義を引いて、メルヴィルの「フィクションの約束事」観を抉り出している。ピエールによれば、二種類のテクストが存在し、その二種間には「本質的な差異」が存在している（Dryden, 15）。一つは、「伝統的な物語（narrative）」（16）であり、「結局は大団円へとつながる、複雑化と解き解し」（Melville 1971, 141）から成っている。この種の物語には、しかしながら、「思索の虚偽」が充満している。なぜなら、「永久に体系化しえない諸要素」の「体系化」という無謀を企て、かくして「内容に対する形式の勝利」と「全体の美的統一」という、誘惑的でもあり、不誠実でもある「感覚」（141）を作り出すからである。しかしもう一つの、「もっと深遠な人間精神の発露」は、「そのようなごまかし（mystifications）」を提供することはない。なぜならこの種のテクストは、「適正な結末（proper endings）」をむかえることはなく、「不完全な、意表をつく、がっかりさせるような後日談（sequels）」を「（ギザギザの切り株みたいに）」（141）提出するにすぎないからである。ピエールは、「あとは時間と運命という二つの永遠の干満の突然の交差にまかせたまま、ぷっつりと断ち切る」（141）とつづけている。ドライデンは、「物語（narrative）の延長あるいは拡張としての後日談」は「物語の境界線を破砕し、物語の自己完結性の神話を暴露する」（Dryden, 16）と書いている。「後日談」は「物語本体（the narrative proper）だけでは不十分である」（16）ことを示している。「適正な結末（proper endings）」とは、従って、物語本体に適合した（proper）結末の謂いである。それが不在であることを「後日談」が証したてている。ドライデンはこう書いている。「これらの深遠な作品は適正性（propriety）を欠いている。そしてこのように適正性（the proper）が欠落しているために、われわれは文学という問題を終わりにすることができないのである。なぜならそれは、文学の本性そのものという問題を前景化するからである」（Dryden, 16）。

次にドライデンは、シカゴ版『ビリー・バッド』の「後日談（sequel）」という語が現われる箇所、セクション二六の第一パラグラフおよび第二パラグラフ（Melville 1962, 128）を引いて、こう書いている。『ビリー・バッド』は「文学においては死でさえ、墓石の絶対的な自己完結的独立の印である最終性（finality）を保証しえない」。なぜなら、「死者に声を与えることによって物語を続ける、ある偶然に生き残った者」か、もしくは「テクストの存続を告げる何らかの闖入的な説明」が、なおも存在しつづけるからである（Dryden, 16）。ドライデンはこうつづける。この意味の後日談は「一つの不在によって創り出される一つの欠落を充填する」（16）。それは物語を「『適正に（properly）』終わらせる死」（16）、つまり「摂理に従って最後に一切を被い尽くす……聖なる忘却」（『白鯨』〔Melrille 1962, 115〕の中からひょいと現われ出るのである。

ドライデンは次に『白鯨』の分析にとりかかる。彼は『白鯨』から「結末／続き／後日談（sequel）」という語が使われている箇所を数箇所（Melville 1971, 411, 414, 486）引用し、それらの引用箇所に依拠しながら、『白鯨』の「エピローグ」はイシュメールによる「話の続き」であり、「適正な結末」ではないと結論づけている（Dryden, 16）。「エピローグ」は、「終点（end point）」、つまり「物語がこれまでそれへと向かって進んできていた、そして物語の全体に遡及的な統一を付与する」ような「終点」としては、「提示されていない」（16）。「エピローグ」は「物語本体に付加された不完全な、あるいは損なわれた補足」（17）である。「劇の終わりを刻印する沈黙」は「たった一人の生存者によって破られる」（19）。そして彼は、今は絶命した人々の物語を語るであろう。「イシュメールの救命具として機能する」（20）、彼の親友クイークェッグが生前作らせた「棺桶」が、「渦の中心から」（20）ポンと浮かび上がるとき、われわれは「イシュメールが戻ってきて、……本を書くであろう」（20）ことに気づかされる。しかしわれわれはまた、その本は棺桶の形をした救命具と同じく、「『修繕仕事』の産物」（20）――「真ん中に終わりがあったり、終わりに始まりがあったりする」「修繕仕事」（Melville 1988, 525）――

であって、「碑文」あるいは「記念碑」が持っているような「静かな威厳と形式的な純粋さ」(Dryden, 20)を持つことはないだろうことにも気づいている。そのような「威厳と純粋さ」は物語本体の最後の数行、すなわち第一三五章の最後の一文によって暗示されている。「……そして偉大なる海の経帷子は五千年前と変わりなくうねりつづけた」(Melville 1988,525)。この一文の静かな重厚さは、小説全体が「バルキントンの墓石のない墓」である「六インチの章」(106)のように、「死者に最終的な安息の場所」を提供し、「その自足的な対称性において、完璧な最終性の一例」として存在する「一つの記念碑」(Dryden, 20)となっている。しかし「安息の感覚」は、イシュメールの「蘇った、そして蘇りつつある声によって破られ、そしてこの声は物語に続きをつけ加え、またその物語を書く論理を提供し、かつそれを書くことを予告する」のである(Dryden, 20)。

ドライデンは『白鯨』を分析している箇所で、「予言(prophecy)でもある……回想(recollection)」という文言を用いている(Dryden, 17)。これと関連していると考えられるが、ドライデンはこうも書いている。「『白鯨』においては、予示法の文彩(the trope of prolepsis)は予表(foreshadowing)という美学的な機能を超えて、予言(the prophetic)が持っている恐るべき力と威厳を帯びているように思われる。実際『白鯨』の顕著な特質の一つは、(メルヴィルの作品一般についてもそう言えるが、)聖書で使われている語彙とそれが喚起する世界観とが文学(the literary)に資するように用いられていることにある。……そして『白鯨』には、予言や予兆、不吉な徴候や予表が充満しているし、予言の重荷を担う登場人物たちが多数登場してくる」(17-18)。「予示法」が「予言」の「恐るべき力と威厳」を帯びていることの『白鯨』における機能については、ドライデンは具体的に論じていないが、筆者にとってはきわめて刺激的な指摘である。のちに具体的に見るが、ドライデンによれば、「予示法」は『戦争詩篇』においては、未来の予示であるどころか、実際には、過去の反復、しかも「原罪」の反復であり、かくして『戦争詩篇』は「死と破壊」のヴィジョンを最終的に提示している。『白鯨』においても同じようなことが起こっているというのが、筆者の見解であるが、これについては拙論の「三」で書くことにしたい。

次にドライデンは『ピエール』の分析に移る。『ピエール』の結末はこうである。

「すべては終った。これでお前はもう彼のことは知り得ないのだ!」と、壁から喘ぐような声が聞こえた。イザベルの指から、空のガラス瓶が――砂が切れた砂時計のように――ポトリと落ち床の上で震えた。彼女の全身が斜めに傾き、ピエールの心臓の上にくずれ落ちた。その黒い髪が彼の全身にひろがり、黒い蔓のなかに彼の体を抱きとった。(Melville 1971, 362)

ドライデンは次のような分析をほどこしている。ここでは、『白鯨』の場合と同様に、「幕が……死体の上に下りる」。しかしここでは、見苦しくない埋葬を準備する「偉大なる海の経帷子」は存在しないし、名づけと発語の能力をそなえた蘇った「私」も存在しない。ピエールは、彼の名前の文字通りの意味に成り果てている。この結末において、ワーズワース(William Wordsworth)流の「碑文的な身振り」に、すなわち、「無生物たる石の言語」に、「声」を与える身振りに、「ある変容」が生じている、すなわち「碑銘的な身振り」を認知し、同時に皮肉る「変容」が起こっていると見るべきであろうとドライデンは述べている。そして『ピエール』はこのことによって、小説の初めの方で導入され、また全体を通じて、展開されている比喩のシステムを完成している。どのようなシステムかと言えば、「刻銘し埋葬する諸行為を結合し、そしてそれらの行為を、表象しえないものを表象し、名づけえぬものを名づけ、想像しえぬものを想像しようとする徒労と結びつける、一連の類推行為からなるシステム」である。このシステムを統御しているのは「声の文彩(the figure of voice)」、すなわち、不在の、死亡した、あるいは声のない存在物に、言葉の力を付与するという意匠である(Dryden, 22-23)。

『ピエール』は、ドライデンによれば、「そのタイトルが暗示しているように」、「自己完結的で自己閉鎖的な彫像あるいは記念碑のもつ、硬直と沈黙をそなえたテクスト、一種の『物言わぬ巨塊』として成立している(Dryden, 25)。ここでドライデンが引いている「物言わぬ巨塊」という句が現われる箇所には、「無意味、そしていかなる至福ともつながっていない結末(unsequeled with any blessing)」という表現も現われる(Melville 1971, 134)。ドライデンはまた、メルヴィルの世界において、「自然も天も、押し黙って(mute)いて、表情がない(featureless)」ことを示している箇所として、『ピエール』から以下を引用している。

その向こうに、湖が空漠と沈黙で織られた一枚の布のように、水面を波立たせる風も息吹もなく横たわっている。湖は固く縛りつけられているかのようで、最たる小木、小枝を映すほどの命の気配もない。しかし湖には、星の煌めきもない、闇に閉ざされた天が、湖面の似姿のように映し出されている。陽光に照らし出されるときにだけ、湖はきらびやかな、緑の映像を把捉するのだが、今はそのような映像はなく、ただ、表情のない、漠とした天の顔が映っているにすぎない。(Melville 1971, 109)

短編「バートルビー」については、「全てを台無しにする後日談」(Dryden 28)が付されていることが指摘されている。この短編における手紙が「死んでいる(dead)」のは、単に、手紙が「代わりを果たそうとしている生きた声から切り離されているからなのではない」。これらの手紙は「死者に宛てた手紙」である。「死者が生者に宛てた手紙」ではない。そしてこれらの手紙はそのようなものとして、「碑文の刻印という特徴的な身振りを不安定化させる」。というのも、「手紙を読む者が存在しない」からである(28)。「死は音を持たない、死には声がない」(29)。

ドライデンは「エンカンターダ諸島」については、すでに見たように、「イントロダクション」において言及しているが、この第一章においては、チョーロの寡婦ウニヤを取り上げている。「死は絵として、夢として、あるいはミラージュとしてあらわれる。そして死の真実あるいは現実が与えられるのは、ウニヤの沈黙の応答においてでしかない」(Dryden, 29)。

ドライデンは無論「ベニト・セレノ」についても、作品の結末に注目している。ドライデンは、「すべてが終わったのだとわかると、バボは一言も言わなかったし、無理に口をきかせることもできなかった。もう何もすることができないのだから、物を言うつもりはないと、言いたげな態度であった」(Melville 1987, 116) を引いた上で、バボの沈黙と「無言のままの最後」(116) は、「サンドミニク号上で起こったことのインパクトを減ずるような文学的な慰めを与えることをメルヴィルが拒否している」(Dryden, 31) ことを示しているとしている。ドライデンはつづけてこう書いている。「『陰鬱な［ピークォッド号］の黒い悲劇』をあざけるピップの「奇妙なつぶやき」(Melville 1988, 490) を蘇らせるイシュメールとは異なって、メルヴィルはここで、想像を超える状態を暴露するような経験をした登場人物の代弁を拒否している。この想像を超える状態は、セレノの「正式な」供述の精読を通じて知るほかはないのであるが、精読しても隠然としか知ることができない。セレノは、あの「ニグロ」の「影」によって永久に世界を暗鬱なものにされてしまっているとは言え、それでも事件の特権的な目撃者であり、また支配的なイデオロギーのスポークスマンであることには変わりがないのである」(Dryden, 31-32)。

ドライデンは『イズレイエル・ポッター』の検討しながら、メルヴィルの方法に関わる興味深い論点をいくつも提示している。『ポッター』はメルヴィル後期の方法を考える上では、欠かすことのできないテクストである。『ポッター』のエンディングは次の通りである。

今やこの生涯の物語は、それ自体のように、終結へと急ぐことによって、辿るのが一番よい。／残されている生涯は僅かである。／彼は年金を得ようと努力したが、法の気まぐれによって撥ねつけられた。結局、傷痕が勲章になっただけであった。彼は小さな本、自身の人生の浮沈を記録した本を口述した。だが、それは間もなく絶版になった——彼自身も他界し——名前も忘れ去られた。／生まれ故郷の丘の最古参の樫の木が吹き倒された日に、彼は死んだ。(Melville 1982, 169)

ドライデンはこうコメントしている。「アメリカ人亡命者にとっての避難場所、すなわち、イズレイエルの昔の実家の廃墟は、……私的なものであれ、公的なものであれ、何らかの挽歌が与えてくれるような慰めをもたらすことはほぼありえない」(Dryden, 47)。ドライデンはこうも書いている。ポッターが「黴臭い堆積物」(Melville 1982, 68) の前で足をとめることは、「あの伝統的な〈旅人よ足をとめよ〉という碑文」を思い起こさせるが、しかし同時に、「ワーズワース流の文学的記念碑の理想」、すなわち廃墟を修理し、かくして「諸断片を一つの全体へと凝集し、孤独な旅人を国民の代表者たらしめる、贖いの力をもつ詩的想像力の働き」の「理想」から「メルヴィルがいかに遠いかということ」も、あかしたてている (Dryden, 48)。

ドライデンの主張をいくつか、抜き出すことにしたい。

以前よりも一段と不吉な、国家の分裂の徴候に取り囲まれ、また支配的なナショナル・ナラティヴの政治的社会的現実からの大きな乖離に苦しめられながら、一八五〇年代の中葉に執筆するメルヴィルは、『ポッター』において、国家の神話を支える記念碑についてのウェブスター ([Daniel] Webster) のヴィジョンを不安定化させるだけではなく、当の国家神話の対蹠的ヴァージョン、すなわち公的な記念碑性と文学的な記念碑性の双方を脱神話化するヴァージョンを構築して

いる。(Dryden, 39)

「記念碑についてのウェブスターのヴィジョン」とは、ウェブスターが行なった（一八四二年）「バンカー・ヒル記念碑の落成」（Dryden, 39）と題された演説に見られるヴィジョンのことであるが、ここでは割愛する。

メルヴィルの否定の方法（negative way）は彼を、廃墟を墓、つまり人間の死ぬ運命を思い起こさせる不吉なしるしと見るヴィジョンへと立ち至らせる。そして死――「無言の否定」（［詩「ウイルダネスの両軍」］Melville 1963, 75）、「どんな活字も印字することのできない真実」（［『クラレル』］Melville 1963, 242）――を眼前にしたとき、国家建設の全過程に内在しているもろもろのアイロニーが露わになる。(Dryden, 42)

「イズレイエルという名前の予言的予示的な意味」（Dryden, 42）は、「一つのスタンダードなアメリカ的文彩――メルヴィルが以前『白ジャケット』で用いたことのある文彩」、すなわち「われわれアメリカ人は特別な選ばれた民――現代のイスラエルびとである。われわれの国土は世界の自由を乗せて運ぶ方舟である」（Melville 1970, 151）という文彩を「逆転させ、それを皮肉る」（Dryden, 42）。「メルヴィルが用いているいくつもの聖書のアルージョンの、特に主人公の名前の意味をめぐる戯れの主要な効果」は、「ポッターの運命が不思議にも同時代的な妥当性をもっていることを暴露すること」にある（44）。ドライデンは『ポッター』から以下を引いている。

……イズレイエルは自身の運命の謎のように思える点について考えざるを得なかった。祖国愛から祖国の敵どもの憎悪者になった男――自分が今やその中に投げ込まれている異国人ども――兵士として、水夫として、この異国人どもを殺し、焼き、彼らと彼らの国を滅ぼす戦いに加わった男――その男がここで、最後には、他でもない、この異国民に奴隷（slave）として仕え、奴らの船を炎上させたときよりも、奴らの煉瓦を造っていい腕を振るっている。圧制者テーベの城壁を拡大するのを、このように全力を振るって自分が手助けしているのかと思うと、半分気が狂いそうになった。哀れなイズレイエル！ ぴったりの名前だ――イギリスというエジプトで奴隷の身（bondsman）とは。……「わしらは誰だ、わしらは何処にいるのか、何をしているのか、そのことにいったいどんな意味があるんだ」……「王も道化と同じでおいぼれだ――無でない奴なんていうものか。ピチャッ！ すべては空にして粘土（clay）だ」。（Melville 1987, 157）

「無でない奴なんているものか」は、イシュメールの「奴隷でない奴なんているのか」を反復し、無意識のうちに、彼［＝イズレイエル］自身の国と、「彼が今やその中に投げ込まれている異国人ども」との間の「一連の相似（a set of parallels）」を暴露している（Dryden, 45）。

ドライデンは次に以下を『ポッター』から引いている（45）。

鉄の柵で囲まれた小さな卵形の地で、柵の杭の間からは、森の囚われた野獣が檻から覗き見るように、囲われた緑が垣間見えていた。……異国人のイズレイエルは……はるか以前に、ナラガンセット湾の岸辺に追い込まれた、他人の土地に侵入してくるピークォッド族のインディアンのように見え、われらの放浪者は心の中でニューイングランドに呼び戻されていた。（Melville 1987, 164）

ドライデンは以下のようにコメントしている。「メルヴィルの主張はここではすばらしく複雑である。というのも、ポッターのオールドイングランドにおける状況は、ニューイングランドにおけるネイティヴ・アメリカン

(あるいはアフリカン・アメリカン)の状況とパラレルであることを示唆することによって、ベネディクト・アンダーソン(Benedict Anderson)の洞察を先どりしている。すなわち、諸国民の伝記は産みという一連の生殖の連鎖を辿りながら、『時を下って』は書かれえない、それはむしろ、『時を遡って』形成されなければならない、すなわち現在から過去へと進行し、生誕よりも死亡によって刻印されなければならない、という洞察である。それゆえ、第二次大戦が第一次大戦を産む。あるいは、メルヴィルの小説においては、ニューイングランドがオールドイングランドを産む。そしてメルヴィルにとって、国民の伝記を刻印する死は、アメリカ独立戦争と一七九三年の対仏大戦争の間に戦死した匿名の兵士たちの死であり、同時に、これらの戦争のあと、たちまちイングランドに、特にロンドンに満ち溢れた『除隊になった』兵士たちの死であった」(Dryden, 45)。「続く世代の不幸な者たちは……本物の労働階級の英雄たちであったが、彼らは乞食をするにはあまりにも勇ましく、働くにはあまりにも困窮し、生きるにはあまりにも貧しく、静かに片隅に身を横たえて息絶えたのである」(Melville 1987, 165)。ドライデンは、『ポッター』においてメルヴィルは、「予型論(the typological)を用いて、ナショナルな想像界——自然、文化、コミュニティー——が言説の主題となるときのプロセスを暴露し捉え返している」としている(Dryden, 48)。ドライデンはこのコメントとの関連で以下を引いている(48)。

この会戦には著しく暗示的なものがあるように思われるであろう。それは一つの典型(a type)、一つの類似性(a parallel)、また一つの予言(a prophecy)を、一度に全部含んでいるとも言えよう。イングランドと同じ血を分けもちながら、二つの戦争でイングランドの敵であることを証明し、心の底では昔の恨み辛みを必ずしも忘れたがっているわけでもなく、大胆不敵で、無節操で、向こう見ずで、略奪的で、野心とくれば際限がなく、外面は文明開化されているが、心は野蛮なままのアメリカは、今も、おそらくは、これからも、諸国民の中のポール・ジョーンズなのだ。(Melville 1987,

120）ドライデンは次のようにコメントしている。メルヴィルが依拠したソースではついでに触れられているに過ぎないポール・ジョーンズが『ポッター』では「中心的な位置」を占めている。ジョーンズが「中心的な位置」を占めることによって、『ポッター』と「『ポッター』が掘り崩すナショナル・ナラティヴ」とが結びつけられている。メルヴィルにとって、「ワシントンではなく、ジョーンズが国民の典型である」（Dryden, 49）。ドライデンはわざわざOEDを引用して、“type”を「典型」の意味で理解している（48）。見られるように、筆者はドライデンの導入している“the typological”という用語を「予型論」と訳し、“type”については、ドライデンの意図に従って「典型」（「象徴」としてもよいであろう）と訳している。しかしこれでは訳語の不統一の印象が残る。不統一の印象を残してまで、なぜ訳し分けるのか。

アメリカ文学の予型論的研究に先鞭をつけたのはドイツ人のアーシュラ・ブルム（Ursula Brumm）であると言われているが、彼女は『アメリカ思想と宗教的予型論』においてドライデンと同じ箇所をメルヴィルの『ポッター』から引いて、メルヴィルが予型論的想像力を用いたことの根拠の一つとしている。ブルムはメルヴィルの“a type, a parallel, a prophesy”を“model, parallel, prophesy”と言い換え（Brumm, 18-19）、この句の全体が予型論的発想のあらわれとしている。“type”が「予型」という意味で使われていて、これ一語が予型論の根拠というわけではないのである。筆者はこれに従って、あえて訳し分けた次第。それにドライデンもブルムの説を知らないはずはない。

メルヴィルは“type”という語の用例を多数残しているが、筆者はこれまでのところ、「予型」と訳さないとうまくいかないような用例にはでくわしていない。たとえば『マーディ』第一六八章に、以下のような用例があるが、「象徴」と訳すのが適当であろう。「……南十字星――アルマの徽章（badge）、そして象徴（type）」（Melville 1970, 553）。メルヴィルにおいて、typeが予型の意味では使われてはいないと考えられるのであるが、それでも予型論的想像力がメルヴィルにおいて駆使されていることに変わりはない。ドライデンが「予型論」という用語を導入して論じている『ポッター』のイズレイエル、また『白鯨』におけるイシュメールやエイハブなどの人物形象において、そのことは明らかであろう。アーシュラ・ブルムはこう書いている。「メルヴィルのキャラクターたちは発展を遂げることがない……。彼らは一つの役割を割り当てられていて、この役割を彼らは演じきらなければならない。一面ではモダンな、ロマンティックなキャラクターであるエイハブでさえ、彼自身に割り当てられた役割が最後まで演じきられねばならないことを自覚している」（Brumm, 163）。旧約のイスラエルびとはイズレイエルの予型であり、旧約のアハブはエイハブ船長の予型であり、旧約のイシマエルはイシュメールの予型である。

次にドライデンは、ジョーンズが「暖炉棚の上の大鏡」（Melville 1987, 63）に映る自分の姿に見入っているのを、さらにポッターが覗いてしまう場面を引いている。ドライデンは「鏡」はここでは「文学の比喩である」としている（Dryden, 50）。

> そんなわけで真夜中に、現代文明の首都の心臓が、この幅広黒ラシャの服を着た洒落者の野蛮人によってひそかに踏みつけられていた。この野蛮人ときたら一種の予言的な亡霊みたいなもので、パリの極上の洗練をボルネオの血に飢えた獰猛残虐さでなぎ倒した、フランス大革命のあの悲劇的な諸場面の到来を見越して、明滅する光よろしく姿を現し、身に帯びたブローチと指輪とが鼻輪と入れ墨に劣らず、開化未開を問わず、人類の中に常に眠っている原始の野蛮性のしるしであることを示していた。（Melville 1987, 63）

ドライデンは、読解不能な、「精巧な、迷路のような、カバラのような」しるしが、「彫刻をほどこし金メッキされた木の枠」にはめ込まれた鏡に映し出されているが、これは「国境や境界線によって封じ込めることの出来ない無気味な異質な要素」を「暗示している」としている。ジョーンズを「予言的な亡霊」、「現代文明の首都を地球の暗黒の片隅の一つに変容させるコンラッド的な比喩」に変えるのは、「鏡の異質な、無気味な視角」である（Dryden, 50）。「ボルネオの血に飢えた獰猛残虐さで」——この一句はメルヴィルが依拠した種本には存在しない——という、今日危機的なものと考えないわけにはいかない言い回しを含んでいるメルヴィルの引用文に関するドライデンのこのコメントは、「歴史的政治的」コメントを禁欲する、「精読」派としての彼のスタンスを象徴的に示している。このコメントは今日さまざまな「歴史的政治的」分析が加えられているコンラッドのアフリカ（人）表象を、こともなげに「暗黒」の比喩に見立て、それ以上のコメントを差し控えることによって成立している。同時にメルヴィルのボルネオ人表象も「暗黒」の比喩へと転化し、「現代文明の首都」は「地球の暗い片隅の一つに変容」される。メルヴィルによって「現代文明」の批判ないし相対化がはたされているという解釈である。右のメルヴィルの一句がなぜ危機的であると考えられるかは、拙論の「三」において言及することとしたい。

ドライデンは次に以下を引いている（Dryden, 51）。

それは見知らぬ者どうしの戦いというよりも、骨肉の争いのように思われた。あるいはむしろ、シャム双生児が兄弟の絆を忘れて、人道にもとる戦いで暴れ狂っているかのようであった。……それは両船の協同と合資による燃焼会社であった。しかし、協同のさなかにあっても、分裂していた。二隻の船は仕切り壁に戸口の穿たれた二軒の家のように、一家族（教皇党）が一階全体を占有し、別の家族（皇帝党）が二階全体を占有している、といった具合であった。（Melville

1987, 126)

ドライデンは、「シャム双生児」の比喩によって語られる状況、「合資会社」の比喩によって示される関係――このような比喩的な認識は『ポッター』においては、「隠喩の規則(the rule of metaphor)」であるとしている(Dryden, 51)。メルヴィルの「カウンターナラティヴ」は、「比喩の力を通じて、国家空間を画定する境界を喚起すると同時に抹消する」(52)。ドライデンはこうつづけている。文学はここでは、「グローバルな視角」(52)、「国と国を分ける境界線」(52)が、(『マーディ』における)「緯線と子午線……地球表面をぐるりと取巻いて引かれている想像上の線」(Melville 1969, 10)に似たものであることを暴露する「グローバルな視角の標識」である(Dryden, 52)。ドライデンも指摘しているが(51)、『白鯨』には「合資会社」と「子午線」のイメージを合体した一文が出てくる。「この世はどこにゆこうと、相みたがい持ち合いの世界だ(It's a mutual, joint-stock world, in all meridians)」(Melville 1988, 62)。イシュメールの言うように「私がおかれているこの状況はすべての人間がおかれている状況そのもの」(Melville 1988, 320)である(Dryden, 51)。

ドライデンは結論的に次のように指摘している。「ポッターの色あせた物語を救済することによって語り手は、現今におけるアメリカ独立革命観とそれをキャノン化しようとする試みを掘り崩すだけではなく、ナショナルな威厳と政治的な権威を文学に求めようとする試みが結果的に生み出す帰結をも指摘している。文学的ナショナリズムはメルヴィルにとって記念碑化と馴致の力になり下がっているのであり、その結果、文学的行為(literary action)の可能性はいっそう限定されたものになっていると意識されている」(53)。

次にドライデンは『詐欺師』の検討に移るが、前置き的にいくつかのことを書いているので、それらを先ず、摘記しておきたい。

一八五〇年代のフィクションにおいてメルヴィルは文学の生業のことを探究し、その結果、文学市場と……「浅薄な読者」からなる読書界を批判するだけではなく、文学それ自体の約束事をも批判するに至る。(53-54)

テクストの声に対する信頼の喪失、文学的なキャラクターの口を通して真実を語る作家の能力に対する信頼の喪失は、命を吹き込まれた人物を創造する文学言語に対する信頼の喪失である。(54)

この喪失は、ワーズワースが「碑文論(Essays upon Epitaphs)」の結末において、単に一つの恐ろしい可能性……として提示している言語観に類似した言語観に行き着く。(54)

……メルヴィルが書き込んでいる破壊的な後日談の中に認められる、文学言語が秘めている力……。……見たところ、蘇生的な、生命を与える力のように思えるものが、その実、ひどい喪失(deprivation)、感覚と生命の喪失(the loss of sense and life)という結果を引き起こすかもしれない……。(54)

ロマンティックな小説家にとって、言語のこの力[=「肉体」にとって「魂」であるような力]は、キャラクターの概念において、もっとも明白である。なぜならキャラクターの提示は、小説というジャンルのもっとも根本的な特質だからである。(54)

キャラクターは表象の理論の語彙のなかの一つのキータームである。なぜなら、個人的なアイデンティティ、一個の統一された自己の概念の問題と結びついているからである。それはまた、一貫した物語を語ることのみならず、安定した社会構造にとっても、同様に本質的であるように思われる。これらの諸点は、メルヴィル後期の小説、特に『詐欺師』を苦

しめている論点である。（54）

小説を読むことのもっともパワフルな側面の一つは、まさにそのことによって、われわれが他者の人生に参加しつつあるという錯覚を覚えることにある。（55）

以上を受けてドライデンは、『詐欺師』が「探究し掘り崩す」のは、「テクストの、この特定の喜びを支えている社会的、芸術的、形而上学的な諸仮定である」としている（55）。「文学の約束事」（60）と、「絶えず、そして音もなく作用し、混乱させ、転覆させ、破壊し、汚損させ、そして解体する」（ワーズワースの「碑文論」からの引用）「文学言語の力」（Dryden, 60）とが、『詐欺師』がキャラクターの問題に焦点を当てている三つの章のうちの最後の章（第四四章）の「中心的な関心事」である（60）。「この破壊的な力」こそはメルヴィルを、彼の生前出版された最後の小説（『詐欺師』）において、「黙示録的に、かつアイロニカルに、事の結末に、後につづくことのない後日談を付す仕儀に至らせている」ものにほかならない（65）。「この仮装舞踏会では、更に何かがつづくかもしれない」（Melville 1994, 251）という結末の一句は、あとに何もつづかず、むしろ、メルヴィルの「フィクション作家としての公的な経歴の終わり」を告げている。ドライデンはシャロン・キャメロン（Sharon Cameron）を引いている（65）。「小説は、詩やエッセイと違って、現実を紛れもない模写的な方法で写し取る——すなわち、複数の登場人物がその中で生きる物語を創造する——のであるから、……小説は同時に、その現実をあたかも現実自身の意思に従うかのように作動させる」（Cameron, 56）。

以下はドライデンの第一章における結論である。「メルヴィルは詩作を通じてそうした小説の重荷から、またあたかもの（彼の視点からする）偽善から免れ、文学作品の本性を探究し批判しようと目論んでいる。とは言っても、文学を汚染力をもつ政治的社会的現実から隔離するなどという途方もない企てと見ているからではなく、それ自身の枠内で生ずる策略や破壊的な出来事に十分な自由を与える方法と見ているからである」(65)。この指摘は『モニュメンタル』の最も重要な指摘の一つではないかと筆者は考えている。ドライデンによればメルヴィルは、文学は「あたかも」という「現実」らしさの偽善から解き放たれなければならないと考えている。何故そう考えているかと言えば、文学は「政治的社会的な現実」の「汚染力」から「隔離」されなければならないからではなく、むしろ文学は「それ自身の枠内」において、「策略や破壊的な出来事」を「十分な自由」をもって展開する、すなわちみずからの「破壊的な力」を振るう「十分な自由」をもつべきだからである。

第二章を読む

ドライデンは、『戦争詩篇』の「形式と内容」はモダニズムの先取りであったと指摘している。

> 『戦争詩篇』の形式と内容は、メルヴィルが詩を言葉を発する絵画として探究し、そしてそうすることによって、モダニストが空間的形式、つまり絵が出来事から時間的な因果的連鎖を剥奪し、それを永遠の現在の中に宙吊りするやり方に魅惑される事態を先取りしつつあることを、強く示唆している。パウンドやエリオットのように、メルヴィルは『戦争詩篇』において、過去と現在を空間的に理解し、そのことによって歴史的な想像力を、特定の行為や出来事を反復という普遍的形式として表象する神話へと変容しようとしている。(67–68)

ドライデンによれば、『戦争詩篇』には「文学の力を感じさせる強い感触」がある。つまり「アメリカの戦争の表象された出来事」並びに「諸相」は、「ユニークで、ローカルな人間事象」なのではなく、「桂冠を授けられた物語ののなかで今もつづいている」(『戦争詩篇』所収の詩「ヴァージニアへの進軍」] Melville 1924, 14)、「もっと以前の戦争の反復」であるという感触が存在している(Dryden, 69)。

ドライデンは、『戦争詩篇』所収の詩「予兆」におけるメルヴィルのジョン・ブラウン(John Brown)理解は多くの同時代人たちのそれとは「異なって」いるとしている。彼らはブラウンの死を疑問の余地なく「贖いの死」であると見た(Dryden, 70)、つまり、ブラウンを「キリスト教的[に]読解」(71)したのである。ブラウンの死は、メルヴィルの詩においては、キリストの死に「表面的に似ている」に過ぎない。しかも、おそらく、似ているとしても、「アイロニカルに」似ているのである。なぜなら、ブラウンの処刑は「死と破壊(death and destruction)の前兆」となっているのであり、「標準的なキリスト教的な連想を圧倒する」類の、その他の多数の連想を喚起するからである(71)。「精読」によってこの「連想」を読み進めていくと、ブラウンの処刑の「標準的なアボリショニスト的読解」の、どちらかと言えば「単純な裏返し」として始まったかに見える読解は、「予期する(anticipate)力と想起する(recollect)力」との間の「縺れた関係」の複雑な探究へと転化する(73)。メルヴィルの詩の中で反響し合う「聖書とシェイクスピアからのアルージョン」の「悲劇的なシリアスさ」は、さらに「精読」を進めると、サミュエル・バトラー(Samuel Butler)による、「内戦についての疑似英雄詩的な扱い方の衝撃的で人を不安に陥れるエコーと混淆」し、またそれによって「汚染されている」(75)ことが判明する。その結果、「付加的なエコーが新しい修正的な意味を示唆する」ように思われるにつれて、「不安感」がいっそう強められる(75)。

ドライデンは分析をつづける。メルヴィルはホーソーン同様、「神学と政治の権威が比喩の力に依拠している」ことを承知しているが、しかし「文彩が秘めている破壊的なエネルギー(subversive energy)」については、ホーソーンよりも、さらにいっそう深く認識しているように思われる。詩「予兆」を統御している「予兆的

(portentous) あるいは予言的 (prophetic) な表示法の最も重要な働きの一つ」は、予示法 (prolepsis) の比喩としての意味を汚染するアイロニーにある。「予兆」は「予示的」であるように見える。しかし実際には、「回顧的」である。一つの未来を「予期している」ように見えながら、詩人は実際には「想起し省みている」のである。そしてこの「反省 (reflection)」は「それを記述する言語 (language) と切り離されているわけではない」。というのは、「詩人が記述する、見たところ予表的な出来事 (prefigurative events) は、詩人の個人的な(文学的な)過去に属している」だけではなく、「西洋の文学伝統の中に辿ることのできる文学的な過去の影」、すなわち、「風に揺れる死体の不吉な影を予表する影の下で展開される」からでもある。そして同時に、「この詩は次には、それが導入詩となっている詩集成の全体に、不吉な暗雲を投げかける」(76)。「この暗影化する力の本性と力」は「予兆」の「主題」であるだけでなく、「この詩に続く他の三つの導入的な詩の主題」でもある (77)。

「予兆」という詩を、多数の「エコー」や「アルージョン」による「連想」を読み解くと以上のような結果がもたらされる。今やブラウンは、「キリスト教的な読解」もしくは「アボリショニスト的な読解」から払拭されて、「神聖な記念碑」(Dryden, 100) 性を剥ぎ取られている。しかし、こうした解釈は、「表面の物語」に依拠しても可能になるのではないか。ドライデン自身、それを一定程度やってみせている。「予兆」の第二スタンザに "anguish" という語が出て来る (Melville 1947)。ドライデンはこの語から出発してブラウンの「内密な苦悩 (private anguish)」(73) という解釈、また「隠されている」「ブラウンの苦悶の顔 (anguished face)」という解釈を提示している。法廷が反省あるいは弁解を求めたにもかかわらず、それを拒絶し、彼の意図が「奴隷たちを自由にする」(Brown, 361) こと以外にはなく、「罪の意識は感じていない」(361) と喝破し、従湧として処刑を受けいれたブラウンは、ここでは「内密な苦悩」をいだき、顔は「切り傷」と「刺し傷」(第一スタンザ) の苦痛ゆえに「苦悶」に歪んでいる。ことによると、ブラウンの「内密な苦悩」は彼の武装蜂起についての深刻な反省であるかもしれない。すでにブラウンの「神聖な記念碑」性は剥ぎ取られている。さらに言えば、ドライデンは百も承知であるはずだが、「苦悩」や「悲しみ」はメルヴィルにおいては、物を考える人間の美質である。（ドライデンは、第五章において、詩「ティモレオン」におけるティモレオンの「個人的な苦悩（personal anguish）」を論じている[Dryden, 176-77]。）その意味では、ここでの「苦悩」は、メルヴィル自身のコーパスの「エコー」もしくは「アルージョン」である。メルヴィルにおいて、キリストこそは「悲しみの人」であるのだから、ブラウンは「苦悩」というイメージを通じて、むしろ、メルヴィル流の「神聖」性を与えられていなくもないということになる。

ドライデンは別の詩「疑念（Misgivings）」（一八六〇）の分析に移る。ドライデンは、「詩人は予示法の予表的な力を強調しつづけ」ている（77）と主張している。

「世界でもっとも美しい希望」（Melville 1963, 7）という「疑念」の一句は、伝統的な解釈では、アメリカの明白な運命をエデンの園の約束と結びつけたものと解釈され、一方「人のもっとも汚い犯罪」（7）、すなわち奴隷制度は、地上の楽園を終わらせる現在の反復を指している。この連想は、『戦争詩篇』における強い感覚、すなわち、アメリカ南北戦争は出来事の長い時系列、つまり西洋世界の歴史の中で生起し、周期的に繰り返される一戦争の一例であるに過ぎないという感覚の一因となっている。従って、現在という時の徴候と前兆を読むことは、歴史の強制力を明るみに出す反復の型（patterns of recurrence）を確認する問題であり、そしてそのプロセスには、時間を空間のなかの一つの型（pattern）と見る態度が伴っている。現在という時点における詩人の熟考の視角からすれば、過去と未来は現時点と同じくらい堅固に存在しているように思われる。詩人の視点は諸々の出来事のなかに一つの型（pattern）が存在していることを開示する……。（77-78）

ドライデンは、詩「信念と信念の衝突（The Conflict of Convictions）」（一八六〇―六一）にメルヴィルが付している巻末の注を引いている（78）。

一八六〇―六一年の冬の初めにおとずれた陰鬱な小康状態は、わが国の諸制度の最終的なとどめになりかねない破滅を孕んでいるように見え、わが国の諸制度こそは人類の大きな希望の一つをなすと信じていた人々に不安を与えたが、それはちょうど、最初のフランス革命の明るい約束を襲った蝕が、やはり希望をいだいていた同種の人々に不安を与え、彼らを当面は普遍的な疑惑と不信に陥れたのと同じことであった。（Melville 1963, 173）

ドライデンは、以下のようなコメントを与えている。

詩人はここで、リッチモンド陥落後に書いているのではあるが、実際の戦いが始まる前の不吉な凶兆を孕んだ将来の見通しを想起している。この見通しは、刻々と生きられる経験をではなく、むしろ諸々の出来事を、一見して察知できるかもしれない意図（design）の形で提示する経験を強調する類いの見通しである。この意図は気宇壮大な意図である。つまり、到来が危惧されている破滅は「最終的（final）」であり、疑惑と不信は「普遍的（universal）」である。フランス革命の挫折に対する若者としての反応のことを書くワーズワースに似て、詩人はミレニウムの諸理想の終焉、約束の美しさの終焉を記録している。というのは、蝕というミルトン的な比喩は、いかなる新秩序も建設の犯罪（the founding crime）の影響を免れ得ないこと……を暗示しているからである。（79）

右の引用において、「建設の犯罪」と直訳した“the founding crime”は the original sin の一種の言い換えであろうが、ドライデンはこの一句によって何を言い当てようとしているのであろうか。右の引用のコンテクストは基本的に合衆国の南北戦争とそれがなぞらえられている「最初のフランス革命」であるのだから、「建設の犯罪」とは、合衆国再建に伴う死と破壊、同時にフランスにおける共和国建設に伴う死と破壊の謂いであると言えるであろうか。さらに、“founding”は合衆国の建国を強く暗示するのであるから、「建設の犯罪」は同時にまた、アメリカ独立革命に伴う死と破壊、合衆国建国に伴う黒人奴隷制度の温存、先住インディアンの排斥などの犯罪も含意しうると言えようか。

ドライデンは『戦争詩篇』における「死」を考察している。ドライデンによれば、「死」とは、「あらゆる人間の出来事の終焉を刻印する不可避性」(84) である。「あらゆる人間活動」(84) は、そもそもの始めから「無言の否定」、「殺害された者たちだけがそれの／唯一の解決者である」「死の謎」(詩「ウィルダネスの両軍」、Melville 1963, 75) によってつきまとわれている (Dryden, 84)。

ドライデンは「ウィルダネスの両軍」について、以下のようにコメントしている。「ここには読むべきものは何もない、墓からの声という『手厚い虚構』(ワーズワース「碑文論」) はない、「自分の声で語る」(ワーズワース「碑文論」) 生き残った者たちの悲しみを再現する碑文もない。あるのはただ、文字の刻まれていない石を見つめる押し黙った光景のみである」(Dryden, 100)。

ドライデンは結論的に以下のように書いている。

『戦争詩篇』は文学という神聖な記念碑を現実世界の同時代における政治的社会的諸力から保護する試みではなく、文学自体の特質である破壊的な仄めかしに現実世界が堪え得ないという認識のあらわれである。本詩集の形式のシンメトリーを破壊する「付録」は、「文学的なためらいをすべて蹂躙する主張を強く促す」(Melville 1963, 180) 愛国主義に対する一つのリスポンスであり、そしてその主張は、敗北した南部人に対する常識とキリスト教的な慈悲の行使の嘆願という形をとる。実際的なことと政治的なことのこうした強調は、詩の威嚇的な仄めかしから現実世界を保護する働きをする。詩に関連させて言えば、ジョン・ブラウンの屍は容易な埋葬と忘却をゆるさない。彼の影のような存在は上品な埋葬を拒否しながら、集められている詩の全体に絶えずとりつき、彼の逸脱のエネルギーを追悼とモニュメント化によって封じ込め説明する企てをすべて汚損する。死の影である彼の影、そのスキャンダルは、そうしたすべての衝動に抵抗している。ジョン・ブラウンは安息することはないであろう。そして彼の影のような存在は――詩的な声をさえ黙らせる――「無言のままの否定」(「「ウィルダネスの両軍」」Melville 1963, 40)――それを「どんな活字も印字することの出来ない真実」(Melville 1991, 242) と、メルヴィルは『クラレル』において呼んでいる――である。というのもそれは、きわめて強力な否定性であるがゆえに、言語もそれをあるがままに措定することができないからである。それは「物言わぬ絵の中の死」(「「エンカンターダ諸島」」Melville 1987, 154) である。(Dryden, 100)

『戦争詩篇』の「形式のシンメトリーを破壊する」「付録」は、「詩の威嚇的な仄めかしから現実世界を保護する働き」をしているという主張は、いかにも挑発的である。ドライデンは『詐欺師』のなかに、また『戦争詩篇』のなかに、「文学」の強烈な「破壊的なエネルギー」を読み取っているのであるから、その限りでは、この主張はドライデンにとっては論理的である。一方「歴史的政治的アプローチ」に立つ論者は、この「付録」をメルヴィルの「保守主義」の姿勢のあらわれわれと見ることをやめていない。たとえば、本論の冒頭で言及したウィン・ケリー編のメルヴィル論集中の一編、デニス・バートホールド (Dennis Berthold) は次のように書いている。

『戦争詩篇』に付されている散文の「付録」は旧奴隷たちを自由民にすることを急ぎすぎるべきではないと主張している。というのも彼らは、「自由を学ぶ身になったとは言えまだ赤子にすぎない」からである。そしてわれわれが彼らに対して抱く自然な同情は、「実際はわれわれのより身近にいる人々」、すなわち白人の南部人たち「に対する思いやりを排除するものであってはならない」(Melville 1947, 464-5)からである。(Kelley, 151)

ドライデンの右でみた挑発的な主張は、むしろ、一九九九年に発表された、ドライデンも当然知っているはずのキャロライン・カーチャー(Carolyn L. Karcher)の、これまた刺激的な主張に対するリスポンスなのかもしれない。バートホールドはカーチャーの主張を紹介している(Kelley, 158)。「リンカン暗殺後に大統領職についた保守的な民主党員副大統領、アンドルー・ジョンソンは、メルヴィルをニューヨーク税関の職員に指名したが、その理由はまさに、『戦争詩篇』に明白にあらわれている保守的な文化政治学と、また誰もが知っている、その反動的な「付録」にあったのかもしれない」(Karcher, 231-2)。ドライデンは「深く……読む」ことを通じて、『戦争詩篇』が至るところで「死と破壊」に行き着いていることを明るみに出し、この種の政治的評価を瓦解させようとしているのではないか。

戦争を「死と破壊」でしかないものとして受けとめることは、苛烈な、徹底的な戦争否定であると言えるであろうか。ドライデンがメルヴィルその人のものとして抉っている、戦争を「死と破壊」でしかないものとして見抜く視線は、ラディカルな抽象力、ラディカルな還元力を帯びている。すでにドライデンとともに見たように、この抽象力、還元力は、当時のアメリカ人たちが南北戦争にみてとった、連邦再建のための戦争、奴隷制打倒のための戦争といった戦争の聖性を徹底的に焼き尽くす。この焼尽の力こそは、ドライデンが抉っているメルヴィルにおける文学の「破壊的な力」のあらわれであろう。この「破壊的な力」が焼き尽くすのは、戦争の聖性という幻想だけではない。以下でドライデンとともに見るように、それはまた、およそ人間の主体的な行為、人間の「世俗的な道」、「地上の文柱」、「世界を修理」(『クラレル』[メルヴィル一九九九、八六六、Melville 1968, 454])しようとする行為のことごとくを焼き尽くし、それを原罪に還元する。ドライデンはこうした主体的な行為の可能性を焼き尽くされてしまっている人物たちの状況を、幾重にも死と破壊へと宿命づけられている状況を、メルヴィルの生きている現実のアメリカの「破壊的な対応物」をなすものとし、そのような状況をメルヴィルの現実批判と見るラディカリズムの解釈を貫こうとするが、これはむしろ「絶望」(ハンナ・アーレント)のあらわれなのではないか。

第三章を読む

ドライデンはここでは『クラレル』を検討している。ドライデンのいくつかのコメントを摘記してみたい。

『クラレル』は文化の墓場を囲い込みそれを記念碑化している。文化の墓場の風景は荒涼とした風景である。廃墟に満ち溢れ、そこでは、果てしのない会話、互いに対立する立場が反響し合っている。互いの立場は縷述されるが、なんの解決も与えられない。『クラレル』の若い主人公は冒頭におけると同様、結末においても、石の世界の中にぽつねんと佇む。(140)

『クラレル』は死と不在の記念碑として読むことが出来るかもしれない。文学的キャリアは「ある秘密の不条理によって致命的に汚損された」(Cowan, 1:30) キャリアであると信ずるようになった人物によって、少なくとも一〇年間の労苦を費やして書かれた『クラレル』は、詩的な想像力の力と複雑さを劇化しているだけではなく、その詩的な想像力が「どんな活字も印字することが出来ない真実」(Melville 1991, 242)［としての死］に直面したときには無力であることをも劇化している。(Dryden, 146)

メルヴィルは一八八四年一二月にジェイムズ・ビルソン（James Billson）に宛てた手紙の中で、『クラレル』のことを次のように書いている。「数千行からなる韻文、巡礼、あるいはその他もろもろと言ったところで、不人気になるようにことさらに按配したもの。――このようにお知らせすることは言わば二股狙いです。読者を怖気づかせるかもしれませんし、誘惑することになるかもしれません」（Melville 1985, [1]）。……『クラレル』は「二股狙い（ambidexter）」のテクスト、二枚舌使いの詩学（a poetics of double dealing）の一大事例として、もっともよく理解できるかもしれない。メルヴィルは何年もの読書、勉強、執筆の末に、殆んど読む人がいないような、そして理解する人となると、さらに少ないと考えられる詩篇を書き上げた。なぜそうかと言えば、この詩の意味は一次テクストとそれが引喩によって喚起する諸テクストとの間の、アイロニックな相互作用に依拠しているからである。（Dryden, 147）

すぐ右の引用のなかに、「二枚舌使いの詩学」というドライデンの命名が初めて出てくるが、見られるように、もともとメルヴィルが使っている言葉遣いにもとづいている。ドライデンはこの引用につづけて次のように書いている。

著者の視点からすれば、この詩は、それが再現している世界と同じように、「チェスの手の込んだ試合」に似ている。「率直直截な駒の動きは殆んどなく、目的は迂遠な手によって達成される、つまり試合をしている間に燃え尽きる、あの取るに足りない蝋燭ほどの価値もない、間接的で、退屈で、不毛なチェスの試合」（『ビリー・バッド』）Melville 1962, 86-87）に似ている。（Dryden, 147）

第四章を読む

ここでも、ドライデンのいくつかのコメントを先ず摘記してみたい。

『ジョン・マー、その他の水夫たち』は『クラレル』に比べてさえ、なおそれ以上に、私的な、自発的な、アイロニックな芸術である。(Dryden, 148)

短編「ピアッザ」と同様、『ジョン・マー』は、創作中の作家の状況、環境——すなわち、個人的社会的な歴史——と想像力の働きの双方の観点からする、作家の状況の拡張された隠喩である。社会的政治的ミリューから疎外されている老境を迎えつつある作家として、メルヴィルは、ジョン・マーと同じように、所を得ていない。(152)

ジョン・マーが暮すこの新しい世界は葬送のしるし、すなわち「死に絶えたマウンドビルダーたち」と「インディアンたち……最近の、そして最後の、白人の正規軍との戦争、つまり赤色人たちが彼らの原住の土地と自然権のために戦った戦争において、ほぼ絶滅させられたインディアンたちの生き残り」([詩「ジョン・マー」] Melville 1963, 199-200)の葬送のしるしによって特徴づけられている。これらの原住民たちのかわりに、今この地に住むのは、「他の地域から移って来た者たち、代々の耕墾者たち……沈着な人々、つまり習慣を通じて単調な辛苦の生活に沈着に接している人々……そして、これらのほとんどの人々は、たとえ狭量であるにせよ、誠実な信仰心をもっている」(189-90)が、他者に対しては気力を挫くほどに無反応である。ジョン・マー自身、一種の中年のイシュメールである。「アメリカで、誰とも知れない母親から生まれ、そして……とうとうこれ以上の海員生活ができなくなり」、「辺境の平原」に移住し結婚するが、妻と赤子の子供に先立たれる(197)。この「血縁者のいない男」(198)にとっては、いかなる国家的な想像の共同体も想像し得ない。なぜなら彼は、「見棄てられた者たち」によって、また「干上がった海」(200)のように見える風景の「空ろな静けさ」によって、そしてどんな「気の合った交わり」(198)も不可能な、陸に閉じ込められている同類の人間たちの「無反応な態度」(199)によって取り囲まれているからである。他人に関心を示すどころか、彼は「ますます回想的な物思い」にふける。そして彼の詩的な瞑想の主題はと言えば、昔の水夫仲間たち、つまり、言葉を交わそうとすると、あるいは、もっと強い幻影にとりつかれて、なんで黙りこくっているのかと[責め立て]ようとするときには、「唖者にぼんや

りと似て」いるように見える「死者たちの幻」（202）である。（Dryden, 152-153）

彼の瞑想の主題は、「唖者のぼんやりとした似姿」でしかない「死者たちの幻」、影の影である者たちである。これらの「幻想の中の人々」、詩人の言葉の主体であると同時に客体であり、「互いに異質な無数の記憶の痕跡」は、実際には、マーが「過去における親愛の情」（Melville 1963, 202-3）について、自分自身に向かって語りかけることによって生み出される幻影である。ジョン・マーが、「唖者のぼんやりとした似姿」を用いて作り出す、この「影のような交わり」（203）は、詩人の瞑想の主題である。そしてマーの想像世界は、彼が住んでいる世界にとって破壊的な対応物であるだけではなく、それにつづく、「市政体や州」をもつ国家的な想像世界にとっても、そして今では、「あらゆる場所で電信と鉄道によって交差している平原」（200-201）にとっても、破壊的な対応物となっている。一八八〇年代に、一八三〇年代における先駆的な、陸に閉じ込められた水夫のことを書くときに、メルヴィルはマーの置かれている状況を用いて彼自身の経歴を思い描いている。そして「過度に贅沢な町だらけの」（201）国の、荒涼とした人を幻滅させるような歴史を記録している。わが身を、杖が折れ、魔術をすべて投げ捨て、死の想念にとりつかれた老いたプロスペロとして描き出しながら。（Dryden, 153-154）

「男たちの狂気の中で運命に思いをいたすことは／当時も悩ましいことであったが、今でもうんざりだ」（「詩「花婿ディック」」Melville 1963, 211）。彼はここで戦争、特にアメリカ南北戦争の狂気のことを語っている。戦争は老境にある今の彼にはある普遍的な宿命（a universal fatality）の徴候であるように思われる。（Dryden, 155）

「唸り音をあげる世界」のイメージ、それを「男の子たち」（「詩「花婿ディック」」Melville 1963, 211）が思慮のない楽しみのために回す玩具の唸り独楽と見る最終的なイメージ、事物の普遍的な動きを死と破壊の動きに転化させる比喩……。（Dryden, 155）

ドライデンによれば（155）、すぐ右の引用において彼が検討している部分を、ウィリアム・ビシュ・スタイン（William Bysshe Stein）はメルヴィルの後期の詩における「獣的な自然主義（brutal naturalism）」（Stein, 20）の一例として見ている。ドライデンはまた、この部分は『ピエール』と諸短編における基調的な「ヴィジョン」を想起させるものであるとしている（Dryden, 155-156）。

『ジョン・マー』の世界は「天の曖昧なよそよそしさ」（Melville 1963, 225）と「〈自然〉の無関心」（Dryden, 199）によって特徴づけられている世界、詩人の声が反響する風景によっても同類の人間たちの声によっても返されることのない世界である。（162）

第五章を読む

ドライデンのコメントの摘記をつづける。

詩人が語る物語は今一度間接的で迂遠なものである。というのは、マシュー・アーノルド（Matthew Arnold）のようにメルヴィルは、古老たちの「思想と感情」（アーノルド）、「偉大な記念碑」と「肖像」（アーノルド）を称揚するけれども、過去の偉大な芸術の事例が何らかの意味で現代の作家に「強固な足場」（アーノルド）を提供する、あるいは優れた作品がいつの日か将来、ことによると生み出されるかもしれないという希望を与えうるという考えを抱いているわけではない。（Dryden, 167-168）

過去は耐え難い現在からの逃げ場を与えてくれるわけではない。それどころか歴史は、世界は物質主義的に定義されなければならない、つまり非情な物質の諸要素の無意味な結合にして再結合であると定義されなければならないことを暗示しているように思われる。(168)

ここ[『ティモレオン』所収の詩「芸術」]においてメルヴィルは、芸術を形式を作る行為、複写のジェスチャーというよりは創造のジェスチャーと結びつけている。つまり、芸術を形づくる力のみならず形づくられるものをも指す「形式」という語とも結びつけている。……そして形式は特権化される。なぜならば形式はその産出に注ぎ込まれた物理的なエネルギーを超越するからである。(169)

『クラレル』以降メルヴィルは、現代の夢想家は実は、具体的なものによって、自己を越える意味を一切もたない事柄によって高度に支配されていることを強調する。そしてシリアスな芸術家は、アーノルドのように、喪失、亡命、断片化などの憂鬱な世界を表現するか、あるいはメルヴィルのように、二股掛けの二枚舌使いの芸術を作り出すかの、どちらかを採用する以外に道はない。比較的直線的な詩「芸術」においてさえも、詩人の形象は完璧で疑問の余地のない形象というわけではない。(170)

「芸術」においては、『ジョン・マー』の場合のように、詩人の語る芸術についての物語は、精読のプロセスを通じて初めて顕在化する、迂遠で間接的な物語である。(171)

メルヴィルの詩は……哲学と宗教が失敗するときに芸術が癒しとして機能するかもしれないという希望に期待を寄せている。しかしこの詩は、最終的に、この可能性をしりぞけているように思われる。(184)

バーガンディ・クラブ・スケッチ群は、「愛想の良い人間嫌い」（『詐欺師』Melville 1984, 176）としての詩人の肖像、「愛想のよい物腰」の下に「……人間嫌いの心を隠しているであろう」、あの「二股掛けの二枚舌使いたち」（176）の一人としての詩人の肖像を提示している。（Dryden, 185）

ピラミッドは……、メルヴィルにとって、最初の芸術作品であるとともにエホバの観念の源でもある。……「これらのピラミッドのなかにおいてこそ、エホバの観念が孕まれた。狡猾と畏怖の戦慄すべき混合」（『日記』Melville 1985 [2], 75）。（Dryden, 189-190）

［詩「大ピラミッド」の第六スタンザの世界は］死と不可視なものの領域……「可視の不在」……「無神論の色のない、すべての色」（『白鯨』Melville 1988, 195）……見ることも、名指すこともできない、単に記念碑化しうるに過ぎないもの。（Dryden, 191）

ピラミッドが人を唖然とさせるのは以下の理由による。すなわち、ピラミッドは形式を作る行為、それによって人間がおのれ自身を自然に刻印する行為の、究極の表現である一方で、ピラミッドはその内的な意味として、人間の死（finitude）の表現である沈黙と不在を包含しているからである。（192）

三　「話のつづき」——断章としてのコメント

以下は予告ずみの、また「一」と「二」において書き込むことが躊躇われた、あるいはつい書き込み損ねたコメントの修復である。修繕仕事なので、真ん中に始まりが来たり、終わりに始まりが来たりする。おまけに、ピエールの小説論のひそみに倣って「ぷっつりと断ち切る」こともある。

『モニュメンタル・メルヴィル』を最終章まで読んでみて、例の「歴史的政治的アプローチ」に立つ人々の、メルヴィルが「一九世紀中葉のイデオロギー」に「連座」していたとする主張、その逆に「保守主義、権威、帝国主義」などを「攻撃」していたとする主張の、どちらに、『モニュメンタル・メルヴィルの』のシンパシーがあると言えるであろうか。メルヴィル後期においては、「事物の普遍的な動き」が「死と破壊」へと向かっていることを抉り出している『モニュメンタル』は、後者の主張と親和的であると言えるであろうか。メルヴィル後期の世界がドライデンの主張するような世界である限り、「保守主義、権威、帝国主義を攻撃している」と言ってみても、あまり意味がない。ドライデンも仄めかしているように、「宗教」や「哲学」が「失敗」してしまっている世界であり、そうした「攻撃」を意味のあるものとして担うことのできる主体が、この世界にはどこにも存在しないのである。「獣的な」あるいは「非情な」「自然主義」が貫徹している。しかも、こうした「自然主義」が貫徹しているからといって、「保守主義、権威、帝国主義」がそのせいで自然死するわけではない。むしろ、「獣的な自然主義」は「保守主義、権威、帝国主義」にとっては良好な環境であろう。なにしろ、「獣的な自然主義」が貫徹しているということは、変革願望を抱くような種類の人間存在が根扱ぎにされていることの、あるいは不可視にされていることの、どぎつい証し以外ではないからである。であれば、メルヴィルその人はともかく、メルヴィルの後期の世界に登場してくる人々は、「一九世紀中葉のイデオロギー」に「連座」していると言えることにもなる。メルヴィル後期の世界がドライデンの主張するような世界であるとき、ドライデンのように一次テクストに密着し、政治的な評価は可能な限り避ける立場に立っているわけではない「歴史的政治的アプローチ」に立つ人々は、どのような言葉を用いてメルヴィルの文学世界を評価すべきなのであろうか。

ケリー編のメルヴィル論集には、メルヴィルが即時主義のアボリショニズムに反対し、妥協派であったこと、またいわゆるパーフェクショニスト・ヴィジョンに反対し、原罪派だったこと、さらにはメキシコ戦争を支持していたと主張するジョン・スタウファーの論考が収められている（John Stauffer, "Melville, Slavery, and the American Dilemma"）。筆者はこれに全面的に賛成するわけではないが、詳細に検証してみるに値するのではないか。すでに言及したバートホールドの論考は、メルヴィルの保守主義的あらわれを総ざらいしたような論考である。

すでに見たように、ドライデンは「精読」の重要性を主張するために、何人かの論者の主張を引いて見せているが、その中の一人にサクヴァン・バーコヴィッチがいる。彼の『「緋文字」の任務』の方法序説的部分が引かれている。『モニュメンタル』を読み終わって、あらためて振り返ると、ドライデンは結局、バーコヴィッチ推奨の方法を実践したのだという印象が強い。コンテクストを作品解釈に介在させてもいいのであるが、作品内部の論理を尊重することを忘れないようにするという基本的なスタンスを、ドライデンは堅持したのである。バーコヴィッチの『任務』の、最近における批判的かつ詳細な検討は、アーサー・リス（Riss, 2006）の第四章「AはＡｎｙｔｈｉｎｇのA――アメリカ合衆国のリベラリズムと『緋文字』の生成」にある。筆者はバーコヴィッチはその後方法論に一定の修正を加えたのではないかと考えている。そう考える根拠は、「引用文献」中のBercovitch 1998である。ドライデンは『モニュメンタル』において、メルヴィルの「否定の方法」という句を二度用いている。「否定性」とか「否定的なもの」などの言い回しは、メルヴィルのテクストからの引用である場合も含めて、多用されている。メルヴィルは「文学（the literary）」が、あるいは「比喩」、「文彩」が本来的に秘めているらしい「破壊的なエネルギー」に身を任せ、「慰め」や「希望」などのセンチメンタルなものをことごとく否定し、焼き尽くすといった論理をドライデンは抉っているが、「否定（negation）」は実は、Bercovitch 1998 のキータームの一つである。バーコヴィッチは、心理学、神学、哲学、社会学が含まれるディシプリンの超歴史的抽象をしりぞけ、階層的なレベルをなして成立しているのではなく、横に並存する形で成立している「文学(the literary)」、普遍化や抽象化を許さない、個別的で具体的な、テクストの枠内で特定のコンテクストを伴いながら特定の個別性において成立している「文学」、これによる「否定」によって「変化」を作り出すというプログラムを提唱している。彼によれば、このような「否定」の働きこそは、「カルチュラル・スタディーズ」時代における「文学の機能」でなければならない。筆者はこの主張は、一種の文学主義ではないのかとふとどきにも勘ぐっているが……それはともかく、ドライデンはバーコヴィッチのこの方法をも実践したのではないかという気がしてならない、いや、メルヴィルがすでに似たようなことをしていたのかもしれない。……

隠しながら「〈真実〉」を語り、読者を「欺く」戦略は、『白鯨』に見てとることができるであろうか。筆者は、エイハブ船長の名前がエイハブ、つまり旧約のアハブと同じであるところに、また語り手の名前がイシュメール、つまり旧約のイシマエルであるところに、メルヴィルの巧緻な戦略があったのではないかと考えている。メルヴィルは読者が既に抱いている固定的なイメージのうしろに隠れることによって、自由に本音を語ることができたのではないか、と。読者が抱いている固定的なイメージの背後に隠れるとは、世を拗ねている孤児のイシマエルの言うことですから、「悪い王」アハブのやることですから、しかたがありませんねと、読者と作者の両サイドにおける正当化をあらかじめ手にしているということである。メルヴィルは自由に振る舞ったのである。だから彼は、『白鯨』出版直後に、ホーソーン宛の手紙で「私は邪悪な本を書きました」(Melville 1986 [1], 195) と言ってのけることができたのである。

ドライデンはすでに見たように、メルヴィルにおける「予示法(prolepsis)」は、実際には回顧法であると喝破している。この洞察にみちびかれて、よく予言的な小説であると言われる『白鯨』を見直してみると、『白鯨』は実は、旧約の物語の反復、「死と破壊の物語」の反復であるとも言えなくはない。エイハブは苛烈なマキアヴェリズムを駆使した挙句三〇人もの乗り組みを道連れにして死に絶え「悪い王」としての「役割」（アーシュラ・ブルム）を全うせずにはおかないのだし、イシュメールは「孤児」として生き残るのである。旧約的物語の反復であるにもかかわらず、アメリカの未来の予言であるように見えるとすれば、それはアメリカの未来において相変わらず「死と破壊の物語」が反復されていることの証しであろう。予示法は「原罪」＝「破壊と死」の反復によって常にすでに破産せしめられている。

筆者の解釈では、エイハブは二重のイメージで描き出されている。エイハブは一面では全体主義者、征服者としての国家指導者であり、他面では革命の指導者である。スターバックの敗北とは、こうした二重イメージを帯びている指導者としてのエイハブへの屈服である。エイハブに指揮されたアメリカ人民は、全体としていつしか「内部」に「何か凶暴な、何か神秘的な共感」を育み、「エイハブの抑えがたい怨念をわがことのように感じている」（『白鯨』第四一章）乗組員として描き出されている。ミルトン・スターン（Milton Stern）が『白鯨』は「全体主義の研究」（Stern 1968, 455）でもあるとしているのは、『白鯨』のなかに、このようなアメリカ人民の姿が描きこまれているからである。スターンは、「組織された集団のなかの個人はカリスマ的な指導者に抵抗することができない」ことは「民主主義というコインの裏面」（455）であるとしている。こうした乗組員たちの間にあって、スターバックはただ一人抵抗を試みるが敗北する。

「……だが、何かほかに打つ手はないのか。合法的な手（lawful way）はないのか。—拘束して送還する手はどうだろうか。とんでもない！　この老人自身の生きた手から、この老人の生きた力をもぎとるというのか！　馬鹿者だけだろう、そんなことをするのは。この老人をはがいじめにし、ロープと太綱でがんじがらめにして、この船室の床のリング・ボルトに鎖でつないだところで、そのときの彼の恐ろしさときたら、檻に入れた虎以上だろう。それを見ているなんて私には堪えられない。彼の咆哮は聞くまいとしても聞こえてくるだろう。あらゆる安楽が、眠りそのものが、貴重この上ない理性までも失われてしまい、航海は長く耐え難いものとなるであろう。ならば、何かまだ手はあるのか。……」ゆっくりと、ひっそりと、半ば横目で左右を見やりながら、スターバックは弾丸のはいったマスケット銃の銃口をドアに押し付けた。

……スターバックは踵を返してドアからはなれると、銃を銃架にもどし、その場を立ち去った。（第一二三章、Melville 1988, 515）

メルヴィルとしては、スターバックの敗北を書くことによって、アメリカ人民にかかわる暗い「真実」の一つを書いたと言えるかもしれない。アメリカの人民は国家指導者の「手」を縛るという「合法的な」政治的行為を容易になしえない。スターバックの敗北は一つには予型論的想像力が貫徹しなければならないからであるが、またひとつには、共和国アメリカの政治の失敗という「政治的社会的現実」を冷徹に見据えるメルヴィルの政治的認識がしからしめたものでもあろう。つまり、全体主義者、征服者としての政治的指導者の「手」を縛ることのできない、メルヴィルが眼前にしていた現実の政治、併合や征服、奴隷制度やインディアン諸民族の撲滅などの「悪」を払拭することのできない政治、したがって革命家、改革家の出現を挑発し、「正直で心正しい」（Melville 1988, 514）スターバックに銃をとらせる政治が、スターバックの敗北を必然化したのである。であれば、ドライデンが执っているメルヴィル的な文学の力、すなわち「それ自身の枠内」において「十分な自由」をもって「破壊的な力」を振るうという、「政治的社会的現実」よりも、みずからの内的な論理にこそ就く文学の力は、ここでは「停止」（サクヴァン・バーコヴィッチ）せしめられているのであり、それを「停止」させているのは「政治的社会的現実」ということになるのであるが……

メルヴィルが『ポッター』に書き込んでいる「ボルネオの血に飢えた獰猛残虐さ」がなぜ危機的か。この一句が現われるのは『ポッター』の第一一章であるが、第二二章では、イギリス軍に捕縛されたイーサン・アレンを「ダヤク族の手に陥ったかのように」と表現する一文が現われる。ダヤク族とは、リーダーズ英和辞典によれば、「ボルネオ島内陸部に分布する非イスラム教諸部族」のことである。ボルネオ人の「血に飢えた野蛮獰猛さ」が、前者では、アメリカ人を語るために引き合いに出され、後者では、イギリス人を語るために引き合いに出されている。危機的だというのは、二つに意味においてである。一つは、アメリカ人を語るのに、アメリカ人の美質とは言えない側面を語るときに、なぜ異国人が、しかも非白人が、引き合いに出されるのかということ、単に並置されているというよりも、非白人の側に「野蛮獰猛さ」の基準があるかのように、引き合いに出されていることの問題性にかかわる。もう一つは、『ポッター』は、すでにドライデンとともに見た第一九章において、「大胆不敵で、無節操で、向こう見ずで、略奪的で、野心と来れば際限がなく、外面は文明開化されているが、心は野蛮なままのアメリカ」という、苛烈なアメリカ批判を提示しているが、このアメリカ批判は第一一章の「ボルネオの血に飢えた野蛮獰猛さ」の一句によって、また第二二章の一文によって、一定のトリヴィアライゼーションないしマージナライゼーションを被っているのではないかということにかかわる。メルヴィルはアメリカ人に、あるいはイギリス人に気を使っているのだろうか。つまり、ボルネオ人を引き合いに出すことで批判の苛烈さを和らげようとしているのだろうか。

『ポッター』が発表されたのは一八五四年であるが、メルヴィルは一八四九年に発表した書評、フランシス・パークマン（Francis Parkman）の『カリフォルニア・オレゴン街道』についての書評において、こう書いている。「私たちは、だれもみな――アングロ・サクソン人、ダヤク人、インディアン――が、一つの頭から生まれ、一つのイメージで創造された。そしてわたしたちがこの兄弟の間柄を今は拒否するとしても、今後は手を握り合うことを余儀なくされるであろう」（Melville 1987, 231）。メルヴィルはダヤク人について、『ポッター』以外のテクストにおいて、以下のような用例を残している。『マーディ』第九四章――「鮫をクリスチャンにし、人間的にしてやれる人がいるなら、……ボルネオの首狩り族であるダヤク族やスマトラの生き血を啜るバッタ族を教義問答者にしたてることに比べてさえ、……はるかに偉大な業績になるにちがいない」（Melville 1970, 288）、『白鯨』第六八章――「ホッキョククジラの血は夏のボルネオ黒人の血より暖かい……」（Melville 1988, 307）。『詐欺師』第七章――「トルコ人やダヤク族でさえ、うるわしい慈善のために誰が一ドルの出し惜しみをするでしょうか」（Melville 1984, 39）。

メルヴィルは一八五九年の講演「旅行」において、「旅行」の利点の一つは「古い偏見の脱却」にあるとし、「旅行」は「幅広い善意の領域を拡大し、ついには善意が全人類に向けられるに至るのです」（Melville 1987, 423）としている。具体的には、たとえば、「スペインのマタドール［主役の闘牛士］」は「トルコ人のように残虐」という言い習わしを熱烈に信じ込んでいるのですが、その彼にしても、実際にトルコに行って、トルコ人たちがあらゆる動物に親切にしているのがわかると、「みずからの人間性を以前とは大変異なった理解をして自国に戻り、闘牛に臨むようになります」（422）と、メルヴィルは述べている。

メルヴィル自身も、トルコ人について、「残虐な」といった形容詞を伴った用例――たとえば、『マーディ』第一三章における、「残虐なトルコ人たち！　きゃつらを征服するために十字軍が必要だ」（Melville 1970, 42）――をいくつも残しているが、それらの用例のうちでもっとも興味深いのは、以下の『クラレル』一・五の用例である。「トルコ人のように残忍だ。十字軍と同じくらいに／古いこの言葉はどこから来たのでしょう?　アングロ・

サクソンからです。彼らは何者ですか？／……／アングロ・サクソンは――慈悲に欠けていて／どの人種の愛もかちとることができず、／権利を奪われた幾千万の人に憎まれています――／東洋のインド人、アメリカのインディアンに憎まれています」（メルヴィル一九九九、七八九、Melville 1968, 413）。

ドライデンはすでに見たように、「奴隷でない奴なんているのか」や「無でない奴なんているのか」などの言い回しは、メルヴィルにおいて、文学が「グローバルな視角」を提出するものとして機能していることを示すとして賞賛しているが、これらの言い回しは、一面では、些細化や周辺化の効果をもつと筆者は考えている。メルヴィルは暗い真実をこのような言い方で隠して語ろうとしたのか、それとも……

『白鯨』の第八九章に、国境を越える比較論が出て来る。最新の岩波文庫版の訳で引用してみよう。

ロシアの農奴や共和国の奴隷の筋骨や魂は「しとめ鯨」でなくて何であろうか？　……あの名うての銛打ちのジョン・ブルにとってのあわれなアイルランドは「しとめ鯨」でなくて何であろうか？　使徒的使命感にもえるあのアメリカ人ブラザー・ジョナサンにとってのテキサスは、「しとめ鯨」でなくて何であろうか？

……

一四九二年において、アメリカは「はなれ鯨」以外の何であったろうか？　その時点でコロンブスは、国王夫妻のために鯨に標識棒を打ち立てる流儀で、アメリカにスペイン国旗を打ち立てたのである。ロシア皇帝にとってポーランドとは何だったのか？　トルコにとってギリシアとは？　イギリスにとってインドとは？　合衆国にとってメキシコとは最終的に何なのであろうか？　すべてこれ、「はなれ鯨」にほかならない。

この一節は、基本的に、征服や併合などによる領土獲得や植民地建設のことを記述しているのだが、これを読んで読者は、明白な運命のイデオロギーなどにもとづいた、当時のアメリカ合衆国の征服や併合、フィリバスター行為などに、メルヴィルが反対していたという印象を受けるであろうか、それとも、同じようなことは外国でもやっていることだとする、ある種の正当化を行なっているのだという印象をもつであろうか。ロバート・E・メイ（Robert E. May）を読んでみると、当時アメリカがフィリバスター行為を海外から批判されたとき、アメリカのコメンテーターたちなどは、上でまさしくメルヴィルが使っている手法で批判に答えようとしたことがわかる。メイはたとえば以下のように書いている。

アメリカの論客たちは次のように主張した。フィリバスター行為は古い慣行、実のところ、古代からある慣行で、「アングロ・サクソンの祖先たち」が手を染めた慣行であるし、また人間の歴史を辿って見ると他にも様々な国民が手を染めたことのある慣行である、と。（May, 60）

メルヴィルは「ホーソーンとその苔」において、こう書いている。「しかし彼［＝ホーソーン］のなかのこの偉大な暗黒の力は、生得の堕落と原罪という、あのカルヴィン派的な観念に感応し、そこから力を得ていることは確かであり、深い思考を行なう人間であれば、そうした観念が何らかの形で訪れてくるとき、その訪れから常に、そして完全に、身をかわすなどありえないのである。というのも何かを、つまり原罪というようなものでも投入して、不釣合いなバランス（the uneven balance）を釣り合いのとれたものにしない限り、この世を量ることはできないからでる」（Melville 1987, 243）。「不釣合いなバランス」とは、何と何が不釣合いであると言いたいのであろうか、筆者には判然としない。ということもあり、ここでの論理は筆者にはいきおい微妙である。説得的であるとも言えるし、説得的でないとも言える。すんなり受け入れてよい気もするし、受け入れてはならない気もする。ともあれ、この一節に違わずというべきか、メルヴィルのテクストにおいても「堕落」、「原罪」という語が散見される。またメルヴィルにおいて、フランス革命が「原罪」の、「死と破壊」の政治的な比喩としてしばしば用いられているが、この比喩の機能も微妙である。バランスをとるというレベルを超えて、革命、改革に幻想を抱かせないためのヘッジとして機能しているようにも思える。筆者がこれまでのところ気づいている「堕落」、「原罪」、「フランス革命」の用例を以下に列挙してみたい。

『マーディ』第一五三章――「……フランコの群衆がたちあらわれ、燃える火山のまじか、彼らを支配する王の、燃え立つ宮殿がある山の頂に殺到した」(Melville 1970, 498)。『マーディ』第一六一章――「流血の革命」(529)。『マーディ』第一六七章――「……あの堕落以前の……」(549)。『レッドバーン』第四八章――「カルヴィニストたちの言う地獄……。……永劫の裁き……」(Melville 1969, 245)。『白ジャケット』第三章――「九月の三日間のパリの大虐殺」(Melville 1970, 11)。『白鯨』第一章――「二人の果樹園泥棒が……人類に残した迷惑」(Melville 1988, 6)。『白鯨』第五四章――「海のパリジャン」(250)。『白鯨』第一一五章――「あの呪われたバスティーユの牢獄を引き倒している」(494)。『ピエール』第四書第四節――「フランスでは残酷な、流血の時代だったせいで」「フランス革命」(Melville 1971, 74)。『ピエール』第一六書第一節――「カルヴィン主義の人間観」(232)。『ピエール』第一九書第一節――「亡命してきたフランスの政治家たち」(267)。『イズレイエル・ポッター』第一一章――「フランス大革命のあの悲劇的な諸場面」(Melville 1982, 63)。「エンカンターダ諸島」――「……恐るべき暴動を起して……共和国樹立を宣言した」(Melville 1987, 149)。「貧者のご馳走と富者の食べ残し」――「ヴェルサイユの滅茶苦茶な略奪」(298)。「ピアッザ」――「一八四八年革命」(3)。『詐欺師』第二二章――「聖アウグスティヌスの原罪論」(Melville 1984, 125)。「屋根」(『戦争詩篇』所収)――「暴動の無神論の怒号」、「赤い放火」、「カルヴィンの教義」(Melville 1963, 64)。『クラレル』一・四一――「破滅をもたらす《無神論者》と《過激論者》」（メルヴィル一九九九、二四五、Melville 1968, 218）。『クラレル』二・二五――「《……アナキスト》、／《キリストを憎む者》、《赤》、そして《過激論者》」（四一八、218）。『クラレル』二・二六――「ヨーロッパの革命の大きな犠牲」（四二六、222）。『クラレル』三・一――「あの赤く彩られた年、一八四八年を思い出せ。／《神》はパリで嵐のように荒れ狂い、それから分裂する。／犠牲者が危険を察知するより先に宿命が襲いかかる」（五一二、287）。『クラレル』四・二〇――「群衆、／一七八九年のパリの群衆は、／やせ衰え、血を流しながら、いきりたって／……チュイルリーを破壊しました。……／ほんの昨日――ほんの昨日、《赤》の新たな暴動のなかで、／……」（八七〇、456）。『クラレル』四・二一――「……アダムの堕落の／新たな確認……」（八七七、466）。『ビリー・バッド』二――「堕落説、今では一般に無視されている原罪説」（Melville 1962, 52）。『ビリー・バッド』三――「燃え盛るフランス」（54）。七――「ヴィア艦長は私心なく革新者たちの理論に反対したが、彼には永続的な制度に具体化できないように思われただけではなく、この世の平和と人類の真の平和と相容れないように思われたからである」（62-63）。『ビリー・バッド』一一――「『自然に由る堕落』」、「カルヴィンの教義」（75）。

引用文献

American Literature 66, no. 1, “New Melville” issue. March 1994.

Arendt, Hanna. “Walter Benjamin : 1892–1940,” introduction to Walter Benjamin, *Illuminations : Essays and Reflections*, ed. Hanna Arendt, trans. Harry Zohn. New York : Schocken Books, 1968.

Bercovitch, Sacvan. *The Rites of Assent : Transformations in the Symbolic Construction of America.* New York : Routledge, 1993.

——. *The Office of the Scarlet Letter.* Baltimore : Johns Hopkins University Press, 1991.

——."The Function of the Literary in Time of Cultural Studies." In John Carlos Rowe, ed., *"Culture"and the Problem of the Discipline* (New York : Columbia University Press, 1998) : 69-86.

Bercovitch, Sacvan and Myra Jehlen (eds.) *Ideology and Classic American Literature.* Cambridge : Cambridge University Press, 1986.

Brumm, Ursula, *American Thought and Religious Typology.* Trans, John Hoaglund. New Brunswick : Rutgurs University Press. 1970.

Bryant, John and Robert Milder (eds.) *Melville's Evermoving Dawn.* Kent : Kent State University Press, 1997.

Cameron, Sharon. *The Corporeal Self : Allegories of the Body in Melville and Hawthorne.* Baltimore : Johns Hopkins University Press, 1981.

Cowan, Walter. *Melville's Marginalia,* 2vols. New York : Garland Publishing, 1987.

Dimock, Wai Chee. "Reading the Incomplete." In Bryant and Milder, *Melville's Evermoving Dawn* : 40-53.

Dryden, Edgar A. *Monumental Melville : The Formation of a Literary Career.* Stanford : Stanford University Press, 2004.

Fish, Stanley. *Professional Correctness : Literary Studies and Political Change.* Oxford : Clarendon Press, 1995.

Hartman, Geoffrey H. *Criticism in the Wilderness : The Study of Literature Today.* New Haven : Yale University Press, 1980.

Jehlen, Myra (ed.) *Herman Melville : A Collection of Critical Essays.* Englewood Cliffs : Prentice-Hall, 1994.

——."Literary Criticism at the Edge of the Millennium ; or From Here to History." In George Levine, ed., *Aesthetics and Ideology* (New Brunswick : Rutgers University Press, 1994) : 40-53.

Kelley, Win (ed.) *A Companion to Herman Melville.* Malden : Blackwell, 2006.

May, Robert E. *Manifest Destiny's Underground : Filibustering in Antebellum America.* Chapel Hill : The University of North Carolina Press, 2002.

Melville, Herman. *Billy Budd, Sailor (An Inside Narrative).* Chicago : The University of Chicago Press, 1962.

——. *Clarel : A Poem and Pilgrimage in the Holy Land.* Evanston and Chicago : Northwestern University Press and the Newberry Library, 1968.

——. *Correspondence.* Evanston and Chicago : Northwestern University and the Newberry Library, 1985 [1].

——. *Israel Potter : His Fifty Years of Exile.* Evanston and Chicago : Northwestern University Press and the Newberry Library, 1982.

——. *Journals.* Evanston and Chicago : Northwestern University Press and the Newberry Library, 1985 [2].

——. *Mardi and a Voyage Thither.* Evanston and Chicago : Northwestern University Press and the Newberry Library, 1970.

——. *Mardi and A Voyage Thither.* Evanston and Chicago: Northwestern University Press and the Newberry Library, 1970.

——. *Moby-Dick or The Whale.* Evanston and Chicago : Northwestern University Press and the Newberry Library, 1988.

——. *Pierre or The Ambiguities.* Evanston and Chicago : Northwestern University Press and the Newberry Library, 1971.

——. *Poems.* New York: Russell & Russell, 1963.

——. *Redburn.* Evanston and Chicago. Northwestern University Press and the Newberry Library, 1969.

——. *The Confidence-Man : His Masquerade.* Evanston and Chicago : Northwestern University Press and the Newberry Library, 1984.

——. *The Piazza Tales and Other Prose Pieces 1839–1860.* Evanston and Chicago : Northwestern University Press and the Newberry Library, 1987.

——. *White-Jacket or The World in a Man-of War.* Evanston and Chicago: Northwestern University Press and the Newberry Library, 1970.

Miller, J. Hillis. *Illustration.* Cambridge : Harvard University Press, 1992.

Pease, Donald. *Visionary Compacts : American Renaissance Writings in Cultural Context.* Madison : University of Wisconsin Press, 1987.

——(ed.) *Revisionary Interventions into the Americanist Canon.* Durham : Duke University Press, 1994.

Riss, Arthur. *Race, Slavery, and Liberalism in Nineteenth-Century American Literature.* Cambridge : Cambridge University Press, 2006.

Rowe, John Carlos. *The Other Henry James.* Durham : Duke University Press, 1998.

Stern, Milton R.“Melville, Society, and Language.” In John Bryant, ed. *A Companion to Melville Studies.* Greenwood, 1968.

Stein, William Bysshe. *The Poetry of Melville’s Late Years : Time, History, Myth, and Religion.* Albany : State University of New York Press, 1970.

メルヴィル、ハーマン『クラレル——聖地における詩と巡礼』須山静夫訳、南雲堂、一九九九年。

——『白鯨』〔全三冊〕八木敏雄訳、岩波文庫、二〇〇四年。

索　引

人　名

1．項目は本文の実在人物名に限定して，五十音順に配列した。
2．原地読みを原則としたが，日本での慣用に従った場合がある。

ア　行

アーヴィン，ニュートン
Arvin, Newton　*72, 73*
アーヴィング，ワシントン
Irving, Washington　*137*
アーノルド，マシュー
Arnold, Matthew　*208, 209*
アーレント，ハンナ
Arendt, Hanna　*172, 204*
アーロン，ダニエル
Aaron, Daniel　*83*
アウグスティヌス，アウレリウス
Augustinus, Aurelius　*131*
アリギエーリ，ダンテ
Alighieri, Dante　*167*
アレン，イーサン
Allen, Ethan　*216*
アンダーソン，ベネディクト
Anderson, Benedict　*189*
ヴァンダービルト，カーミット
Vanderbilt, Kermit　*75*
ウィドマー，エドワード，L．
Widmer, Edward L.　*7*
ウィリアムズ，ウィリアム・カーロス
Williams, William Carlos　*99-101, 104-109, 120, 121*
ウィリアムズ，ミーガン
Williams, Megan　*82*
ウィルクス，チャールズ
Wilkes, Charles　*96*
ウィンスロップ，ジョン
Winthrop, John　*132*
ウェブスター，ダニエル
Webster, Daniel　*186, 187*
ウォーナー，スーザン
Warner, Susan　*40*
ウォッシュ，ピーター・J.
Wosh, Peter J.　*29*
エドモンズ，ジョン
Edmonds, John W.　*134*
エドワーズ，ジョナサン
Edwards, Jonathan　*133, 142*
エマソン，ラルフ・ウォルドー
Emerson, Ralph Waldo　*84, 87, 125, 130, 141, 142, 144, 149, 150, 162*
エメリー，アラン・ムア
Emery, Allan Moore　*47-49*
エリオット，T. S.
Eliot, T. S.　*196*
エリス，リチャード
Ellis, Richard　*13*
エリスン，ラルフ
Ellison, Ralph　*45, 46, 49, 70*
オズグット，サミュエル
Osgood, Samuel　*80-82*
オッカー，パトリシア
Okker, Patricia　*41*
オットー，ルドルフ
Otto, Rudolf　*147*
オルソン，チャールズ
Olson, Charles　*108, 109, 119-121*

カ　行

カーチャー，キャロライン
Karcher, Carolyn L.　*203*
カーライル，トマス
Carlyle, Thomas　*151*
カラックス，レオス
Carax, Leos　*23*
カルヴィン，ジョン
Calvin, John　*131, 132, 145*
カント，イマニュエル
Kant, Imanuel　*125, 126, 130-132, 153*
ギビアン，ピーター
Gibian, Peter　*61*
キャメロン，シャロン
Cameron, Sharon　*195*

グラント，ユリシーズ・S.
Grant, Ulysses S. *91*
グリーリー，ホラス
Greeley, Horace *134*
クリーリー，ロバート
Creeley, Robert *120*
グレイ，ロビン
Grey, Robin *96*
クレイトン，マーガレット・S. L.
Creighton, Margaret S. L. *13, 15*
クローツ，アナカーシス
Clootz, Anacharsis（通称） *59*
ゲイル，ロバート・L.
Gale, Robert L. *8*
ゲーテ，ヨハン・ヴォルフガング・フォン
Goethe, Johann Wolfgang von *150*
ケリー，ウィン
Kelley, Wyn *27, 34, 42, 159, 202, 212*
コールリッジ，サミュエル・テイラー
Coleridge, Samuel Taylor *82*
コロンブス，クリストファー
Columbus, Christopher *53, 54*
コンラッド，ジョゼフ
Conrad, Joseph *192*

サ　行

シェイクスピア，ウィリアム
Shakespeare, William *125, 167-169, 197*
ジェーレン，マイラ
Jehlen, Myra *162, 163, 168*
ジェファソン，トマス
Jefferson, Thomas *133*
シフマン，ジョゼフ
Schiffman, Joseph *73*
ジャクソン，トーマス
Jackson, Thomas *86-88, 95*
ジャクソン，メアリー・アンナ
Jackson, Mary Anna *87*
シュトラウス，D. フリードリヒ
Strauss, D. Friedrich *128*
ジョーンズ，ポール
Jones, Paul *190*
ジョンソン，アンドルー
Johnson, Andrew *79, 80, 94, 203*
ジョンソン，エドワード
Johnson, Edward *132*
スイート，ティモシー
Sweet, Timothy *82*
スターバック，アレクサンダー
Starback, Alexander *13*
スターン，ミルトン
Stern, Milton *214*
スタイン，ウィリアム・ビシュ
Stein, William Bysshe *208*
スタウファー，ジョン
Stauffer, John *212*
スタッキー，スターリング
Stuckey, Sterling *59*
スタンセル，クリスティン
Stansell, Christine *32*
ストウ，ハリエット・ビーチャー
Stowe, Harriet Beecher *17, 36, 142*
スライデル，ジョン
Slidell, John *96*
セルトウ，ミシェル・ド
Certeau, Michel de *134*
ソクラテス
Socrates *153*
ソロー，ヘンリー・デーヴィッド
Thoreau, Henry David *84, 86, 87*

タ　行

ダイキンク，エヴァート
Duyckinck, Evert Augustus *125*
チェイフィッツ，エリック
Cheyfitz, Eric *164, 165*
チャニング，ウィリアム・エラリー
Channing, William Ellery *126-128, 147*
デイ，フランク
Day, Frank *90*
ディモック，ウェイ・チー
Dimock, Wai Chee *166, 167*
デカルト，ルネ
Descartes, René *131*
デュポン，サミュエル・F.
Du Pont, Samuel F. *89*
トウェイン，マーク
Twain, Mark *133*
トクヴィル，アレクシス・ド
Tocqueville, Alexis Charles Henri Clerel de *127*
ドライデン，エドガー・E.
Dryden, Edgar E. *85, 88, 159-163, 165-174, 176-186, 188-193, 195, 196,*

198-200, 202, 203, 205, 208, 211-213, 215, 216, 218
ドルエット，ジョアン
Druett, Joan　*13, 20*

ナ　行

ネーバーズ，ディーク
Nabers, Deak　*96*
ノーリング，リサ
Norling, Lisa　*13, 19, 20*

ハ　行

パーカー，セオドア
Parker, Theodore　*128-131, 149*
パーカー，ハーシャル
Parker, Hershel　*8, 9*
パーク，マンゴ
Park, Mungo　*65*
バーグマン，ハンス
Bergman, Hans　*27*
パークマン，フランシス
Parkman, Francis　*216*
バーコヴィッチ，サクヴァン
Bercovitch, Sacvan　*162, 163, 212, 213, 215*
バートホールド，デニス
Berthold, Dennis　*202, 203*
ハートマン，ジェフリー
Hartman, Jeffrey　*172*
ハイデッガー，マルティン
Heidegger, Martin　*131*
ハウェルズ，ウィリアム・ディーン
Howells, William Dean　*95*
パウンド，エズラ
Pound, Ezra　*118, 196*
バクスター，リチャード
Baxter, Richard　*134, 135*
ハチンソン，アン
Hutchinson, Anne　*148*
バトラー，サミュエル
Butler, Samuel　*197*
バトラー，ベンジャミン
Butler, Benjamin　*80*
バニヤン，ジョン
Bunyan, John　*143*
ピーズ，ドナルド
Pease, Donald　*162, 166*
ビーチャー，ライマン
Beecher, Lyman　*36*
ヒューム，ディヴィッド
Hume, David　*126, 130, 152, 153*
ビュエル，ローレンス
Buell, Lawrence　*81*
ビルソン，ジェイムズ
Billson, James　*205*
フィードラー，レズリー
Fiedler, Leslie　*74, 75*
フィールズ，ジェイムズ，T.
Fields, James T.　*7*
フィールド，デヴィッド・ダドリー
Field, David Dudley　*8*
フィッシュ，スタンレー
Fish, Stanley　*165, 166*
フォーナー，エリック
Foner, Eric　*80*
フォックス姉妹
the Fox sisters　*134*
ブッシュ，ブリトン・クーパー
Busch, Briton Cooper　*13*
フット，アンドリュー
Foote, Andrew　*91*
フラー，マーガレット
Fuller, Margaret　*32*
ブライアント，ジョン
Bryant, John　*163, 169-171, 176*
ブライトウィーザー，ミッチェル
Breitwieser, Mitchell　*159*
ブラウン，ジョン
Brown, John　*83-86, 88, 95, 197, 198, 202*
ブラウンソン，オレステス・オーガスタス
Brownson, Orestes Augustus　*128-131, 142*
ブラッドフォード，ウィリアム
Bradford, William　*148*
フランクリン，ブルース
Franklin, H. Bruce　*171, 178*
フランクリン，ベンジャミン
Franklin, Benjamin　*67, 141*
ブルム，アーシュラ
Brumm, Ursula　*190, 191, 214*
ベイコン，フランシス
Bacon, Francis　*130*
ヘイリー，アレックス
Haley, Alex　*60, 61, 77*

ヘイル，サラ・J.
Hale, Sarah J.　*15, 41, 42*
ベザンソン，ウォルター・E.
Bezanson, Walter E.　*6, 7*
ベンヤミン，ヴァルター
Benjamin, Walter　*172*
ポウ，エドガー・アラン
Poe, Edgar Allan　*50, 145*
ホースリー＝ミーチャム，グロリア
Horsley-Meacham, Gloria　*75*
ホーソーン，ソフィア
Hawthorne, Sophia　*123, 125, 128*
ホーソーン，ナサニエル
Hawthorne, Nathaniel　*6, 124, 128, 138, 150, 152, 153, 162, 167, 168, 174, 197, 213, 219*
ホームズ，オリヴァー・ウェンデル
Holmes, Oliver Wendell　*6*
ポストローリア，シェイラ
Post-Lauria, Sheila　*27*

マ　行

マークス，レオ
Marx, Leo　*105, 106*
マイルダー，ロバート
Mildar, Robert　*163, 171*
マザー，コットン
Mather, Cotton　*134*
マザー，インクリース
Mather, Increase　*135*
マザー，インクリースとマザー，コットン
Mather, Increase & Mather, Cotton　*132, 135, 137*
マルコムX
Malcolm X　*76*
ミラー，J. ヒリス
Miller, J. Hillis　*165*
ミルトン，ジョン
Milton, John　*175, 200*
メイ，ロバート・E.
May, Robert E.　*219*
メーソン，ジェームズ
Mason, James　*96*
森田勝昭　*11*

ラ　行

ラドクリフ，アン
Radcliffe, Ann　*135*
リス，アーサー
Riss, Arthur　*212*
リッパード，ジョージ
Lippard, George　*34*
リンカン，エイブラハム
Lincoln, Abraham　*80, 83, 203*
レイ，リチャード・E.
Ray, Richard E.　*71, 72*
レナルズ，デーヴィッド・S.
Reynolds, David S.　*32, 84*
ロウ，ジョン・カーロス
Rowe, John Carlos　*163*
ローギン，マイケル・ポール
Rogin, Michael Paul　*51*
ローター，ポール
Lauter, Paul　*164, 165*
ロバートスン＝ロラント，ローリー
Robertson-Lorant, Laurie　*66, 71*
ロレンス，D. H.
Lawrence, D.H.　*11, 102, 104-107, 109, 120, 121*

ワ　行

ワーズワース，ウィリアム
Wordsworth, William　*183, 186, 194, 195, 200, 201*

作　品

項目はハーマン・メルヴィル（Herman Melville 1819-1891）の作品のみに限定されている。

ア　行

「アルディーに向かう斥候」　*90*
『イズレイエル・ポッター』（あるいは『ポッター』）　*185, 186-191, 193, 216, 220*
「ヴァージニアへの進軍」　*197*
「ウィルダネスの両軍」　*187, 201, 202*

カ　行

サ　行

タ　行

ナ　行

ハ　行

マ　行

ヤ　行

ラ　行

執筆者紹介（執筆順）

高《たか》　野《の》　一《かず》　良《よし》　客員研究員　首都大学東京都市教養学部准教授

荒《あら》　　　このみ　客員研究員　東京外国語大学外国語学部教授

高《たか》　尾《お》　直《なお》　知《ちか》　研　究　員　中央大学文学部教授

江《え》　田《だ》　孝《たか》　臣《おみ》　客員研究員　早稲田大学文学学術院教授

根《ね》　本《もと》　　治《おさむ》　客員研究員　青山学院大学文学部教授

福《ふく》　士《し》　久《ひさ》　夫《お》　研　究　員　中央大学経済学部教授

メルヴィル後期を読む

中央大学人文科学研究所研究叢書　43

2008年２月28日　第１刷発行

編　　者　中央大学人文科学研究所

発 行 者　中 央 大 学 出 版 部

代表者　福　田　孝　志

〒192-0393　東京都八王子市東中野742-1

発行所　中 央 大 学 出 版 部

電話　042(674)2351　FAX　042(674)2354

http://www2.chuo-u.ac.jp/up/

奥村印刷㈱

ISBN978-4-8057-5331-6

37　アジア史における社会と国家　　A５判 354頁　定価 3,990円

国家とは何か？　社会とは何か？　人間の活動を「国家」と「社会」という形で表現させてゆく史的システムの構造を，アジアを対象に分析．

38　ケルト　口承文化の水脈　　A５判 528頁　定価 6,090円

アイルランド，ウェールズ，ブルターニュの中世に源流を持つケルト口承文化——その持続的にして豊穣な水脈を追う共同研究の成果．

39　ツェラーンを読むということ　　A５判 568頁　定価 6,300円

詩集『誰でもない者の薔薇』研究と注釈

現代ヨーロッパの代表的詩人の代表的詩集全篇に注釈を施し，詩集全体を論じた日本で最初の試み．

40　続　剣と愛と　　A５判 488頁　定価 5,565円

中世ロマニアの文学

聖杯，アーサー王，武勲詩，中世ヨーロッパ文学を，ロマニアという共通の文学空間に解放する．

41　モダニズム時代再考　　A５判 280頁　定価 3,150円

ジョイス，ウルフなどにより，1920年代に頂点に達した英国モダニズムとその周辺を再検討する．

42　アルス・イノヴァティーヴァ　　A５判 256頁　定価 2,940円

レッシングからミュージック・ヴァデオまで

近代以降の芸術の歴史において発生したイノヴェーションの文脈と前提を検証して，近現代の芸術状況を社会との連関において再考する。

定価は消費税５％含みます。

30　埋もれた風景たちの発見　　A５判 660頁
ヴィクトリア朝の文芸と文化　　定価 7,665円
ヴィクトリア朝の時代に大きな役割と影響力をもちながら，その後顧みられることの少なくなった文学作品と芸術思潮を掘り起こし，新たな照明を当てる．

31　近代作家論　　A５判 432頁
定価 4,935円
鴎外・茂吉・『荒地』等，近代日本文学を代表する作家や詩人，文学集団といった多彩な対象を懇到に検討，その実相に迫る．

32　ハプスブルク帝国のビーダーマイヤー　　A５判 448頁
定価 5,250円
ハプスブルク神話の核であるビーダーマイヤー文化を多方面からあぶり出し，そこに生きたウィーン市民の日常生活を通して，彼らのしたたかな生き様に迫る．

33　芸術のイノヴェーション　　A５判 528頁
モード，アイロニー，パロディ　　定価 6,090円
技術革新が芸術におよぼす影響を，産業革命時代から現代まで，文学，絵画，音楽など，さまざまな角度から研究・追求している．

34　剣と愛と　　A５判 288頁
中世ロマニアの文学　　定価 3,255円
12世紀，南仏に叙情詩，十字軍から叙情詩，ケルトの森からロマンスが誕生．ヨーロッパ文学の揺籃期をロマニアという視点から再構築する．

35　民国後期中国国民党政権の研究　　A５判 656頁
定価 7,350円
中華民国後期(1928-49)に中国を統治した国民党政権の支配構造，統治理念，国民統合，地域社会の対応，そして対外関係・辺疆問題を実証的に解明する．

36　現代中国文化の軌跡　　A５判 344頁
定価 3,990円
文学や語学といった単一の領域にとどまらず，時間的にも領域的にも相互に隣接する複数の視点から，変貌著しい現代中国文化の混沌とした諸相を捉える．

23 アジア史における法と国家

A５判 444頁
定価 5,355円

中国・朝鮮・チベット・インド・イスラム等アジア各地域における古代から近代に至る政治・法律・軍事などの諸制度を多角的に分析し，「国家」システムを検証解明した共同研究の成果．

24 イデオロギーとアメリカン・テクスト

A５判 320頁
定価 3,885円

アメリカン・イデオロギーないしその方法を剔抉，検証，批判することによって，多様なアメリカン・テクストに新しい読みを与える試み．

25 ケルト復興

A５判 576頁
定価 6,930円

19世紀後半から20世紀前半にかけての「ケルト復興」に社会史的観点と文学史的観点の双方からメスを入れ，その複雑多様な実相と歴史的な意味を考察する．

26 近代劇の変貌

「モダン」から「ポストモダン」へ

A５判 424頁
定価 4,935円

ポストモダンの演劇とは？ その関心と表現法は？ 英米，ドイツ，ロシア，中国の近代劇の成立を論じた論者たちが，再度，近代劇以降の演劇状況を鋭く論じる．

27 喪失と覚醒

19世紀後半から20世紀への英文学

A５判 480頁
定価 5,565円

伝統的価値の喪失を真摯に受けとめ，新たな価値の創造に目覚めた，文学活動の軌跡を探る．

28 民族問題とアイデンティティ

A５判 348頁
定価 4,410円

冷戦の終結，ソ連社会主義体制の解体後に，再び歴史の表舞台に登場した民族の問題を，歴史・理論・現象等さまざまな側面から考察する．

29 ツァロートの道

ユダヤ歴史・文化研究

A５判 496頁
定価 5,985円

18世紀ユダヤ解放令以降，ユダヤ人社会は西欧への同化と伝統の保持の間で動揺する．その葛藤の諸相を思想や歴史，文学や芸術の中に追究する．

9　近代日本の形成と宗教問題〔改訂版〕　A５判 330頁　定価 3,150円

外圧の中で，国家の統一と独立を目指して西欧化をはかる近代日本と，宗教とのかかわりを，多方面から模索し，問題を提示する．

10　日中戦争　日本・中国・アメリカ　A５判 488頁　定価 4,410円

日中戦争の真実を上海事変・三光作戦・毒ガス・七三一細菌部隊・占領地経済・国民党訓政・パナイ号撃沈事件などについて検討する．

11　陽気な黙示録　オーストリア文化研究　A５判 596頁　定価 5,985円

世紀転換期の華麗なるウイーン文化を中心に20世紀末までのオーストリア文化の根底に新たな光を照射し，その特質を探る．巻末に詳細な文化史年表を付す．

12　批評理論とアメリカ文学　検証と読解　A５判 288頁　定価 3,045円

1970年代以降の批評理論の隆盛を踏まえた方法・問題意識によって，アメリカ文学のテキストと批評理論を多彩に読み解き，かつ犀利に検証する．

13　風習喜劇の変容　王政復古期からジェイン・オースティンまで　A５判 268頁　定価 2,835円

王政復古期のイギリス風習喜劇の発生から，18世紀感傷喜劇との相克を経て，ジェイン・オースティンの小説に一つの集約を見る，もう一つのイギリス文学史．

14　演劇の「近代」　近代劇の成立と展開　A５判 536頁　定価 5,670円

イプセンから始まる近代劇は世界各国でどのように受容展開されていったか，イプセン，チェーホフの近代性を論じ，仏，独，英米，中国，日本の近代劇を検討する．

15　現代ヨーロッパ文学の動向　中心と周縁　A５判 396頁　定価 4,200円

際立って変貌しようとする20世紀末ヨーロッパ文学は，中心と周縁という視座を据えることで，特色が鮮明に浮かび上がってくる．

中央大学人文科学研究所研究叢書

1　五・四運動史像の再検討　　Ａ５判 564頁
（品切）

2　希望と幻滅の軌跡　　Ａ５判 434頁
反ファシズム文化運動　　定価 3,675円
様々な軌跡を描き，歴史の壁に刻み込まれた抵抗運動の中から新たな抵抗と創造の可能性を探る．

3　英国十八世紀の詩人と文化　　Ａ５判 368頁
（品切）

4　イギリス・ルネサンスの諸相　　Ａ５判 514頁
演劇・文化・思想の展開　　（品切）

5　民衆文化の構成と展開　　Ａ５判 434頁
遠野物語から民衆的イベントへ　　定価 3,670円
全国にわたって民衆社会のイベントを分析し，その源流を辿って遠野に至る．巻末に子息が語る柳田國男像を紹介．

6　二〇世紀後半のヨーロッパ文学　　Ａ５判 478頁
定価 3,990円
第二次大戦直後から80年代に至る現代ヨーロッパ文学の個別作家と作品を論考しつつ，その全体像を探り今後の動向をも展望する．

7　近代日本文学論　大正から昭和へ　　Ａ５判 360頁
定価 2,940円
時代の潮流の中でわが国の文学はいかに変容したか，詩歌論・作品論・作家論の視点から近代文学の実相に迫る．

8　ケルト　伝統と民俗の想像力　　Ａ５判 496頁
定価 4,200円
古代のドイツから現代のシングにいたるまで，ケルト文化とその稟質を，文学・宗教・芸術などのさまざまな視野から説き語る．